① *Mary Barton*

② *Ruth*

③ *Cranford*

④ *North and South*

⑤ *Sylvia's Lovers*

⑥ *Wives and Daughters*

⑦ *Cousin Phillis*

ギャスケル作品小事典

多比羅 眞理子 編著

開文社出版

扉写真：
Elizabeth Gaskell's House
(84 Plymouth Grove, Manchester)
Images owned and supplied by Elizabeth Gaskell's House, elizabethgaskellhouse.couk

口絵：
Novels and Tales by Ms. Gaskell. 7 vols. (Smith, Elder) より
（①Ⅴ巻 (1901)／②Ⅵ巻 (1882)／④Ⅱ巻 (1881)／⑤Ⅲ巻 (1895)／⑥Ⅰ巻 (1889)／
　⑦Ⅴ巻 (1901)
③ *Cranford* by Elizabeth Gaskell, Macmillan (1905).

CONTENTS
目 次

長編・中編小説

1. *Mary Barton: A Tale of Manchester Life* 2
   メアリ・バートン——マンチェスター物語

2. *Ruth* 14
   ルース

3. *Cranford* 27
   クランフォード

4. *North and South* 40
   北と南

5. *Sylvia's Lovers* 48
   シルヴィアの恋人たち

6. *Wives and Daughters: An Every-Day Story* 57
   妻たちと娘たち——日々の生活の物語

7. *Cousin Phillis* 68
   従妹フィリス

伝記

8. *The Life of Charlotte Brontë* 78
   シャーロット・ブロンテの生涯

短編小説

9. "Disappearances" 90
   失踪

10. "The Shah's English Gardener" 95
    ペルシャ王に仕えた英国人庭師

詩

11. "Sketches among the Poor. No I" 100
    貧しい人びとのいる風景

12. "On Visiting the Grave of My Stillborn Little Girl" 106
    死産の女児の墓に詣でて

13. "Night Fancies" 110
    夜の嘆き

エッセイ他

14. "Clopton Hall" 116
    クロプトンホール

15. "Emerson's Lectures" 120
    エマソンの連続講演［記事］

16. "The Last Generation in England" 124
    イングランドの前世代の人々

17. "Company Manners" 128
    おもてなしの仕方

18. "Shams" 132
    まがいもの［評論］

19. "French Life" 137
    フランス日記

日記

20. *My Diary* [*The Diary*] 142
    日記

注／引用文献 ·· 147

エリザベス・ギャスケルの生涯（年譜）················ 165

エリザベス・ギャスケル作品一覧 ···················· 169

エリザベス・ギャスケル研究書一覧 ················· 173

執筆者一覧 ··· 180

あとがき ··· 181

索引 ·· 183

ギャスケル作品小事典

＊作品名は、原則として日本ギャスケル協会監修『ギャスケル全集 1 クランフォード・短編』（大阪教育図書, 2000 年）、『ギャスケル全集 別巻 I 短編・ノンフィクション』（大阪教育図書, 2008 年）、および『ギャスケル全集 別巻 II 短編・ノンフィクション』（大阪教育図書, 2009 年）に依拠しました。

＊2016 年に出版しました「ギャスケル中・短編小事典」で第一次資料としては主として Elizabeth Gaskell. *The Works of Mrs. Gaskell* edited by A. W. Ward, 8 vols, Knutsford Edition, 1906; rpt AMS Press, 1972 を指定いたしました。今回は一般の読者の皆さんも入手しやすいように、Penguin Books や World Classic も含めました。その選択は各執筆者に委ね、使用テキストとして巻末の各作品引用文献に記載してあります。

＊長編・中編の作品名、書簡集を以下のような略語を用い、文中で（略語, ページ数）の表記で使用しています。

MB	*Mary Barton*
RT	*Ruth*
NS	*North and South*
SL	*Sylvia's Lovers*
WD	*Wives and Daughters*
CP	*Cousin Phillis*
LCB	*The Life of Charlotte Brontë*
Letters	*The Letters of Mrs. Gaskell*, edited by J. A. Chapple and Arthur Pollard. Manchester UP, 1997.

長編・中編小説

1.

Mary Barton: A Tale of Manchester Life

『メアリ・バートン──マンチェスター物語』(1848)

0 作品の背景

　ギャスケル最初の長編小説である本作品は、1845 年に生後 9 カ月の一人
息子を失った悲しみから立ち上がる為、夫の勧めで書き始めたとされてお
り、作品中その悲しみは子を失ったバートンとカースンの悲哀に体現されて
いる。初版はチャップマン・アンド・ホールが 1848 年 10 月に上梓したが、
作品の大部分は出版の 14 カ月前には版元にあった (*Letters* 75)。しかしチャ
ップマンに 7 月に「序文」執筆を促されたばかりか、印刷終了間際に 2 巻用
に長くするよう要請され、ジョン・バートンの死とエスタの死の間（36 ～
37 章）を加筆している (58, 75)。

　当初の題名は『ジョン・バートン』であったが、ギャスケルは 4 月にこれ
もチャップマンの求めに応じ、『メアリ・バートン』に変えている (*Letters*
56)。その際、副題は「マンチェスターの愛の物語」であったが、最終的に
は「マンチェスター物語」としている。初版は匿名であった為に著者につい
ての憶測が飛び交い、『綿業王』の作者であったホイーラー夫人の名も挙が
っていた (63)。当惑したギャスケルは 12 月には著者名公表の決心をし
(65)、1849 年初頭には著者名は公に知られるところとなる (Foster xiv)。

　バートンのモデルは、状況は異なるが性格と話すことは、ギャスケルが知
っていた貧しい人のものであった (*Letters* 82)。また彼女が資本家への反感
を和らげようと貧困家庭を慰問した際、家主に腕を掴まれ、子供が飢死する
のを見たことがあるか、と涙を浮かべ尋ねられた経験は、本作品執筆に影響
を与えたものと思われる (Sharps 56)。実際その言葉は第 6 章でバートンの
ものとなって再現されている。

　産業革命により伝統的労使関係が崩れ、カーライルが「キャッシュ・ネク
サス」と非難した関係が横行する中で、資本家と過酷な条件を強いられた労
働者との格差は開くばかりで、両者は隔絶した世界に住む「二つの国民」と
呼ばれていた。特に 1830 年代後半から「飢えた 40 年代」は、不況と農作物

の不作が重なったうえ穀物法にも追い打ちを掛けられ、労働者の窮乏は極限に達していた。中でも「衝撃の町」(Briggs 88) マンチェスターでは工業化による歪みが深刻であった。彼らの窮状は 1838 年に同地でチャーチスト運動が興ったことからも窺われる。

カーライルが「イングランドの現状問題」と呼び糾弾した労働者の苦境は、既に 1830 年代から 40 年代にかけて「産業小説」等と呼ばれる作品群を生み出していた。フランシス・トロロープ作『マイケル・アームストロング』(1839–40)、ディズレイリ作『コニングスビー』(1844)、および『シビル』(1845) 等が挙げられるが、こうした先行作品とは異なり、ギャスケルはユニテリアン派牧師の妻としての活動を通じ実際に労働者たちの窮乏に接していた為、その描写は白書としての価値さえあった。1845 年にドイツ語で出版された、エンゲルス著『イングランドにおける労働者階級の状況』とも重なる労働者の窮乏の生々しく衝撃的な描写の為に、作品は瞬く間に注目されるが、多くの工場主からは労働者側に偏向していると批判された。当時はヨーロッパで革命が勃発し、上・中流階級の人々が「暴力への怖れ」(Williams 102) を抱いていた為、本作品の描写は現実味があったのである。チャップマンの序文執筆の依頼はそのような反応を予期したもので、中産階級読者の批判をかわす目的があったが、ギャスケルは彼に、「当地の工場主の半分は酷く怒っている」(Letters 68)、と語っている。しかし彼女は、労働者の爲に図書室用に購入する工場主も半数はいる、と続けている。実際、相反する態度を反映するかのように、『ブリティッシュ・クォータリー・レヴュー』誌 (1849 年 2 月) は作品を「一面的」で、経営者の描き方が不正確であると批判的であるし (Easson 113)、グレッグも『エディンバラ・レヴュー』誌 (1849 年 4 月) で労働者階級は自らの生活の改善に責任を持つべきだ、と反論している。一方で『フレイザーズ・マガジン』誌は、カーライルの問いの答えを知りたければ本作品を読むよう推奨しており (Briggs 99)、カーライル自身も祝いの手紙をギャスケルに送っている。またマライア・エッジワースは優れた真実描写故に、本作品を勧めている (Easson 18)。

ギャスケルはマンチェスターの労働者の状況を真実に近く描くべくランカシャー方言を多用した為、批判を予期して夫による註を付けているが (Letters 56)、更に 1854 年の第 5 版には彼自身の『ランカシャー方言に関する講話』が 2 点、補遺として加えられている (Foster xii)。

『メアリ・バートン──マンチェスター物語』 | 3

1 翻訳・作品名

『メァリ・バートン　マンチェスタ物語　上下二巻』（世界古典文庫）北沢孝一訳（日本評論社，1948–49 年）

『メアリ・バートン——マンチェスター物語』松原恭子・林芳子訳（彩流社，1998 年）

『メアリ・バートン　マンチェスター物語』相川暁子他訳（近代文芸社，1999 年）

『メアリ・バートン——マンチェスター物語』直野裕子訳『ギャスケル全集 2』日本ギャスケル協会監修（大阪教育図書，2001 年）

2 初版

Mary Barton: A Tale of Manchester Life, Chapman & Hall, 1848 年.

3 主な登場人物

メアリ・バートン (Mary Barton)　13 歳で母を亡くした後、16 歳で針子として働き始める。その美貌の故に工場主の跡取りハリー・カースンに誘惑され、彼と結婚し玉の輿に乗ることを夢見る。

ジョン・バートン (John Barton)　メアリの父。信仰が深く真面目な織工だが、不況で貧困に喘ぐ労働者階級と豊かな暮らしを享受する工場主の差に強い不公平感を抱く。労働者の悲惨な状況を克服すべく組合運動に傾倒し、チャーチスト請願にも参加するが挫折する。

エスタ (Esther)　メアリの母の美貌の妹。恋仲となった将校の後を追い失踪する。恋人との間に一女を儲けるが三年後に捨てられ、娘も亡くした後にマンチェスターに戻り娼婦となる。メアリがハリーに誘惑されていることを知り、自分の轍を踏まないようジェムに知らせる。

ジェム・ウィルスン (Jem Wilson)　メアリの幼馴染みで一貫して彼女を愛する青年。メアリより五歳程年上。誠実、優秀かつ勇敢で、機械を輸出する大工場の機械工。発明で得たお金で母とアリスに年 20 ポンドの年金を与える。ハリー殺害容疑で裁判を受けるが真犯人を明かさず、メアリの為に自分が死刑になる決意をしている。

ウィルスン夫妻 (George & Jane Wilson) バートン家と親しい家族。長男のジェムの他に男子の双子がいるが幼くして亡くなる。ジョージはカースン工場の工員だったが工場の火災後失職する。ジェインは息子につれないメアリを腹立たしく思っている。

アリス・ウィルスン (Alice Wilson) ジェムの伯母で、ウィルの養母。看護と洗濯で生計を立てている。薬草の知識が豊富。ジョウブの隣人でマーガレットをメアリに紹介する。農村での子供時代への郷愁は労働者階級のルーツを物語っている。

ウィル・ウィルスン (Will Wilson) アリスの甥。孤児となりアリスに引き取られ、船乗りとなり異国を回る。マーガレットの歌声に魅せられ恋をする。ジェムの裁判で彼のアリバイを立証する。

ジョウブ・リー (Job Legh) 博物学の知識が深く、昆虫等に夢中な織工。娘夫婦がロンドンで急死した際、生後まもなく孤児となった孫マーガレットをロンドンから連れ帰り、一緒に暮らしている。

マーガレット・ジェニングズ (Margaret Jennings) ジョウブの孫娘で思慮深く優しい針子。失明し仕事ができなくなるが、その美声の故に演奏会に出演し生計を立て、信頼し合うメアリのリバプール行の費用を用立てる。最後に治療で視力が戻り、ウィルと結婚する。

ハリー・カースン (Harry Carson) カースン家の長男。メアリを誘惑していたが冷たくされ、結婚を申し込むが断られる。労働交渉にきた労働者を馬鹿にした戯画を描いた為に暗殺される。

ジョン・カースン (John Carson) 工場労働者から経営者に出世したが、困窮する労働者への配慮がない。夫人も労働者階級の出身。長男と三人の娘たちにも豊かな生活を送らせ、自分の出自を忘れている。息子を失った後に自分の欠点を悟る。

サリー・レッドビター (Sally Leadbitter) シモンズ洋装店でのメアリの同僚。ハリーとメアリの仲の取り持ち役。

4 あらすじ

マンチェスターの工場労働者ジョン・バートンは妻と13歳の娘メアリと実直に暮らしていたが、出産が近い妻メアリは妹のエスタが失踪し衝撃を受け

『メアリ・バートン──マンチェスター物語』 5

ていた。その中で妻は急に産気づき苦しんだ挙句に急死してしまう。以前工場の操業停止時に一人息子トムが猩紅熱に罹るが、滋養のある食べ物を与えられず亡くなった。その際に食料等を山のように抱えた雇用主夫人を目撃して以来、バートンの心には不公平感が宿っていたが、妻の死を境に更に陰気で頑固になり、2, 3年後には活発な労働組合員になっていた。

　母の死から3年後、メアリは針子の見習いとして働き始める。美しい娘に成長した彼女はエスタの影響もあり、レディに出世することを夢見ていた。更に一年後、前途有望な若者に成長したジェムはメアリとの結婚を考えていたが、ハリー・カースンとの逢瀬を重ねていた彼女はジェムのことは眼中になかった。

　不況時にカースンの工場で大火事があり、ジェムは父と他の工具一人を救出する。保険金で最新式機械を導入したカースンとは対照的に、工具たちは失職し困窮する。中でもカースン工場のダヴェンポートはチフスで死亡し、家族は悲惨な状況で残されてしまう。バートンの不公平感が増す中で、ウィルスン家の双子が熱病に罹り急死する。

　三年程続いていた不況で労働者の困窮は極限に達し、1839年にチャーチスト請願の代表団の一員としてバートンはロンドンに赴くが、留守中にウィルスンが急死する。請願は失敗し、バートンは失意のうちに帰宅する。請願の為に辞職していた彼は代表団に参加したことで復職が叶わず、阿片を常用するようになる。ある晩、娼婦に淪落したエスタがメアリとハリーの関係を知らせようとバートンに近づくが、彼女を妻の死の原因として恨む彼は取り合わない。エスタは姪が自分と同じ運命を辿るのを防ごうとするが、浮浪罪で一カ月間収監されてしまう。

　監督に昇進したジェムはメアリに求婚するが断られる。メアリは直ぐにジェムを愛している事を悟り、以後ハリーとは会わない決心をする。ハリーは翻意しないメアリに求婚するが、彼女を遊びの対象としていたことを暴露してしまう。一方、拘留期間が終了したエスタはジェムにメアリをハリーの魔の手から守るよう頼む。ジェムはハリーにメアリとの関係を質し、二人は争いになり、巡回中の巡査がそれを目撃する。

　海外からの大口注文を巡り労働争議が起こり、労資の代表が交渉したが決裂する。その際ハリーが描いた代表団の戯画が彼らの手に渡る。激怒した彼らはバートンの提案でハリー暗殺を企て、その実行者を籤で決め、結果は神

のみぞ知ることとなった。これは火曜日のことであった。

　航海から帰郷していたウィルが、木曜日の午後にメアリに暇乞いに訪れる。火曜日の出航前にマン島の叔父に会いに行く為、その晩出発するとのことだった。そこへバートンが帰宅し、組合の代表としてグラスゴーへ出立する。その晩8時にカースン家にハリーの遺体が運び込まれる。警察は犯人が使用した拳銃を入手したばかりか、犯行の場所で以前ハリーと若者の喧嘩を巡査が目撃していた為、犯人の目星がついている旨をカースンに告げる。翌日ジェムの母は警官に銃は彼のものに間違いないと答え、ジェムは連行されてしまう。

　一方エスタは事件現場で銃の詰め物に使用した紙を見つける。それにはジェムの筆跡でメアリの名前の一部と住所が書かれていた。それを渡されたメアリは父が真犯人であると確信する。その紙はジェムからのヴァレンタインカードの余白に詩を写し、父に渡したものであった。切れ端の残りが証拠の紙と完全に一致したばかりか、弾丸と火薬も見つかった。メアリは弾丸等をベッドの下に隠し、紙を暖炉で燃やし証拠隠滅を図る。真犯人が暴かれずにジェムの冤罪を晴らす必要があった。まずジェムのアリバイを見つけようとジョウブ宅に相談に行き、マーガレットから事件の晩ジェムはリバプール迄ウィルに同行したことを聞きだす。

　裁判は火曜日だがウィルはマン島から月曜にリバプールに戻るはずだった。メアリはウィルの船名を思い出し、マーガレットから聞いた彼の宿の住所をジェムの弁護士の名刺に書き留める。月曜の朝メアリはリバプールに着くとウィルの宿に急いだが、船は出航していた。宿の息子の勧めでメアリは波止場に急ぎ、舟夫二人に砂州で待機中の船を追うボートを出させる。風が変わり錨を上げ離れていく船に向かいメアリたちが裁判の事を叫ぶと、ウィルが姿を現し水先案内人のボートで戻ると応える。波止場に戻ったメアリは名刺を紛失しており、弁護士の宿も自分の宿泊先も分からなくなっていた。放心状態で座っていると、先ほどの舟夫の一人スタージスが自宅に案内してくれた。ジョウブは弁護士の宿にメアリたちが現れないのでウィルの宿に行き、事情を聴いて驚く。

　裁判当日となり、ジョウブはジェムが身の潔白等を記した手紙を渡される。裁判でジェムは「無罪」を訴えるが、証人たちがジェムの有罪を裏付けていく。ジェインは心ならずも拳銃が息子のものであることを証言し、メア

『メアリ・バートン——マンチェスター物語』　│　7

リはジェムを愛している事など全てを語る。相変わらず証拠はジェムに不利であったが、ついにウィルが入廷したところで、メアリは極度の緊張と疲労から気絶する。ウィルは事件当日のジェムのアリバイを立証し、陪審は「有罪にあらず」、と結審した。

スタージス家にいるメアリは錯乱状態が続き、ジェムはメアリのうわ言で彼女も真犯人を察知していたことを悟る。ジェムはバートンに事件の2日前に拳銃を貸していたため察しがついていたのである。ジェムはメアリのうわ言で真犯人が暴かれるのを恐れたが、アリスが危篤なのでメアリを残し母と帰宅し、翌日アリスは息を引き取る。埋葬後ジェムは幽霊のようなバートンを見かける。彼は帰宅していたのだ。

メアリが回復し帰宅するとサリーが来て、ジェムが解雇されたこと、皆が彼の潔白を疑っていることを告げる。サリーが去り、ジェムに会いに行こうとするメアリに、バートンが夜8時に来るようにとのジェムへの伝言を頼んだ為、彼女はサリーとの話を聞かれたのではと訝る。

メアリがジェムと帰宅すると、カースンとジョウブがいた。自白したからと言って絞首刑は免れないと言うカースンに、バートンは絞首刑など犯行後の苦悩の比ではないと答え、ジェムの無実を証言する。バートンは最愛の息子を失い悲嘆にくれるカースンの姿にトムを失った時の悲しみを重ね、富者も貧者も苦悩では繋がることを痛感する。しかしカースンの嘆きの元凶は自分であることを思い、己の行動の結果に衝撃を受ける。「自分のしている事が分からなかった」(*MB* 35章)、と赦しを乞うと、ジョウブが「我らが人を赦す如く、我らの罪を赦し給え」と「主の祈り」からの一節をつぶやく。するとカースンは、「息子を殺した者に復讐できるように、我が罪が許されませんように」、と述べ立ち去る。

帰路カースンの脳裏から自らの言葉が離れなかった。そのうち乱暴な少年に殴り倒され泣いている少女が目に留まった。怒った子守が少年を捕まえると、少女は、「お願い。あの子は自分のした事が分からなかったのよ。警察には突き出さないから安心して」(*MB* 35章)、と言って、少年にキスさせようと唇を突き出すのであった。少女の願いはバートンの言葉を連想させたが、カースンにはその出処が思い出せなかった。帰宅後図書室に急行し聖書を開いた。骸骨のように痩せ罪を告白し赦しを乞うた男に対する憐憫の情が芽生え、激しい復讐心は萎えていた。聖書を開き、「彼らは自分が何をして

いるか分からないのです」（ルカ 23.14）、とある節を貪るように読み、初め
てその意味を完全に理解した。

　一方バートンは悩んだ時は聖書に頼ったが、世間は聖書とは違っていたこ
と、トムの死後聖書に従わなくなってからは堕落するばかりであったとジョ
ウブに話す。カースンが再訪しバートンの痩せた体を抱えると、彼は感謝の
眼差しで祈るように手を合わせた。カースンが「主よ、罪人なる我らを憐み
給え（ルカ 18.13）。我らが人を赦す如く我らの罪を赦し給え」、と祈りを捧
げると、バートンは彼の腕の中で息絶えた。ジョウブは「神は彼の祈りを聞
き入れ給いて、慰めを与えられた」と叫んだ。

　ジェムの潔白を信じる元の雇い主が、彼をトロントの農業学校の技術者と
して推薦してくれることになった。ジェムは周りの猜疑心に耐えられたが、
真犯人判明後のメアリへの好奇の目から彼女を守りたかった。帰宅すると、
彼とジョウブにカースンから呼び出しがかかっていた。カースンはバートン
のハリー殺害の動機とジェムが殺人に無関係なことを確認したかったのであ
る。ジェムはカースンの問いに、事件の前日バートンが銃を借りに来たが、
目的は知らなかったこと、弁護士に黙秘したのは、父の旧友であり自分が愛
する娘の父の犯罪を暴露したくなかった為だと答える。カースンはジェムの
無罪を確信する。ジェムがバートンはヘンリーとメアリの関係については知
らなかったことを断言し、ジョウブがバートンの死に際の言葉がハリー殺害
の理由を語っている、と語ると、カースンは工場主の工員に対する扱い方の
故に、ハリーが殺害されたことを悟る。ジョウブは主から恵みを受けた強者
には弱者を助ける義務があると諭す。その後カースンは完全な理解と信頼、
愛が工場主と工員の間に存在することを願うようになった。今マンチェスタ
ーで改善された雇用形態は彼の案である。それは苦しみに学んだ、あの厳し
いが思慮深い精神から生まれたものであった。

　カナダ移住の準備に追われる中で、メアリはジェムがハリーとの関係をエ
スタから聞いたことを知る。二人はエスタをアメリカに帯同しようと探すが
見つけ出せない。その後エスタが外で倒れておりバートン家で息を引き取
る。今、彼女はバートンと同じ墓に眠っている。その墓石には名前と日付は
刻まれておらず、「主は常に責むることをせず、また永遠に怒りを懐きたま
わざるなり」（詩編 103.9）、と彫られている。

　カナダでは息子のジョニー（ジョンの愛称）が生まれ、一家は幸せに暮ら

『メアリ・バートン──マンチェスター物語』 ｜ 9

している。ジェインは一度たりともメアリにヘンリーとのことやバートンが殺害犯であることを口にすることはなかった。故郷からの手紙には、マーガレットの視力が回復したこと、彼女とウィルが間もなく結婚しウィルスン一家に会いにやってくること、そして、カナダの昆虫を採集する為にジョウブも同行することが綴られていた。

5 作品のテーマ

　本作品は労働者階級と資本家が対立する中で、労働者の不満がチャーチスト運動へと発展する激動の時代 (*c.*1834–40) を舞台としている。当初の題名『ジョン・バートン』が示すように、ギャスケルは彼が自分の「ヒーロー」であり、彼女の「全ての同情が注がれる」対象であるばかりか、彼を中心に他の人物像は自ずと形成されていった、と記している (*Letters* 74)。「序文」にあるように、運命に翻弄され疲弊した人々の声なき声を代弁するかの如く彼らの窮状を描き、それを富者に知らせ両者の相互理解に資することが執筆の目的であった。そしてジョン・バートンという無学だが信仰の篤い織工が、労働者が工場主の蓄財に貢献しても報われない状況に強い憤りと不公平感を抱き、聖書の教えとは相容れない現実に悩んだ末、工場主の息子殺害に至る「悲劇的詩」(70) を描こうとした。しかし出版社の求めに応じ物語に恋愛の要素を加え、題名も『メアリ・バートン』としたことで、作品は二つの物語を語ることになり、テーマや構成が複雑になる。

　ルーカス (Lucas) 等、本作品を「産業小説」等と解釈するマルクス主義論者は、階級対立のみが「産業的テーマ」の焦点であるとして、ダブルプロットに異を唱えた。例えばウィリアムズは、労働者の状況が描写され続ければこのジャンルの偉大な小説になったであろうに、焦点がメアリに移行後はバートンの影は薄くなり、「彼を中心に物語が展開する」、との作者の言葉と矛盾してしまった、と評し (100)、クレイクは、作品は全く異なる二小説の合成物であり、バートンの労資問題と煽情的なメアリの物語を一作品にまとめるのは無理があると結論づけている (4–5)。一方、ギャラガーはフェミニズムに立脚した新歴史主義の立場から、『メアリ・バートン』は1840年代ユニテリアン派内部の「因果律主義」と「道徳律主義」の相克に影響されており、それが因果関係追及への躊躇を生み出し、作品の矛盾から逃れるために

メロドラマと家庭的なドラマに頼ったと指摘している。そして後半はバートンの悲劇的物語を抑えこみ二種の物語を提示している為、最後は社会批判と説教が混在したと主張している (67)。

　しかし二つの物語は共に力と非力の戦いであり (Flint 17)、資本家による労働者階級の搾取という共通点がある。メアリも資本家による性の搾取を受け、叔母同様の運命を辿る寸前であった。事実、針子は誘惑を受けやすい危険な職業とされていた。つまり本作品は当時問題であった労働者が困窮する「イングランドの現状問題」と、「大社会悪」と呼ばれた女性の淪落問題が背景なのである。またショーの指摘のように、社会的上昇を狙うメアリの恋愛は階級闘争の一種で、ヘンリーによる誘惑は労働者階級の政治小説に付き物と言える。従って父と娘は共通の敵を持っており、メアリの恋愛物語は父親の政治物語と並行している (20)。とすれば、本作品はこの二種の階級闘争の物語という大枠の中で、争いの後の赦しと和解が描かれているとの解釈が成り立つ。

　確かにハリー殺害後バートンは姿を消し、メアリが舞台の中心に躍り出る。ジェムのアリバイ立証の為に彼女が必死の追跡をする様は迫力に満ちているし、父が真犯人であることを隠したまま、ジェムの無実を立証すべく苦しむ姿も真に迫る。しかし帰宅したバートンが己の罪の深さに怖れ慄く場面からは、焦点が再び彼に移行する。彼はキリスト教徒にとり大罪である自殺を考えるが、死よりも辛い苦悩を神が罰として与えたと思い自殺を断念する。その耐え忍ぶ様は究極の苦悶を映し出している。そして積年の不公平感と資本家への憎悪の故に、神の摂理を受容できずにいたバートンが、死後の世界を信じカースンに罪の赦しを乞う姿は、彼の信仰回復の証左であり、作品中白眉の場面である。単なる労資問題では扱えない重要なテーマとなっており、作品の中心はやはりバートンであることを示している。

　更に、「自分がしていることが分からなかった」(*MB* 35 章) と述べ赦しを乞うバートンの言葉と、ジョウブの唱えた「主の祈り」を拒否したカースンが、帰路に聞いた「あの子は自分がしていることが分からなかったのよ」、という少女の言葉でバートンの言葉を想起し、出処を調べるために急いで帰宅し聖書をめくる姿は圧巻である。キリスト教徒なら誰でも気付くキリスト磔刑時の言葉が閃かなかったカースンが、これを機に葛藤しながらもバートンを赦していく回心の始まりと言えよう。ティロットソンは、バートンがカ

『メアリ・バートン──マンチェスター物語』　11

ースンの腕の中で罪を赦され息を引き取ることが真のテーマであると述べている (212)。

またカースンとの問答で、ジョウブが「神から恵みを頂いた強者は、弱者を助けることが神から与えられた使命」(*MB* 37 章)、と諭す件は、自らも労働者であったカースンに、同胞への態度を反省し変容を促す重要な場面である。更にジョウブの、発明は苦しみを生むかも知れないが、更なる善をもたらす神からの贈り物だ、との言葉には、神の計画を受容するというユニテリアンの信仰が現れている (Foster xv)。この 37 章は出版社から要請され加筆した箇所であるが、図らずも宗教性を帯びた重要な章となっている。ライトも『メアリ・バートン』はキリスト教精神が作品化したもので、カースンの回心は作品全体に流れる聖書への言及の表徴であると述べている (35)。

このカースンの変容は恋愛プロット不在の物語では起こりえず、それなしでは単なる殺人事件として、物語全体が平板になっていたことは否めない。メアリとハリーの恋愛事件がなければジェムはハリーと争うこともなく、殺人犯の嫌疑を受けることもなかった。ユーグロウは拳銃の詰め物に使われたメアリの名前が書かれた紙切れが、二つの物語を繋げていると主張しているが (206)、それだけでは不十分である。証拠となりえた紙切れはエスタが発見し、メアリが焼却しているのである。何よりもバートンが罪を告白すべくカースンを呼んだのは、ハリーとメアリの仲介役であったサリーがメアリに、ジェムは有罪を免れても潔白は立証不能なため解雇された、と話すのを漏れ聞いたことが契機である。つまりメアリの恋愛物語がなければ、バートンは一人で悩み死んでいったことであろう。従ってカースンとの和解は成立せず、ギャスケルの意図した相互理解は描かれることはなかった。このように政治物語と恋愛物語は絡み合い、最後に赦しと和解が生まれるのである。

作品の焦点がバートンであるにも拘らずメアリの物語が顕在化するのは題名との整合性もあるが、ギャスケルが女性作家として男性の領域である政治経済問題を全面的に扱うことを躊躇したことも考えられる。初版は匿名出版であったが、作品の随所で女性が作者であることが察知でき、実際 1848 年11 月のカーライルからの手紙は、"Dear Madam" で始まっている (Easson 72)。まず「序文」で「私は政治経済の事は何も知りません」等と女性に特徴的な事を述べ、いわば私的領域に留まることを暗示しながら、労働者の苦境を語ろうとしていた可能性がある。つまり労働問題のみを扱うと男性の公

的領域に踏み込む為、恋愛物語も絡ませ女性がペンを持つことを正当化しようとしたことが窺える。ダルバーティスは「男性的」な文学形式である政治小説を「女性的」な家庭小説に脚色した (46)、と述べている。ならば後半にメアリが前景化するのは無理もあるまい。

　本作品には「イングランドの現状問題」と「大社会悪」を背景に、労働者階級の多彩な側面が描かれている。妻存命中のバートン家の細部に亘る描写は好況時の様子を映し出しているし、ダヴェンポート家の悲惨な地下住居などは、エンゲルス著『イングランドにおける労働者階級の状況』の内容とも重なるばかりか、彼の死は労働者間の相互扶助の習慣も伝えている。またジョウブが没頭している博物学は労働者階級にも流行していた。実際、職工学校で学ぶ労働者等、サミュエル・スマイルズの提唱した自助精神に影響された労働者階級の知識欲は旺盛であった。さらにマーガレットが目指した盲目の歌手等、実在の人物を登場させ、労働者階級の文化が多岐に亘っていた様も描き出している。まさに作品の副題が「マンチェスター物語」である所以であろう。

6 本文から

Why are we so separate, so distinct, when God has made them all? It's not His will that their interests are so far apart. (*MB* 165)

なぜ俺達はこんなに別々で、こんなに違ってるんだ。神が皆を創られたというのに。利害がこんなに隔たっているのは神のご意志ではない。

He [Mr. Carson] raised up the powerless frame; and the departing soul looked out of the eyes with gratitude. He held the dying man propped in his arms. John Barton folded his hands, as if in prayer. (*MB* 358)

　カースン氏は萎えた肉体を起こし、去りゆく人は感謝のこもった目で見つめた。彼は死にゆく男を抱き腕で支えた。ジョン・バートンは手を合わせた。あたかも祈るかのように。

(波多野　葉子)

2.
Ruth

『ルース』(1853)

0 作品の背景

　主人公ルースのモデルとなっているのは、ギャスケルが 1850 年にマンチェスターのニュー・ベイリー刑務所を訪問した時に、実際に会った少女、パスリである。マンチェスター出身で、父親の死後に母親から見放されたため、孤児院に預けられた。14 歳でお針子の見習いに出されたパスリは、そこで売春を強要され、外科医と関係を持つ。母親に助けを求めて手紙を出しても返事はなく、自暴自棄になり、飢えをしのぐために万引きをしてしまう。逮捕されて刑務所へ入れられると、パスリを誘惑した外科医が刑務所のアシスタント・ドクターとして働いていたのだ。再会に驚きを隠せず、パスリは気絶、外科医もへたり込んでしまい、その後この外科医は解雇された。積極的に娼婦救済を行っていたギャスケルは、海外で更生させることを進めていたディケンズに手紙を書き、パスリをオーストラリアへ移住させる算段をする (*Letters* 98–100; Uglow 246–47)。

　罪人とみなされていた堕ちた女性を英雄にするという当時としては斬新な小説『ルース』をギャスケルが執筆した目的は、読者に罪と道徳の概念を再認識させる (Watt 40) ためという見方や、社会の除け者となった女性たちを救済したいという一念から、キリスト教的愛にもとづいて社会の矛盾を告発するという問題意識（木村晶子 206）を提起するためという見解もある。『ルース』は同じく堕ちた女性を題材とした「リジー・リー」(1850) を発展させ、「家庭」での更生と贖罪の可能性を主張しているが、ベンスン家で更生するルースの姿は家庭崇拝に合致している一方で、娼婦救済を受け入れない社会と、上流階級の男性には非難の目が向けられない社会との矛盾を訴えている（波多野 97–98）。実際に、お針子が男性に誘惑されて転落するというのは典型的なヴィクトリア朝の話題 (Michie 106) であったことから、詩や絵画や物語の中では、亡くなるお針子のことが度々描写されている (Dolin x)。また、ヴィクトリア朝の人々は、未婚の母を疎外していた (Sheets-Nguyen 9–10) と

14 　*Ruth*

いう社会的な背景もある。娼婦は当時の大きな社会問題となっていたことから、ギャスケル自身、堕ちた女性についての作品が民衆の注目の的となることを確信していた (Foster 101) のである。

　ルースが職業として選んだナースについては、ナイチンゲールが 1860 年に看護婦養成所を設立するまで尊敬されるような職業ではなく、ほとんどの看護は家庭内の女性の役割とされ、家庭内で行われてきた (Sloan 129–31)。実際には、セイント・ジョンズ・ハウスの近くに「病院・家庭・貧しい人に尽くすナースのための訓練所」が 1848 年 7 月には設立されていたが、当施設の最初の頃の目的は、医学ではなく、宗教心と共同主義の育成であった (Moore 3)。当時の病院のほとんどは寄付によって資金を調達していた寄付制の病院であり、そこで働くナースは看護訓練の経験もなく、大抵は同じような階級の人たちが採用されていた (Higgs 11, 128)。加えて、患者たちは病院の衛生状態が悪かったため、助からない人がほとんどであった (Swisher 43)。職業としての看護は、年取った人、弱い人、酔っ払った人、不潔な人、無神経な人、何をやっても駄目な人によって行われていたことに加えて、看護職は専門的な訓練を要さない仕事とみなされ、ナースは主に料理や掃除に従事していた (Mitton 25)。

　ギャスケルは 1852 年初頭に『ルース』の執筆を始め、同年 8 月末には、既に出版社と契約を交わせるほどの目途がついていた。12 月には完成し、1853 年 1 月 24 日に出版の運びとなった。執筆した場所は、イングランド北西部ランカシャーのシルバーデイルにあるリンデス・タワーで、ここは、作品の中に出てくるブラドショー家のアバマスの別荘のモデルになっている。

1 翻訳・作品名

『ルース』巽豊彦訳『ギャスケル全集 3』日本ギャスケル研究会監修（大阪教育図書, 2001 年）

『ルース』阿部幸子, 角田米子, 宮園衣子, 脇山靖恵訳（近代文芸社, 2009 年）

2 初版

Ruth. A Novel, 3 vols. Chapman & Hall, 1853 年.

3 主な登場人物

ルース・ヒルトン (Ruth Hilton)　体は弱々しいが意志の強い主人公。お針子として働いていた時にベリンガムと出会うが、ベリンガムに捨てられ、ベリンガムの子供を出産した。自らも熱病（チフス）に罹患し、ベリンガムの看病中に他界する。12章以降はミセス・デンビー (Mrs. Denbigh) として登場する。

ジェニー (Jenny)　ルースのお針子時代の親友で喘息が悪化して帰郷する。

ヘンリー・ベリンガム (Henry Bellingham)　ルースの人生を狂わせた男性。後半はミスター・ダン (Mr. Donne) として登場し、ルースを脅かす。

ミセス・メイスン (Mrs. Mason)　ルースのお針子時代の女主人。

ミセス・ベリンガム (Mrs. Bellingham)　ヘンリー・ベリンガムの母。

サースタン・ベンスン (Thurstan Benson)　ウェールズでルースと知り合い、ルース母子の世話をする。体に障害のある心優しい非国教徒の牧師。

フェイス・ベンスン (Faith Benson)　サースタンの姉。障害のある弟の世話をするために生涯を独身で過ごす。ルースの面倒を弟と一緒に献身的にみる。

サリー (Sally)　ベンスン姉弟の子供の頃からの忠実な召使い。サースタンの体の障害は自分が子守をしていた時に落としたせいだと思っている。二人のためなら金銭的援助も惜しまない。

レナード (Leonard)　ルースの一人息子。父親はヘンリー・ベリンガム。

ミスター・ブラドショー (Mr. Bradshaw)　ベンスン姉弟の裕福な近隣住民で政治家。

ジェマイマ (Jemima Bradshaw)　ブラドショー家の長女。ルースに親切で、見方になってくれる。ルースと同い年。

メアリ (Mary Bradshaw)、エリザベス (Elizabeth Bradshaw)　ブラドショー家の次女と三女。ルースが家庭教師をする。

リチャード (Richard)　ブラドショー家の長男。不正を働き、親から勘当される。

ウォルター・ファーカー (Walter Farquhar)　ジェマイマの婚約者で後にジェマイマと結婚する。リチャードの不正を暴く。

ミスター・ヒクソン (Mr. Hickson)　ミスター・ブラッドショーの選挙仲間。

ミセス・ピアソン (Mrs. Pearson)　婦人服店経営者で、ルースの過去を言いふ

らした張本人。

ミスター・グレイ (Mr. Grey)　エクルストンの主管牧師。

ミスター・デイヴィス (Mr. Davis)　この地区一番の外科医でルースの理解者、ルースの一人息子レナードを養子にしたいと申し出る。

4 あらすじ

　【1章】かつては美しかった町並みは今や人々を苦しめる労働者の町と化している。その町の中でルース・ヒルトンはお針子としてミセス・メイスンの仕事場で住み込み労働をしている。同部屋のジェニーは心優しく、ルースの面倒もみてくれるが、咳の発作に苦しんでいる。【2章】公会堂で開催される舞踏会にミセス・メイスンとルースたち数人が行き、ドレスの仕立て・点検・ほつれ直しをすることになる。会場にいたミスター・ベリンガムはルースを見て一目ぼれをする。ルースも彼の親切心に感動する。舞踏会後、ルースは買い物に出た時にベリンガムと再会し、また会う約束をする。同時に、親友のジェニーは体調を悪化させ、迎えに来た母親と実家に帰ってしまう。【3章】ベリンガムはルースに心を奪われ、何度か会ううちにベリンガムとルースの距離は縮まっていく。【4章】ルースは自分の生家を見たいと切望し、ベリンガムと一緒に訪問する。平穏だった当時の生活や亡き母を思慕しながらの帰宅途中、雇用主であるミセス・メイスンに遭遇してしまう。ベリンガムと一緒にいるところを見られ、職場から追放されたルースはベリンガムに半ば強引にロンドンへ連れて行かれる。

　【5章】舞台はウェールズ。ベリンガムと一緒にウェールズを訪問中、体に障害のある男、ミスター・ベンスンに出会う。博識な彼とルースは意気投合するが、ベリンガムは気に入らない様子である。【6章】ベリンガムは重い病（脳炎）に罹り、ベリンガムの母親がやってくる。【7章】ルースはベリンガムの容態を案じているが、ミセス・ベリンガムに部屋への出入りを禁止される。【8章】ミセス・ベリンガムはルースを排除しようとするが、ベリンガムはルースを擁護する。ベリンガムの心は揺れ動くも、母に説得され、ルースに説明することなくウェールズから離れる。ルースはミセス・ベリンガムからの置手紙により、二人が立ち去ったことを知る。絶望のどん底に陥っているルースを助けようとしたミスター・ベンスンが転倒したため、

『ルース』　│　17

今度はルースがミスター・ベンスンの助けになろうと奮闘する。【9章】自ら命を絶とうとしていたルースは、ミスター・ベンスンの優しさに救われる。【10章】ミスター・ベンスンがミセス・ベリンガムに手紙を書くと、彼女はルースを感化院に入所させるよう返信が来る。【11章】ミスター・ベンスンは姉のフェイスに助けを求めると、心優しい彼女はウェールズまで駆けつけてくる。ルースが意識を取り戻し、医者に妊娠を告げられた時、フェイスは動揺するが、姉弟二人でルースの面倒をみることを決断する。そして、ルースに新しい土地で未亡人として生きるよう説得する。【12章】ベリンガムから手切れ金として50ポンドが送られてくるが、ルースは自分を愛するのをやめたお金であることから、そのお金を返したいと申し出る。代わりに往診代やその他の経費は自分の時計を売って支払うよう依頼する。ウェールズを去るにあたり、ベンスン姉弟の母の姓をとり、ルースはミセス・デンビーと名乗る。3人は、倹約しながら馬車でエクルストンへと向かう。

　【13章】エクルストンに着くと、召使いのサリーが出迎えている。最初サリーはルースのことを疑い、不機嫌な態度をとり、ルースの髪の毛も切ってしまうが、ルースの微動だにしない穏やかさに感銘を受け、心を入れ替える。【14章】サリーにルースの秘密の全てが打ち明けられ、サリーも手助けすると約束する。ベンスン姉弟が恐れていたのはブラッドショー夫妻であり、ルースの素性を悟られないよう警戒する。牧師であるミスター・ベンスンの礼拝が行われ、ルースはその最中に自らの過ちを懺悔する。【15章】ミセス・ブラッドショーから赤ちゃん用のモスリンが届き、ルースは仕方がなく受け取り、産まれてくる赤子用に子供服を仕立てる。ルースは産まれた息子に全精力を捧げる。【16章】ルースは生活費を切り詰めているベンスン家を出ることを考えるが、ベンスン姉弟の説得により家に留まることになる。折に触れて赤子を抱きながら涙を流し、憂鬱になっているルースに対し、サリーは赤子を取り上げ、涙を流すのは縁起が悪く、子どもによくないと諭す。以後、ルースは自暴自棄になることはなく、よく働くようになる。【17章】ルースの息子、レナードの洗礼が行われる。ミスター・ベンスンは地域の子供たちの教育もしていたが、勉強を始めたルースの賢さに感心する。

　【18章】ルースがベンスン家に来て1年が経過した時、ルースは生きることに喜びを感じ始める。サリーはベンスン姉弟に遺産として30ポンド残すことを遺言状にしたためているとルースに打ち明ける。ルースはブラドショ

一家のメアリとエリザベスの家庭教師を務めることが決まる。【19章】ルースは、家ではレナードの教育に奮闘する。うそをつくことを覚えてしまったレナードにミスター・ベンスンがお仕置きをすると、レナードは良い子になると約束をする。【20章】ジェマイマとミスター・ファーカーとの結婚が間近になっているのではないかと、周囲が期待している。【21章】ブラドショー夫婦はジェマイマがミスター・ファーカーに対して行儀よく接するよう試行錯誤し、ルースの協力も仰ぐが、うまくいかない。むしろ、ミスター・ファーカーはルースに興味を持つようになる。ジェマイマは自分の妹たちの世話をし、ミスター・ファーカーに気に入られているルースに嫉妬心を抱くようになる。

　【22章】ミスター・ブラドショーの選挙活動に伴い、ルースはレナードと離れることに心を痛めつつ、メアリとエリザベスを連れてアバマスへ行くことになる。ブラドショー家では、ジェマイマが母とミスター・ダンの噂をし、好意を抱いている。【23章】アバマスではミスター・ブラドショーが来ることになり、準備に勤しんでいる。ミスター・ブラドショーは2人の仲間を連れ立ってやってきたが、そのうちの一人、ミスター・ダンと名乗る男はあのベリンガムであることが判明し、ルースは大層動揺するが、その動揺はメアリとエリザベスにも伝わってしまう。ベリンガムもルースの存在に気付き、ルースに接近しようとする。何とか話をする機会を持とうとするベリンガムの要求を、ルースは拒み続ける。ミスター・ブラドショーが帰ることになった日の朝食の席で、ルースにはレナードという息子がいることが判明し、ベリンガムはその子が自分とルースの子供であると確信する。【24章】ルースはベリンガムにレナードを奪われるのではないかと警戒する。ベリンガムとルースが二人きりで会った時、ベリンガムは正式にルースに結婚の申し込みをするが、ルースはレナードにベリンガムを近づけまいと、きっぱりと断る。ブラドショー一行が立ち去ると、ルースたちはアバマスを引き上げることになり、同時にミス・ベンスンからの手紙にレナードの加減が思わしくないことが書かれていたため、ルースは帰る準備を急ぐ。

　【25章】アバマスから戻ると、レナードが麻疹にかかり、寝込んでいるが、まもなく回復する。以後、レナードはすくすく成長する。ジェマイマはミスター・ファーカーの心がルースに傾いているのではないかと疑い、一方的にルースを避けるようになっている。ジェマイマが婦人服店に帽子を選びに行

った折、お店の婦人からルースの過去の過ちを聞き、ショックを受ける。ジェマイマのルースに対する嫉妬は消え、様々なことがジェマイマの脳裏を駆け巡る。【26章】以後、ジェマイマは一転してルースを監視するようになる。ジェマイマは兄にミスター・ファーカーをルースに取られないよう忠告する。ついにミスター・ブラドショーにルースの過去が発覚し、ふしだらな女と罵倒されるが、ここでジェマイマが中に入り、いかにルースが誠実な人間であるかを証言する。以後、ルースはブラドショー家に出入り禁止となる。【27章】ルースの過去の噂は町中に広まり、それはレナードにも飛び火し、ルースは極限まで追い詰められる。このことで、ミスター・ベンスンはミスター・ブラドショーに呼び出され、縁を切られる。今まで親切だった人々が一瞬にして変わっていく中で、ベンスン姉弟とサリーだけは今までと変わらず、これからも一緒に生活していくことを約束してくれる。【28章】ブラドショー家が冷たい態度をとる中で、ジェマイマはルースの役に立ちたい、ルースに謝りたいと願う。ジェマイマとミスター・ファーカーはルースに対して共通の同情心を抱く中でよりを戻し、ミスター・ファーカーがベンスン家を訪問する。体調の優れないレナードがミスター・ファーカーのところからベンスン家まで新聞を配達する役目を担うことになり、人目を気にしながらも役目を果たす。メアリとエリザベスは寄宿学校に入ることになる。【29章】ベンスン家の皆が重苦しい雰囲気に包まれ、お金にも困っていた時、サリーが今まで家政婦をしながら貯めてきた自分の預金を下ろし、ミスター・ベンスンに預ける。その頃、ミスター・ファーカーとジェマイマの結婚も決まる。ルースとジェマイマは感動の再会を果たす。お互いのわだかまりも解け、暖かい雰囲気に包まれる。教区のウィンヌ医師からナース (a sick nurse) として働かないかと誘いを受けたルースは、ジェマイマの反対はあったものの、人の役に立ちたいという一心から前向きに検討する。

　【30章】ナースとして働き始めたルースは、貧しさや病気の重症度に関係なく、どんな人にも平等に、そして穏やかに看護を提供したため、評判は高まっていく。サリーは耳が遠くなり、ベンスン姉弟は老いとの戦いが始まり、ジェマイマは母親になるなど、刻々と周囲は変化していく。ミスター・ベンスンがスター生命保険会社の配当金を受け取っていないことをミスター・ファーカーに相談すると、ミスター・ベンスンの株は1年以上前に他人に譲渡されていることが分かり、更に、株を譲渡した犯人がリチャード・ブ

ラドショーであったことが判明する。ミスター・ブラドショーは息子との縁を切り、ミスター・ベンスンに息子を起訴して欲しいと訴えるが、ミスター・ベンスンは訴えはしないと約束する。【31章】海外へ行っていたリチャードは、帰国してドーヴァーから帰宅する途中、乗合馬車が横転事故を起こす。リチャードは無事であったが、ミスター・ベンスンからそのことを聞いた途端、ミスター・ブラドショーは気絶してしまう。【32章】リチャードは仕事が解雇となった後、グラスゴーで真面目に生活していることが伝えられる。この一件があってから、ベンスン家を避けていたブラドショー家の人々が再びミスター・ベンスンの礼拝に戻ってくる。

　【33章】エクルストンの町にチフスが蔓延し、町の病院が混乱状態となる。そのような中、ルースは病院のチフス患者病棟の責任者 (matron) になる決心をする。このことをレナードにはルース自ら、フェイスにはミスター・ベンスンから打ち明けることになり、家中が不安と緊張に包まれる。しかし、病院でのルースの活躍は評判となり、罪の償いとしてではなく、神への愛のために働いているのだと人々は考えるようになる。レナードはそのような母を誇らしく思う。数週間後、無事にチフスの猛威は終息し、ルースは無事に家に戻る。【34章】家に戻り、強引に休息を取らされているルースのもとへジェマイマがやってくる。ミスター・ブラドショーが再びアバマスに招待し、ルースへの感謝の気持ちを表したいと思っていることをジェマイマから伝えられると、ルースもその誘いを有り難く思う。そこへ牧師のミスター・グレイがやってきて、病院からルースに感謝状が送られたことを告げる。またその日の午後には外科医のミスター・デイヴィスがやってきて、医者仲間からの感謝状を持参する。同時にレナードを養子にし、診療所の跡継ぎにしたいと申し出る。このことにルースは喜ぶが返事に2週間待ってもらう。ミスター・デイヴィスは帰り際、ミスター・ダンがチフスで伏せっていて誰も看病する人がいないことを告げる。それを聞いたルースは、ミスター・デイヴィスにミスター・ダンがレナードの父親であること、誰も看病する人がいないのであれば、自分が何としてでも行かなければならないと伝える。ミスター・デイヴィスは動揺し、やめるよう説得するが、ルースの決心は固く、2人でミスター・ダンの元へ向かう。ルースは実に手際よく優しく看病する。【35章】3日後ミスター・ダンは快方に向かったが、ルースが感染し、命の危機にさらされる。ミスター・ダンのことを快く思っていないミスター・デ

イヴィスはルースが看病に行くことをなぜ許してしまったのかと自責の念に陥る。ルースは皆に囲まれ、静かに亡くなっていく。そして、レナードの叫び声が静寂な家の中に響き渡る。

【36章】レナードはジェマイマが預かってくれることになり、ベンスン家にはミスター・ダンがやってくる。何も知らないサリーが彼をルースの元へ案内する。彼は生前のルースに親切にしてくれた御礼としてお金を差し出そうとするとサリーは憤慨する。そこにミスター・ベンスンが戻ってくる。ミスター・ダンが、ルースとのこと、そしてレナードの養育費について話し出すと、ミスター・ベンスンは大層腹を立て、全てを断ると、ミスター・ダンはミスター・ベンスンを罵りながら家を出ていく。その後、ミスター・ダンは町を出て行ったというニュースが流れ、ルースの葬儀はルースを慕う人々が身分を越えて集まり、滞りなく行われる。

5 作品のテーマ

《『ルース』の出版当時の評価》

性道徳を扱っているため、世間を知らない若者に読まれる危険性や誤解される恐れがあったことは、出版前からギャスケル自身認識していた。現にロンドンの図書館は家庭で読むには不向きな書と判断 (Uglow 338) するなど、思った以上のバッシングからギャスケル自身も「ルース熱」(a 'Ruth' fever) による体調不良を訴えている (*Letters* 81)。しかし、世間の評判とは裏腹に、ギャスケルを知る者たちは『ルース』が素晴らしい作品であると評価している。シャーロット・ブロンテは生きる希望と活力を喪失している人々に道を開くことのできる素晴らしい作品である (Wise 332) と評価し、ジョージ・エリオットも舞台描写の美しさと登場人物の特徴の捕らえ方を絶賛している (Cross 305)。また、ナイチンゲールとギャスケルは『ルース』出版後から交流が始まり、多比羅が指摘しているように、ナースとして人びとから感謝され賛美されるルースの姿は、ナイチンゲールの心を勇気づけ、彼女が歩もうとする道の確かさを教えた (28–35) とされている。

《堕ちた女性をヒロインとした物語》

『ルース』の論考の中で、「堕ちた女性」としてのルースについて論じてい

るものは多く見受けられるが、堕ちた女性を描いた作品に対して批判的な立場をとる論と擁護する論とに大別される。批判的立場を取る理由は、汚らわしい堕ちた女性であったヒロインが自立し、聖女とも思える最期を迎える結末が読者に受け入れられなかった（足立 198）ことや、未婚で私生児を生み育てる話は女性に不適切であり、ギャスケルの道徳心自体が疑われたとしても不思議はなく、ルースに聖母や救世主の役割を与えることは、神を冒涜すると考えられていたためである（波多野 96–100）。

　ルースを擁護する論としては、ルースの世間知らずなところは堕ちた女性の固定されたイメージとは区別される重要な要素であり、堕ちた女性として産まれたのではなく、なってしまった (Silkü 105–09) という読み方や、ルースが堕ちた女性になった理由をルース自身にあるのではなく、身を挺してでもルースを守ることができなかったベリンガムの弱さにある（朝日 61–62）という論がある。また、若きヒロインを非難することなく、比喩的に聖なる犠牲者としてルースを描いている (Diniejko 135) という観点もある。

《ルースが死ななければならなかった理由》

　シャーロット・ブロンテはなぜルースは死ななければならなかったのか、なぜ私たちは泣きながら本を閉じなければならないのかとルースの結末の悲劇性を訴えている (Wise 332)。ルースが死ななければならなかった理由については、批評史上、実に多くの研究者によって論じられてきた。ルースが生きていては世間が許さないとする見方として、19 世紀にふしだらな罪を犯した女性は、社会的制裁として死をもって終わらざるを得なかった（巽 463）という意見や、ポラードの罪の代償は死を以って、物語の信頼性という損害で支払われなければならない (102)、つまり、ルースの死によって作品の正当性が保たれたという意見、またルースの死は、報酬であると同時に刑罰である (Silkü 109) という考察もある。更に、殉教だけが神に対して彼女が犯してしまった罪を償えるのかもしれない (Wright 83) と示唆する論もある。

　ギャスケルの執筆上の視点からみると、この後何年もルースの幸せな生活が保障されるとなれば、それは余りにも現実から離れすぎるという恐れのためのギャスケルの妥協である（中村 32）とする説、木村正子の自分の意思に基づいて行動した結果が死であり、ルースの死は理想とされた家庭の天使

『ルース』｜　23

に対するギャスケルの疑念である (15) という主張がある。足立は愛情とい
う側面から、レナードへの愛情、更には、生きたままでは罪を犯さなかった
ことにはできないため、ルースが純粋無垢な状態で安らかに神のみもとへ行
けるようにルースに最高の幸せとして死を与えたギャスケルの愛情 (187–89)
があったことを示唆している。また、波多野はルースの死について、感染し
て女性的な弱さとはかなさを証明する必要があったこと、もし生きてしまっ
たら、救いの天使ではなく、モラルの腐敗を暗示し、看護による聖性を否定
することになること、助かったらベリンガムと結ばれることが想定されてし
まうこと (109) を理由に挙げている。

　一方、ルースは死ぬ必要がなかったと結論付けている論として、ライトが
詩的正義（物語の中での因果応報）からみると死ぬ必要はなく、ルースは少
なくとも詩的正義を得ようと勤めるべきであった (86) と述べている。

《ルースの死》

　ルースの死の瞬間についての聖性もまた、キリスト教信仰と社会問題の視
点から論じられてきた。ギャスケル自身はユニテリアンであったが、『ルー
ス』の死をもって贖罪するという主題や内容は、福音主義 (Evangelicalism)
の理念に従い、娼婦を救済するという、福音派の主導のもとに行われたマグ
ダレニズム (Evangelical Magdalenism) の影響を受けている (Hatano 634–41)
という論がある。更に、足立はルースの死に際を母に守られていた、罪を犯
すことのなかった純粋無垢であった子供の頃の自分に戻っていたと表現し、
神からの最高の祝福を受けて天国へ、そして平安の境地に達して亡くなった
(183, 189) とルースの穏やかな死を主張している。ルースが死の直前に光を
見た瞬間について、朝日は神と人間ルースとが合致した瞬間であり、人生を
まっとうに生きた人の生き様が神に認められた終極点を意味している (70)
と述べている。また、ヴィクトリア時代は実社会でも、文学上でも、私生児
は死を以って終わっていたが、レナードを生き残らせたことは、彼が母親の
教えを守って成長していくことを暗示している（角田 52）という意見など、
ルースに対して温かい眼差しが注がれている。

《ベリンガムに対するルースの想い》

　ルースがベリンガムからの結婚の要求を断固断っていることについては、

ベリンガムの愚かさに気付き、レナードの父親は「悪い人」であることが分かったからである。それでいながら、なぜルースはベリンガムの元へ向かわねばならなかったかについては、病人の看病をすることが好きで、ベリンガムに対して棄て切れない愛を抱いているからだとルース自身で語っている。しかし、足立の自分を捨てた理由を確かめたい、また、ベリンガムの彼女への愛を確かめたい (185) というルースの想いがあったという意見の他、死後に愛を成就させるため (Wright 95)、まだベリンガムを愛しているため (Shumaker 155) といった理由が挙げられる。

　また、朝日はルースの愛には、エロス的なものからアガペー的なものへ思考していったというよりは、むしろ内なる世界で両方が混然一体となってルースならではの愛の様相を醸し出した（70）と述べている。足立は、ベリンガムの要求をはねつけることができたのは、息子に接触させたくないという母の愛から (169) であり、解決の一つは愛他的キリスト教精神 (197) にあると示唆している。

《登場人物批評──同時代文学との比較》
　ギャスケルの作品同士では『メアリ・バートン』と比較した論が多く見られ、ミスター・ベンスンが寓意的な光景の中に突然登場するところが、神秘的な道具に囲まれたジョウブ・リーにより引き出された効果と同様の、かなり神話的な状況を作り出している (Lambert 86) という論などがある。他に、『クランフォード』と比較した論考 (Jaffe 46–58) もある。『ルース』は堕ちた女性という視点から、ヴィクトリア朝の同時代文学作品、例えばハーディの『ダーバヴィル家のテス』と比較した論考（Shumaker; 鈴江）やホーソーンの『緋文字』と比較した論考 (Healy) があるが、それぞれの登場人物も他の作家の作品の登場人物と比較されている。ブラドショーは、ジョージ・エリオットの『ミドルマーチ』のバルストロードよりも優れているとされているディケンズの『ハード・タイムズ』のグラッドグラインドよりも、はるかに優れた創作人物であると評価されている。ジェマイマは、シャーロット・ブロンテの情熱的な女性を思い起こさせ、彼女の陰のある表情ときらめくような目は、ジョージ・エリオットの『フロス河の水車場』のマギーを予期させる。ベンスン家の人々はワーズワスの「義務に与うる頌」で述べられているキリスト教の義務と偽善的な義務の理想像として描かれている (Dolin xvii–xviii)。

《小説のカテゴリー》

　　『ルース』の小説のジャンルを確定するのは極めて困難であり、読者により様々な解釈がなされてきた。ユーグロウを筆頭に『ルース』の牧歌的な要素に焦点を当てた批評家の中で、「色」に注目し、黄色のジャスミンの花は亡き母との幸せな思い出が、灰色はジェマイマを悩ます憂鬱と絶望が (Wildt 110, 127) 反映されていることなどを分析したものもある。一方、『ルース』の産業的な側面に焦点を当てた論考では、シェルストンを始めとする批評家が労働者や未婚の母を扱い、罪悪や慈悲深い心の欠如が産業化と結びつく様を描いた社会派小説と解釈している。また、『ルース』はスタイルや語り方、体験談が再現描写の可能性を提供するロマンス (Easson xi–xiv) であるという視点もある。更に、『ルース』は社会的思想の発展の最先端ではなく、先駆的地位にある小説 (Hopkins 132) と位置付ける論や、神を裏切り、神の元へ帰るルースの精神を描くことで、社会小説的表層部から信仰をテーマとした宗教小説への転換が起こっている（鮎澤 23–34）という見解もある。

6 本文から

"I want to tell you, that I have been this morning and offered myself as matron to the fever-ward while it is so full. They have accepted me; and I am going this evening." she said. (*RT* 343)

（「お伝えしたいことがございます。私は、満室となっている間、感染症病棟の責任者となることを、今朝行って受諾してきました。病院は私を採用して下さいましたので、今夜向かいます。」）

"Such a one as her has never been a great sinner; nor does she do her work as a penance, but for the love of God, and of the blessed Jesus." (*RT* 346)

（「彼女のような人が大罪人だったことなんかないし、贖罪としてやっているんでもない、神と神聖なるキリスト様のためにやっているんだ。」）

"I see the Light coming," said she. "The Light is coming," she said. (*RT* 361)

（「私には近づいてくる光が見えます。」「光が近づいてきています。」と彼女は言いました。）

（遠藤　花子）

3.

Cranford

『クランフォード』(1851–53)

0 作品の背景

　1851 年ロンドンで世界初の万国博覧会が開催された。ギャスケルはその際「科学や進歩が若いころの時代を取り払ってしまう」(Uglow 279) と感じたようだ。彼女が『ハウスホールド・ワーズ』誌に「クランフォードの社交界」を発表したのは万博閉会直後で、そしてその中に「回想の世界」(Sharps 125) を描いたのだった。当初は一回読み切りのつもりであったが、好評を得、以後全 9 回にわたって連載することとなる。続編を書くことになろうとは予想だにしなかったギャスケルは、意思に反してブラウン大尉を殺してしまったことを後悔した (*Letters* 748)。

　続編は 1852 年 1 月から 1853 年 5 月まで断続的に掲載されたが、1852 年 4 月と 1853 年 1 月の間隔が空いたのは、『ルース』(1853) の執筆と重なっていたからである。作品を称賛し、次を心待ちにしていたディケンズは、いつもより忍耐強く待っていたが、ついに手紙の追伸に「クランフォードは？」と書いたのだった (Shelston xv)。続編にもそれぞれタイトルが付されていたが、1853 年に単行本[1]として出版される際にはまとめて『クランフォード』と改題のうえ、章分けも変更され[2]、いくつか加筆修正が加えられた。特に、第 1 回目の掲載分に当たる単行本の第 1, 2 章で、ディケンズの筆名「ボズ」と彼の著作の『ピクウィック・ペーパーズ』及び『クリスマス・キャロル』がその通り元に戻される。というのは『ハウスホールド・ワーズ』誌に載せる際、不適切と思ったディケンズが一方的に別の作家名、別の作品名に書き換え、抗議したギャスケルに詫び状を送る事態になっていたのだ (Shelston xiv)。彼に敬意を表し、ユーモアを引き出す効果を狙うと共に、恐らく現実の世界との橋渡しにしたいと考えたギャスケルの意図が、ようやく尊重されたのであった。

　『クランフォード』のモデルはギャスケルの育ったナッツフォードである。1849 年に「イングランドの前世代の人々」でナッツフォードについてのエ

ッセイを発表し、続いて『ハリソン氏の告白』(1851) でナッツフォードでの思い出を物語にし、そしてこの『クランフォード』では両作品が集約され、成熟したストーリー展開となる。折しも『クランフォード』発表の直前、つまり万博閉会直後の 1851 年 10 月にギャスケルはナッツフォードに引きこもっている。恐らく、マンチェスターからの避難所として帰った故郷も多くは変っており (Uglow 279)、それがかえって昔を懐かしむ気持ちに拍車をかけたのかもしれない。発表年よりも 2、30 年ほど以前のナッツフォードが、都会からやって来たうら若きギャスケルの目を通して描かれていると見ることができる。

　物語は小話の連続で、クランフォードのしきたりや習慣、住人の振る舞いなどが統一された雰囲気で語られる。そこにある滑稽さを作者自身、しばしば「クランフォーディズム」と呼び (Letters 290)、日常生活の一こまを表現するのに用いている。更に、執筆から 10 年以上経た時でさえ「自分でも読み返すことのできる唯一の作品」(Letters 747) と述べるほど、ギャスケル自身『クランフォード』を成功作とみなしていたようだ。事実『クランフォード』の人気は高く、1865 年のギャスケルの死から 19 世紀の終わりまでにイギリスとアメリカで 20 種類もの版が上梓され、特にアメリカでは 1892 年までに 8 刷を重ねたということである。今日でもアメリカで最も人気の高いギャスケル作品であることに変わりはない。『クランフォード』は国を問わず、多くの読者にとってギャスケルの代表作といえるのではないだろうか (Shelston xiii)。

1 翻訳・作品名

「クランファド」野上豊一郎譯　世界名作大観：第一部第 9 巻下巻『高慢と偏見附クランファド』(國民文庫刊行會, 1928 年) pp. 1–337.
　　※ なお、前半に「高慢と偏見」が収録されているが、「クランファド」には再びページが 1 から付されている。
『女の町』秋沢三郎譯 (新展社, 1947 年)
『女だけの町：クランフォード』川原信訳 (角川書店, 1953 年)
「女だけの町」小池滋訳　世界文学全集第 14 巻『オースティン　ギャスケル集』(筑摩書房, 1967 年) pp. 339–507.

『女だけの町（クランフォード）』小池滋訳（岩波書店, 1986 年）

『クランフォード』小池滋訳『ギャスケル全集 1 クランフォード・短篇』日
本ギャスケル協会監修（大阪教育図書, 2000 年）pp. 5–179.

2 掲載誌

Household Words,

第 4 巻. 1851 年 12 月 13 日号 pp. 265–74.

'Our Society at Cranford.'

第 4 巻. 1852 年 1 月 3 日号 pp. 349–57.

'A Love Affair at Cranford.'

第 4 巻. 1852 年 3 月 13 日号 pp. 588–97.

'Memory at Cranford.'

第 5 巻. 1852 年 4 月 3 日号 pp. 55–64.

'Visiting at Cranford.'

第 6 巻. 1853 年 1 月 8 日号 pp. 390–96.

'The Great Cranford Panic. In Two Chapters. Chapter the First.'

第 6 巻. 1853 年 1 月 15 日号 pp. 413–20.

'The Great Cranford Panic. In Two Chapters. Chapter the Second.'

第 7 巻. 1853 年 4 月 2 日号 pp. 108–15.

'Stopped Payment, at Cranford.'

第 7 巻. 1853 年 5 月 7 日号 pp. 220–27.

'Friends in Need, at Cranford.'

第 7 巻. 1853 年 5 月 21 日号 pp. 277–85.

'A Happy Return to Cranford.'

3 主な登場人物

メアリ・スミス (Mary Smith)　物語の語り手 (I)。全編、彼女の視点から描か
れる。普段は商業都市ドランブルにビジネスマンの父親と住んでいるが、し
ばしばクランフォードを訪れ、遠縁のミス・マティの家に長期滞在する。

デボラ・ジェンキンズ (Deborah Jenkyns) ミス・ジェンキンズと呼ばれる。牧
師の娘で、クランフォードの規範となる高潔な淑女。

マチルダ・ジェンキンズ (Matilda Jenkyns)　第 3 章以降の実質的な主人公で、愛称はミス・マティ。デボラの妹だが姉と違って気が弱く、お人好しなまでに善良。メアリからは年寄り扱いされているが、当初はまだ 51 歳ほどで、物語後半に 58 歳という記述がある。

ピーター・ジェンキンズ (Peter Jenkyns)　デボラとマチルダの弟。将来は牧師職が約束されているはずであったが、悪戯好きが高じて致命的な事件を起こし、家を飛び出す。軍隊に入って以降、行方不明となる。

ブラウン大尉 (Captain Brown)　恩給暮らしの退役陸軍大尉。気取らず、誰にでも分け隔てなく親切である。不幸な事故に遭い命を落とす。

メアリ・ブラウン (Mary Brown)　ブラウン大尉の長女で、ミス・ブラウンと呼ばれる。病身のため、不機嫌なことが多い。

ジェシー・ブラウン (Jessie Brown)　ブラウン大尉の次女。父親似の飾らないところがあり、明るく優しい性格。献身的に姉の看病をしている。

ミス・ポール (Miss Pole)　ミス・マティの良き友人。行動力があり、噂好きで町の情報源ながら、勝手な思い込みが激しくすぐ話を大きくする。

ミスター・ホルブルック (Mr. Holbrook)　ミス・ポールの従兄で、クランフォードから 4、5 マイル離れた所に住む小地主。その昔、ミス・マティとは相思相愛だったが、結婚を反対され未だ独身。

ミセス・フォレスター (Mrs. Forrester)　古い名家出身の未亡人で、一目置かれている。カードゲームの名人。

ジェイミソンの奥様 (The Honourable Mrs. Jamieson)　故グレンマイア男爵の義理の妹で、クランフォードの最高位として丁重に扱われているが、自分本位。

グレンマイアの奥方様 (Lady Glenmire)　グレンマイア男爵の未亡人ながら、自身の地位にこだわらず自然体で親しみやすい。ホギンズ医師と再婚し、ジェイミソンの奥様の不興を買う。

ホギンズ医師 (Mr. Hoggins)　クランフォード唯一の医師。腕が良く信頼されているが、階級や服装には無頓着なので、淑女たちからはあまりよく思われていない。グレンマイアの奥方様と結婚する。

ミセス・フィッツ＝アダム (Mrs. Fitz-Adam)　もとメアリ・ホギンズで夫亡き後、クランフォードに戻ってきた。ホギンズ医師の姉で実家は豪農ながら、淑女たちからは成り上がり者として時々爪はじきにされる。

ミス・ベティ・バーカー (Miss Betty Barker)　以前はメイドをしていたが、その後姉とともに婦人帽子店を開いてなかなか繁盛させていた。姉の死後は店をたたみ、悠々自適の生活を送る。

セニョール・ブルノーニ (Signor Brunoni)　本名はサミュエル・ブラウン (Samuel Brown)。クランフォードに公演に来たマジシャンで、双子の弟がいる。インドで従軍していた経験がある。

セニョーラ・ブルノーニ (Signora Brunoni)　セニョールの妻。インドで6人の子を失い、残った一人を連れて苦難を乗り越え帰国する。

マーサ (Martha)　ミス・マティの女中。主人の破産という危機に一計を案じて、ミス・マティを救おうとする。

4 あらすじ

第1章 「社交界」

　クランフォードは女の町である。ある程度の財産を持っているのも、社交界を取り仕切っているのも女である。「邪魔で役に立たない男」にかまう必要のない生活を、女たちは楽しんでいるかのようであった。しかしある日、ブラウン大尉が娘二人と共に越して来て、クランフォードのしきたりを破り始める。つまり、貧乏であることを公言してはばからないのだ。女たちが、倹約しながらもなんとか豊かに見えるよう取り繕い—elegant economy—そして、貧しいことが露見しても親切な団体精神—esprit de corps—で見て見ぬふりをしているというのに。しかしやがて、大尉の飾らない親切な態度は女たちに受け入れられ、パーティーにも招かれることになる。そこでも彼は、何くれとなく女たちの世話を焼くのだが、ただ文学に関してはミス・ジェンキンズと趣味が合わず、ボズ氏対ジョンソン博士[3]の論議が繰り広げられるのだった。

第2章 「大尉」

　ミス・ジェンキンズはある日、大尉からの訪問を受けるが、彼は疲れが目立ち、次女のミス・ジェシーも病身の姉の不機嫌に耐える日々が続いているという。その午後だった。ブラウン大尉は線路に入ろうとしていた子供を助けて、列車[4]に轢かれてしまう。親切な大尉の死に町中が悲しむ中葬儀が行われ、それから間もなくミス・ブラウンの容態が悪化し、妹の見守る中、姉は静

『クランフォード』　| 31

かに息を引き取った。一人になったミス・ジェシーの将来についての話し合いの最中、大尉と旧知のゴードン少佐が訪れる。大尉の死を新聞で知った彼は、ミス・ジェシーに求婚しに来たのだ。二人はクランフォードの人々と暖かい親交を続け、娘のフローラは老いゆくミス・ジェンキンズの慰めとなる。

第3章　「昔の恋物語」

　クランフォードの規範であったミス・ジェンキンズが亡くなり、淑女たちは日々の過ごし方の方向性をも見失ってしまったようで、ひたすら過去の話をし、過去と同じ事をしようと努める。ミス・マティは姉が生きていたころよりも厳格になり、女中のファニーに恋人との付き合いを禁止する。しかし、そんな彼女にもかつて相思相愛の人がいた。相手はミスター・ホルブックで、結局、牧師の娘とは身分不釣り合いということで結婚できなかったらしい。ある日、ミス・マティが店で布地を見ていると、一人の男が入ってきて手袋を注文した。その声を聞いた彼女は尻餅をつき、男の方は大股で歩み寄り、「マティ、いやマチルダさん、いやいやジェンキンズさん！」と大声で呼びかける。何も買わずに家に帰ったミス・マティは、部屋にこもって泣いているようだった。

第4章　「老独身男性を訪ねて」

　二人が再会して数日後、ミスター・ホルブックから招待状が届く。しかしミス・マティは、姉が生きていたら嫌がるだろうなどと言う。そこを何とか説得し、帽子も新調し、ホルブック邸へと向かった。最初は緊張した様子のミス・マティだったが、食事の後「独身の男の方とお食事するのってとっても楽しいわね」と優しく言う。ミスター・ホルブックは、豪胆な人柄ながらかなりの読書家で、また自然を眺めては詩を暗唱するような夢想家の一面も見せる。別れ際に、彼が次はミス・マティを訪ねると約束し、そして彼はやって来た。しかし、まもなくパリへ発つという。30年前と同じように「マティ」と呼び、ミスター・ホルブックは去っていった。「パリへなんか行ってほしくないのに」というミス・マティの不安は的中し、帰国した彼は、ぽーっとしたまま亡くなってしまったのである。ミス・マティはそれ以後二度と、彼の名を口にしなかった。その代わり、未亡人が被るのと同じような帽子を注文し、そして女中のマーサに、恋人との交際を許したのだった。

第5章　「古い手紙」

　ある夕べ、倹約のため一本だけ灯された蝋燭の灯りに照らされながらミ

32　│　*Cranford*

ス・マティは昔話をし、そのためか古い手紙を処分する気になる。ジェンキンズ夫妻が結婚する前の情熱のこもったやりとりや家庭を構えてからの事など、読んでは思いを巡らせ、そして炉にくべていった。手紙の束の中に、ピーターという人からのものがあり、その中には取り乱した様子のものもあった。ミス・マティはそれを読むと「かわいそうなピーター」と言って泣き出してしまった。

第6章 「かわいそうなピーター」

　ミス・マティの弟ピーターは、牧師の職を約束された前途洋々たる優秀な若者であるはずだった。しかし、学校での彼の評判といえば、悪ふざけにかけては一番というもので、がっかりした父親は自ら彼を教育し始めた。もちろん家でも彼の悪戯癖は治らない。ミス・デボラも父親も留守だったある日、かねてから真面目一辺倒の姉を困らせてやろうと思っていたピーターは、姉の服を着て枕で作り上げた赤ん坊を抱き、人目につくよう庭を行ったり来たりしたのだ。ちょうど帰宅した父親が事態を見て取ると怒りで青ざめ、そして持っていたステッキで、人々の面前で、ピーターを打ち据えたのである。その後ピーターは母親にいとま乞いのような挨拶をして、どこかへ行ってしまった。皆が、特に母親が、必死に探したが見つからなかった。結局、ピーターはリヴァプールへ行って、海軍に志願していたのである。手紙の行き違いが重なり、両親がリヴァプールへ駆けつけた時には、艦は出た後だった。

第7章 「訪問」

　ある朝、突然のミス・バーカーの訪問にすっかり慌てたミス・マティは、帽子の上に帽子を被って応対する。以前、姉妹で帽子店を営んでいたミス・バーカーが「昔の姉の仕事のこともお考え下さって、ご無礼の段なにとぞ」とひたすら下手に出ているのは、帽子の指摘をするためではなく、淑女たちをお茶に招待したいからであった。招待客は、クランフォードの上流階級の厳選されたメンバーである。にもかかわらず、当日の夕刻、ミス・バーカー宅では下品だと思われるほどどっさりと出た食べ物があっという間になくなり、そしてよく知らないはずのカードゲームで淑女たちが怖いほど白熱した。ブランデーまでもたしなんで、ジェイミソンの奥様の口が軽くなったのか、近々予定されている義姉のグレンマイア男爵夫人の来訪が告げられる。この重大事に、淑女たちは自分の衣装ダンスの中身に思いを巡らせるのだった。

『クランフォード』　33

第8章　「令夫人」

　　早くもミス・ポールが、男爵夫人をどう呼んだら良いのか悩んでいるところへ、ジェイミソンの奥様から、義姉との付き合いは遠慮してほしいとの申し出があった。せっかく帽子を新調したミス・ポールは、怒り心頭といった様子である。しかし、余程退屈したのか、ついにジェイミソンの奥様から招待状が届く。理由をこじ付けて行かないというミス・マティを、帽子を見せびらかしたいミス・ポールが説得した。男爵夫人は、予想に反して、気取らず感じの良い気遣いのある人物だった。お茶の後はカードとなり、男爵夫人もなかなかの腕前である。しばらく滞在するという上品ながら庶民的なグレンマイア男爵夫人を、誰もが気に入ったのだった。

第9章　「セニョール・ブルノーニ」

　　ドランブルの家にミス・マティから奇妙な手紙が届くが、どうやら趣旨は、マジック・ショーがあるのでターバン風帽子を買ってきてほしいということだった。そんな帽子を被せるわけにはいかないと、上品できちんとした帽子を見繕ったが、ミス・マティはがっかりしたようだ。マジック・ショーの前日、ミス・ポールが会場付近をうろうろしていて、奇術師ブルノーニに会ったという。しかし不思議なことに、横を通り過ぎて行ったはずのセニョール・ブルノーニがまた元の場所に戻っていたというのだ。ミス・ポールはすっかり奇術の謎解きに夢中になってしまい、ミス・マティから借りた百科事典を読んで予習に余念がない。ショー当日、ミス・マティはすっかり奇術の奇想天外さに圧倒されてしまったが、ミス・ポールだけは、ターバンを被ったセニョール・ブルノーニにむかって「この人じゃないわ！　顎髭なんてなかったわ」と何度も大声を上げたのだった。

第10章　「パニック」

　　正直者のクランフォードの町に、ちょうどマジック・ショーの頃から物騒な噂が広まり始め、ミス・マティもミス・ポールも不安でたまらない。ある日の夕刻、ミス・ポールが家の周りを怪しい男たちがうろついているので泊めてほしいとミス・マティの家へやって来る。泥棒退治のあらゆる仕掛けをした後で、二人はなぜか怪談話を始めるのだった。その翌日、ジェイミソンの奥様のお屋敷に泥棒らしき足跡が残されていたという。ミス・ポールの語る怪しい男たちの人相もますます凶悪さを増していく。問題は、町はずれに住むミセス・フォレスターからのお茶の招待である。仕方なく出かけることに

なるが、ご馳走の後、なぜか怖いものの話になる。とりわけメイドのジェニーの、首なし幽霊目撃証言が最も恐ろしく、その場所はこれから帰る道にあった。

第11章　「サミュエル・ブラウン」

　　ミス・ポールとグレンマイアの奥方様は、編み物名人のお婆さんの家を探している。途中で立ち寄った宿屋で聞いたのは、怪我をした男とその家族、そして彼の双子の弟を泊めているという話だった。そしてその男とは、悪い噂を流されていたセニョール・ブルノーニ、本名サミュエル・ブラウンであったのだ。二人はすぐに彼を助けるべく動き、他の淑女たちもあらゆる手を尽くした。ある日、ミセス・ブラウンの身の上話から、セニョールがインドで軍人をしていたことが明らかになる。子供を六人も亡くした後の困難を極めた帰国という苦労話の中に、恩人として出てきた名はジェンキンズであった。

第12章　「婚約」

　　はたしてインドのアガ5・ジェンキンズがピーターなのか？　手がかりを掴もうと「私」がミス・ポールとミセス・フォレスターにピーターの容貌などを尋ねるのだが、二人とも勝手な話ばかりして要領を得ない。何とかピーターの消息はインド周辺で絶たれたとの情報を得るのだが、そのことに気を取られている間に重大な事件が起きていた。グレンマイアの奥方様があまり品の良くないホギンズ医師と婚約したというのだ！　淑女たちは驚いて「結婚！　結婚！　気でも狂ったの！」と叫ぶのだった。新郎となるホギンズ医師は25年ぶりに長靴を新調したらしい。

第13章　「破産」

　　「私」の父から、ミス・マティの出資している銀行が破綻するらしいという手紙が届くが、はっきりしたことは分からない。それよりも春の服の新調の方が重要なのである。店はもうすでに混雑していた。布地をあれこれ吟味していると、店員と田舎者らしい男が、ある銀行発行の紙幣が無効だと言ってもめている。愕然とする男に向けられたミス・マティの関心が、服地に戻ることはなく、彼女は自分の金貨とその紙幣を交換して男を助ける。「私たちの銀行の紙幣を持っていたばっかりに、正直な人がお金を失うなんて」と言う正直なミス・マティは、銀行の倒産により自身の財産を失うことになる。そこで、「私」はインドのアガ・ジェンキンズへ手紙を書いた。

第14章「真の友」

　ミセス・ブラウンからアガ・ジェンキンズの住所を聞いて、その妙な綴り
の宛先を記した手紙を投函すると、「私」はとんでもない事をしでかした気
になったが、ともかく、ミス・マティが少しでも稼げるようにしなければな
らない。「私」は、東インド会社の委託で茶葉を売ることを思いついた。た
だ商売という上品でない行為をしなければならない。その夕刻、女中のマー
サが恋人を連れてやって来て、結婚して家を借りるので、ミス・マティに下
宿人になってくれと言う。ミス・ポールを始めとする淑女たちも、ミス・マ
ティ救済に乗り出し、決して多くはない年収から毎年援助できる額をこっそ
り提示し、こっそりミス・マティの手に渡るように算段している。

第15章　「幸せな帰還」

　ジェイミソンの奥様が、ミス・マティのお茶の販売と今まで通りの淑女た
ちとの交際を許した。それは、「結婚した女は夫の身分に従うべきだが、結
婚しない女はその父親の身分を保つ」[6] という判断によるものである。ミス・
マティの良心的な店はかなりの繁盛で、「私」はドランブルと行き来しなが
ら帳簿を付けたりしていた。ある日の午後、店の前に外国風の服装の紳士が
いた。「私」にはすぐに分かった。彼がミス・マティをじっと見て、困った
彼女はついに目を上げて、やっと気が付いた。お互い再会を喜びながらも、歳
月の重みに驚いたり嘆いたりする。ピーターは、インドから出した手紙が戻
ってきたため帰国をあきらめ、そこで商売をしてかなりの財産を築いた。そ
こへ「私」の手紙が届いたので、急遽すべて処分して帰って来たのである。
茶葉の店は閉店し、商品は子供たちや町の人に配られた。そしてミス・マテ
ィに親切にした人には全て、ピーターから感謝の印が贈られたのだった。

第16章　「クランフォードに平和の訪れ」

　ミスター・ピーターは、東洋風な雰囲気と卓越した話術でたちまち淑女た
ちの人気者となった。ある晩、彼はセニョール・ブルノーニを呼び寄せてマ
ジック・ショーを開き、クランフォードの全員を招待する。そこで、ホギン
ズ医師夫妻を認めたがらないジェイミソンの奥様を、得意の冗談でおだてた
り驚かせたりしながら、どのようにしたのか両者を和解させてしまった。そ
の日以来、クランフォードの社交界は楽しく和やかである。

5 作品のテーマ

『メアリ・バートン』(1848) で一躍有名になったギャスケルが、『クランフォード』を著したことに多くの研究者は驚いている。産業革命の荒波を受けて悲惨な生活に追い込まれた労働者たちへの同情心を描いた作品と、小さな社会を描いた『クランフォード』の作風があまりにかけ離れているからである（山脇 280）。つまり「不意に、何の苦労の跡もなく、他の誰も書くことのできない、また競われることも模倣されることもない作品の中に、彼女の独創性が開花した」(Ffrench 42) とみなされたのである。「独創性」があるという評価により、この作品は特別な地位を与えられてきた。ホイットフィールドが 1929 年、「140 年も称賛されてきた後で『クランフォード』を褒めるのは見当違いのようで、それは私たちの心の書物の批評を時が消し去ったからである」(129) と述べるのに加え、「ミセス・ギャスケルの名声は、他の作品よりも『クランフォード』と共に残るであろうというのが多くの批評家の一致した見解」(山脇 283) である。

「独創性」が顕著に表れているのは、その構成においてであろう。「『クランフォード』には構成がないが、それが魅力で、読者の前を次々と連続した場面が軽やかに通り過ぎる」(Hopkins 108) という指摘は、この作品が身近なエピソードの連続である点を述べている。しばしば取り上げられるネルの肌着を着けた雌牛 (*CD* 5)、上等なレースを飲み込んだ猫 (*CD* 79)、そしてピーターの天使のジョーク (*CD* 159) の笑劇 3 点セット以外にも、日常生活で繰り広げられる多くの事が淡々と述べられ、むしろその方が面白い。日本で最初にこの作品を翻訳した野上も、「少くとも「クランファド」はその上品な滑稽に依つて重きを成して居ると云つても差支ない」(4) と『クランフォード』の価値を支えるユーモアとその質について述べている。そしてその「上品な滑稽」は、語り手メアリに負うところが大きい。彼女は、当初の笑いを導く客観的視点の語りから次第にミス・マティへの感情移入も見せるようになり、物語終盤ではついにメアリ・スミスと名を与えられる (*CD* 136)。野上が、人道主義的な感情とユーモアの調合が良い加減だと述べる (10)、その人道主義が徐々に濃度を増すからである。そしてついにはミス・マティに金貨と不渡りの紙幣を交換させ、人道主義は彼女を破産へと追い込むかに見える。しかし、その窮地に、クランフォードの女たちは女中のマーサまで

『クランフォード』 | 37

もが加わり、ミス・マティ救済に乗り出すのである。これを山脇は「人間性の勝利」と呼び、この感覚が作品全体を統一しているとする (285)。救済チームに最高位のジェイミソンの奥様が加わらないのは、人の価値が階級に依らないことの証であり、彼女は「人間性」の分類に入らない。

　そして一方、ミス・マティには、人間性はあるが主体性が欠けている。破産後の商売のお膳立ても人任せで、しかしそれでも何とか彼女の生活が回り始めたときに、ピーターがかなりの財産と共に帰還し、ミス・マティの自立を阻むのである。無力で自信に欠け全てのルールを黙って受け入れる (Pollard 67)、19世紀の意図的な女性の幼稚さの犠牲であるミス・マティは (Stoneman 61)、一生涯男性の支配下に置かれている。最初は牧師の父親で、次は父親の役割を継いだ姉で (Bonaparte 157)、しかも姉の死後も解放は訪れず、その支配力は益々強固になり、しきたりは厳しく守られ (*CD* 26)、そして最終的にピーターに支配される。その彼女の境遇とも照らし合わせて、ユーモラスな冒頭の「クランフォードにはアマゾン族がいる」(1) という箇所のアマゾンの喩えには多くの研究者が目を留めてきた。ストーンマンは「淑女たちの一体どこがアマゾンなのか？　戦士なのか？　女性でないのか？　男に敵対しているのか？　女だけの町なのか？」(57) と畳み掛け、ポラードは「反語的誇張表現」[7] (75) として実態がその逆であることを提示する。その点で、ミス・ジェンキンズの「男女平等だなんてとんでもない！　女の方が上」(*CD* 12) の説は笑劇となる。

　クランフォードには実際多くの男たちが出入りし、女たちの平穏な、しかし退屈な生活を掻き乱す。ブラウン大尉にミスター・ホルブルック、そして奇術師ブルノーニは、しきたりを守らなかったり、無遠慮であったり、また女たちを怖がらせたりしたが、最後は女たちの方が男に合わせて受け入れているのである。しかしどういうわけか彼らがいなくなってしまうのは、クランフォードに留まらず外の世界へと視点を広げる役割を与えられているからだろう。そして外とのつながりを常に絶やさないことは、最終的にピーターを登場させる下準備となった。彼によりミス・マティは商売の必要がなくなり、クランフォードに平和が訪れ（*CD* 16章）大団円を迎えるかに見えるのだが、すっきりしない感覚が残るとしたら、それはピーターの役回りに納得し難いものがあるからであろう。姉であるミス・ジェンキンズは、ピーターに失望した父親から弟の代理として期待され (*CD* 50)、男として妹の結婚に

干渉したのである。そう考えると、二人の姉妹の人生に制限をかけたのはピーターで、そして再び外からクランフォードへ舞い戻り、ミス・マティを支配するのである。しかし、行方不明の兄ジョンが投影された彼に対するギャスケルの視線は温かい。それ故、彼の登場をより華々しく演出するために、姉は独身のままで、頼りになる男たち全てが消し去られなければならなかった。そして最後はミス・マティの幸せな姿で締めくくられ、読者もこれでよかったと思うのである。だが、ピーターを呼び戻したメアリ・スミスもまたドランブルに居住するよそ者であることは、クランフォードに待ち受ける変化を暗示させる。

6 本文から

… Miss Pole began a long congratulation to Miss Matty that, so far they had escaped marriage, which she noticed always made people credulous to the last degree; indeed, she thought it argued great natural credulity in a woman if she could not keep herself from being married; … (*CD* 105–06)

（ミス・ポールはミス・マティに、今まで二人が結婚を逃れてきたのは何と有り難い事かと長々とやり始めた。人は結婚すると何もかもすぐに信じるようになって、騙されやすくなり、それどころか、女が結婚しないではいられないという事こそ生まれつき騙されやすいという証明だと思うというのである。）

'… only don't be frightened by Miss Pole from being married. I can fancy it may be a very happy state, and a little credulity helps one on through life very smoothly, —better than always doubting and doubting, and seeing difficulties and disagreeables in everything.' (*CD* 108)

（「ただね、ミス・ポールはああ言うけれど、結婚するのを怖がらないでね。結婚はきっととても幸せなものじゃないかと思うの。それに少し騙されやすい方が、人生とってもうまくいくのよ。——いつも疑って、疑って、何でも難しくしたりわざわざ反対したりするよりは、ずっと良いと思うの。」）

（関口　章子）

4.

North and South

『北と南』(1854)

0 作品の背景

　作者は、主人公の名前の「マーガレット・ヘイル」を本作の作品名に使用することを考えていたが (Ingham xii; Jay xx)、連載予定の『ハウスホールド・ワーズ』誌の編集長のディケンズから『北と南』への改題を要求される。作者は、その代替え案に「死と変化」という題を提示するがこれも却下され (Foster 148)、[1] 最終的にディケンズの意向に従って『北と南』に決定する。

　執筆中の 1854 年 10 月に、作者はリー・ハーストにあるナイチンゲール一家の暮らす邸宅に滞在しており、主人公マーガレット・ヘイルの女性像は、フローレンス・ナイチンゲールとその姉のパーセノープの姿にインスピレーションを受けて創作されたと考えられる（Jay x; 木村 161）。さらに工場主ジョン・ソーントンのモデルには、蒸気ハンマーを発明したスコットランドの技師のジェームズ・ネイスミスと、批評家で作者の友人でもある W・R・グレッグが挙げられる (Sharps 230–31)。また、ミスター・ヘイルが英国国教会の牧師を辞任する背景には、当時のオックスフォード運動と国教会の混乱が反映されており、[2] 作者と親しい友人関係にあったシャーロット・ブロンテは本作の初めの数章を読み、宗教を主題とした作品だと考えたというエピソードがある (Hughes 114)。ユーグロウは、オックスフォード運動に参加した歴史家のジェームズ・アンソニー・フルードをミスター・ヘイルのモデルとして挙げている (229)。

　最後の数章から結びにかけてはやや急展開で物語が進んでいくが、これは規定の章数や枚数の中で物語を完成させることをディケンズに求められ、作者がその指示に従って書き上げたという事情が関係している (Hughes 117)。終盤の慌ただしい展開について、作者はアンナ・ジェームズソンに宛てた手紙の中で不満をもらしている (*Letters* 328–29)。そして 1855 年 3 月に本作が書籍化される際には、作者はヘルストン探訪のエピソード等を含む部分（第46, 47 章）を加筆してチャップマン・アンド・ホール社から出版している。こ

の改編は、作者が連載時の制約にとらわれずに物語全体としての読みやすさを追求したもので、そこには彼女の作家としてのプライドと創作に対する熱意が窺える。

　物語の結末について、作者は、火事で焼け落ちたソーントンの工場と家をマーガレットの遺産でより豪華なものに建て直し、ミルトンにも移り住まないという全く別の内容も考えていた (*Letters* 310)。これは、ブロンテの『ジェーン・エア』(1847) の結末から着想を得たと考えられる。実際の結末ではソーントンは破産しただけで、マーガレットの遺産で経営を立て直し、ミルトンで暮らす未来が示唆されている。フォスターは、もう少し原稿のスペースに余裕があれば、作者はソーントンが新しく建てた労働者用の食堂の管理をマーガレットに任せたかもしれないとの見解を示している (153)。また、第一印象で感じた双方の偏見を徐々に払拭して身分違いの恋を成就させる二人の姿は、ジェイン・オースティンが『高慢と偏見』(1813) で描いたエリザベスとダーシーの恋模様とその結末を彷彿とさせる。いずれにしても作者は、遺産を手にしたマーガレットがソーントンと結婚し、ハッピーエンドとなる結末を考えていたことがわかる。

1 翻訳・作品名

『北と南』朝日千尺訳『ギャスケル全集 4』日本ギャスケル協会監修（大阪教育図書, 2003 年）

2 掲載誌

Household Words, 1854 年 9 月 2 日号, 第 1〜2 章, pp. 61–68；9 月 9 日号, 第 3〜4 章, pp. 85–92；9 月 16 日号, 第 5 章, pp. 109–13；9 月 23 日号, 第 6〜7 章, pp. 133–38；9 月 30 日号, 第 8〜9 章, pp. 157–62；10 月 7 日号, 第 10〜11 章, pp. 181–87；10 月 14 日号, 第 12〜13 章, pp. 205–09；10 月 21 日号, 第 14〜15 章, pp. 229–37；10 月 28 日号, 第 16〜17 章, pp. 253–59；11 月 4 日号, 第 18〜19 章, pp. 277–84；11 月 11 日号, 第 20〜21 章, pp. 301–07；11 月 18 日号, 第 22〜23 章, pp. 325–33；11 月 25 日号, 第 24〜26 章, pp. 349–57；12 月 2 日号, 第 27〜28 章, pp. 373–82；12 月 9 日号, 第 29〜30 章, pp.

397–404；12 月 16 日号，第 31~33 章，pp. 421–29；12 月 23 日号，第 34~35 章，pp. 445–53；12 月 30 日号，第 36~37 章，pp. 469–77；1855 年 1 月 6 日号，第 38~39 章，pp. 493–501；1 月 13 日号，第 40~41 章，pp. 517–27；1 月 20 日号，第 42~44 章，pp. 540–51；1 月 27 日号，第 45~50 章，pp. 561–70.

3 主な登場人物

マーガレット・ヘイル (Margaret Hale)　ヘイル家の長女。9 歳から 10 年間、ロンドンのハーレイ・ストリートに住む叔母のミセス・ショーに引き取られ、レディとして育てられる。北部の工業都市ミルトンへ移り住み、工場主のソーントンと出会う。

ミスター・ヘイル (Mr. Hale)　英国国教会の牧師。国教会の教えに疑問を抱き、ミスター・ベルのつてでミルトンに引っ越す。プライベートチューター（個人家庭教師）としてソーントンを含む工場主やその子弟を教える。

ミセス・ヘイル (Mrs. Hale)　准男爵のベレスフォード家に生まれ、ロンドンで裕福な娘時代を過ごす。ミスター・ヘイルと恋愛結婚し、田舎での侘しい生活に不満を抱えて暮らす。引っ越し先のミルトンで重病を患う。

ディクソン (Dickson)　ミセス・ヘイルの娘時代から仕える忠実な召使い。

フレデリック・ヘイル (Frederick Hale)　ヘイル家の長男。海軍に入隊するが、仲間を守るために暴君のキャプテン・リードに盾突いて、反逆者の汚名を着せられてスペインに逃亡する。ローマ・カトリック教徒でスペイン人の恋人がいる。

ミセス・ショー (Mrs. Shaw)　ミセス・ヘイルの妹でイーディスの母親。裕福な未亡人だが、年の離れた亡き夫との愛のない結婚を後悔している。

イーディス (Edith)　ミセス・ショーの娘。従姉妹のマーガレットとは同じ年頃で仲が良い。キャプテン・レノックスと結婚し、幸せに暮らす。

ヘンリー・レノックス (Henry Lennox)　キャプテン・レノックスの弟。ロンドンで弁護士をしており、マーガレットに好意を寄せている。

ジョン・ソーントン (John Thornton)　ミルトンで工場を経営する 35 歳位の独身男性。労働者たちには冷酷な工場主として恐れられている。同じく工場経営者だった父親が借金を残して自殺しており、苦労の末に今の地位を築き上げる。ミルトンの治安判事でもある。マーガレットに好意を持つ。

ミセス・ソーントン (Mrs. Thornton)　ジョンとファニーの母親。男勝りな性格で、ミルトンの町に誇りを持つ。息子の良き相談相手として、二人三脚で工場を経営する。

ニコラス・ヒギンズ (Nicholas Higgins)　ハンパーの工場で働く中年の職工で、ベッシーとメアリの父親。労働組合の代表の一人で、隣人のバウチャーを組合に引き入れる。

ベッシー・ヒギンズ (Bessy Higgins)　ニコラスの長女。工場の梳綿の作業が原因で肺を患う。同じ年頃のマーガレットと知り合い、交流を深める。

ドナルドソン医師 (Dr. Donaldson)　ミセス・ヘイルの往診に来る医師。

ミスター・ベル (Mr. Bell)　オックスフォードでチューターをしている裕福な初老の独身男性。ミスター・ヘイルとは大学からの友人で、マーガレットの名付け親。出身地であるミルトンに地所を保有し、それをソーントンの工場と邸宅に貸している。

4 あらすじ

　　従姉妹のイーディスの結婚後、マーガレットは久しぶりに故郷のヘルストンに帰る。そこにヘンリー・レノックスが訪れてプロポーズするが、彼女はそれを断る。その晩彼女は父親から、牧師を辞めて北部のミルトンに移り住み、プライベートチューターとして暮らす計画を打ち明けられる。ヘルストンを出発した一家は、保養地のヘストンに向かう。そこで母親の世話をディクソンに任せ、マーガレットは父親とミルトンで借家を探す。滞在中の宿に工場主のジョン・ソーントンが訪ねて来るが、マーガレットは彼に粗野で不愛想な印象を持ち、彼も彼女は美しいが冷淡で高慢だと感じる。

　　ミスター・ヘイルはソーントンら数人の生徒を教えながら新しい環境に馴染もうとするが、ミセス・ヘイルは汚れた空気と知人のいない孤独な生活で次第に病んでいく。マーガレットは職工のニコラス・ヒギンズと娘のベッシーに出会う。ヘイル家のお茶会でソーントンは過去の身の上話をする。彼の苦労を知り、マーガレットは前よりも彼に好感を持つ。娘のファニーとヘイル家を訪れたミセス・ソーントンは、気位の高いマーガレットが好きになれない。マーガレットは度々ベッシーの見舞いに訪れる。体調が悪化し、衰弱するミセス・ヘイルは、マーガレットに失踪中のフレデリックのことを話

『北と南』　43

す。診察したドナルドソン医師は、彼女は重病だとマーガレットに伝える。

　ミルトンの工場で相次いでストライキが起きる。マーガレットがソートン家に行くと、バウチャーを含む労働者の一群が暴徒化して門前に押し寄せ、玄関先に現れたソーントンに危害を加えようとする。マーガレットは彼に抱きつき盾となるが、額に投石が当たり流血して倒れ、暴徒は兵士たちに鎮圧される。ソーントンは彼女への愛情を意識し、翌朝ヘイル家を訪れてプロポーズするが、彼女は多勢に無勢の状況で弱者を守るのは女として当然だと言い、それを撥ねつける。傷心の彼は乗合馬車に乗り、見知らぬ村の野原に着く。冷静さを取り戻した彼は彼女への愛を再認識し、帰宅後は仕事に没頭してスト破りの首謀者を罰する手筈を整える。

　マーガレットは、フレデリックに母親の危篤を知らせる手紙を出し、ベッシーが病死すると、悲嘆にくれるニコラスを家に連れ帰って父親に慰めてもらう。自らの死期を悟ったミセス・ヘイルは、ミセス・ソーントンにあとに残されるマーガレットのことを頼む。フレデリックが人目を忍んでヘイル家にやって来る。再会の喜びも束の間、母親は息を引き取り、マーガレットは兄と父親を慰めて葬儀の準備を行う。町でならず者のレナードが懸賞金目当てにフレデリックを探していることを知ると、彼はミルトンを発つことを決め、マーガレットは兄の潔白を晴らすためレノックスに手紙で協力を求める。木曜の夕方、彼女が兄に付き添いアウトウッド駅の近くにいる所をソーントンに見られる。駅でヘイル兄妹に気づいたレナードは、プラットホームでフレデリックに襲い掛かるが、彼は瞬時にレナードをかわして汽車に飛び乗る。ホームから地面に落ちたレナードは、悪態をついて通りへ歩き出す。母親の葬儀の翌週、警部補がマーガレットを聴取に来て、レナードが死んだと伝える。彼は、先週の駅のホームからの転落がその死因ではないかと考え、彼女と若い男の姿が目撃されたと話す。彼女は兄が捕まるのを恐れ、そこには行っていないと答える。警察官のワトソンは、治安判事のソーントンにレナードの事件にマーガレットが関わった可能性があると伝える。ソーントンは彼女の嘘には何か事情があると考え、検視官の病死報告から事件性をもみ消し、聴取を止めさせる。翌朝、無事に出国したという兄の手紙を受け取った彼女は、ソーントンは彼女を嘘つきだと軽蔑しているに違いないと思い、一人で苦しむ。

　マーガレットと父親が失業中のニコラスを訪ねると、そこにバウチャーの

遺体が運ばれてくる。組合に見放されて警察に追われた彼は、絶望して入水自殺したのだった。自責の念にかられたニコラスは家に閉じこもるが、後日ヘイル家を訪れ、バウチャーの家族に経済援助をするため職を探したいと言い、マーガレットはソーントンの工場で働くよう提言する。ミセス・ソーントンは、マーガレットが若い男と一緒にいる姿が目撃されたと聞き、貞節な振る舞いを心がけるよう忠告に来るが、彼女は事情も知らずに無粋な勘繰りをするミセス・ソーントンに反発する。ニコラスの雇用を断ったソーントンは、考え直して自らニコラスの元に出向き、彼を雇いたいという。彼はニコラスのそばにいるマーガレットを見て、ニコラスに助言をしたのは彼女だと気づいて外で彼女に話しかける。ミスター・ベルの来訪は、マーガレットと父親の良い気分転換となる。ヘイル家を訪れたソーントンは、レノックスからの返信を読む彼女を見て、駅の近くで見たのはレノックスで彼女の恋人だと勘繰り、嫉妬から彼女を嘘つき呼ばわりする。それを見たミスター・ベルは、二人は相思相愛だと気づく。春になり、フレデリックはスペイン人の恋人と結婚し、ミスター・ベルから招待を受けたミスター・ヘイルは、オックスフォードに滞在中に急死する。ミセス・ショーは、マーガレットの世話をするためミルトンに来る。ミスター・ベルからマーガレットに兄がいることを初めて聞かされたソーントンは、彼女への好意をミスター・ベルに打ち明ける。マーガレットは叔母たちとロンドンで暮らすことになり、ミスター・ベルは彼女の後見人として経済援助を申し出る。彼女はヒギンズ家とソーントン家に暇乞いに行き、ミルトンを後にする。

　ロンドンのマーガレットを訪問したミスター・ベルは、彼女とレノックスの会話からフレデリックがミルトンに来ていたことを知る。彼はその夜、過去にヘルストンを訪れた時の夢を見る。翌日マーガレットは、兄の無罪放免は不可能だとレノックスから聞かされて落胆するが、ミスター・ベルの提案でヘルストンを訪れる。新任のヘップワース牧師は話好きだが厳格な禁酒主義との評判で、教区学校はその夫人が取り仕切り、牧師館は改装中であった。マーガレットは様変わりした故郷を見て落胆する。彼女は、兄のためについた嘘でソーントンに誤解されたことをミスター・ベルに話し、真相をソーントンに伝えてほしいと頼むが、彼はヘルストンから戻ると病死してしまう。ソーントンに真相を伝えるすべを失った彼女は過去を振り返り、どんな理由があろうと嘘は罪であると認識し、今後は真実を話し、真実に基づく行

『北と南』 45

動ができるようにと祈る。ミスター・ベルの遺産受取人の彼女には、多額の遺産とミルトンの地所の残余権が手に入ることとなる。彼女は叔母たちとクローマーに赴き、海辺で瞑想し、過去の人生を見つめ直す。若さと美貌に加えて自分らしさを取り戻す彼女に、周りはレノックスとの結婚を期待する。一方、経営難に陥っていたソーントンは、ニコラスからミセス・ヘイルの臨終にフレデリックが立ち会ったことを聞き、マーガレットの嘘の真相に気づく。彼は労働者たちの賃金を確保し、債務を負って工場を閉鎖する。イーディス主催のパーティに、レノックスがソーントンを呼ぶ。マーガレットと彼の再会は、ミルトンでの別れから一年以上も経っていた。彼は、工場主と労働者がお互いを理解し歩み寄るような新しい経営法を考案中だと述べ、工場を再建したらまたニコラスたちを雇いたいと話す。翌々日、マーガレットを訪ねたソーントンに、彼女は作成した法律書類を見せ、相続した遺産で工場を再建することを提案する。彼は彼女にプロポーズし、二人は結ばれる。

5 作品のテーマ

　本作は、10 代後半のヒロインが結婚と恋愛、生活環境の変化、家族の死の問題に向き合い、また労使問題への関わりを経て、精神的な自立と成長を遂げながら自分の生きる道を見つける物語である。小説の大まかなジャンルとしては、「中流階級のロマンス」(Sharps 207)、あるいはユーグロウの、「部分的には教養小説で、部分的には産業小説」(369) という表現が適切だと考えられる。物語の中核となるのは主人公のロマンスだが、それ以外のテーマ（例えば、階級格差と教育、ジェンダーとセクシュアリティ、宗教と法律など）が多く混在する。また、同じく労使問題を取り上げた『メアリ・バートン』(1848) と比較されることも多い。そのため、本作を単に恋愛小説や結婚物語と位置づけることなく、別の角度からも鑑賞を深めていくことが望ましい。

　主人公マーガレットの性質を分析すると、彼女はイーディスやファニーとは違って「男勝りの女」（第 49 章）であり、暴徒に立ち向かう場面での彼女の姿は、暗喩的に男性として描かれている (Bonaparte 192)。イーディスたちとは対照的に結婚願望の薄いマーガレットは、当時の社会問題の「"余った"女」(Jay ix) となりそうな性質も窺える。彼女と兄のフレデリックの正義感は、牧師の父親からだけではなく、母親のミセス・ヘイルからも譲り受け

46 │ *North and South*

たものである。フレデリックを反逆者と報じた新聞記事を読んだミセス・ヘイルは、怒りで我を忘れてそれを歯でかみちぎる（第14章）。衝動的に取った彼女のこの行動には、息子への愛情と信頼だけではなく、正義を愛し不正を憎む彼女の強い正義感が表れており、マーガレットも不当な権力に立ち向かった兄の勇気を称える母親の言葉に同調する（第14章）。ベッシーはマーガレットのことを、以前から何度も夢に出てきた天使のようだと言う（第19章）。しかし、工場主と労働者の間を取り持ち、自己犠牲を厭わずに導こうとする彼女の姿は、むしろイエス・キリストのイメージを想起させる。彼女が暴徒に向かって言った「あなたたちは自分たちが何をしているのかわかっていない」（第22章）という台詞は、十字架にかけられたイエス・キリストの言葉と重なる（ルカ 23.34）。

またマーガレットの性質は、同じく男勝りなミセス・ソーントンと類似性が見られる。コルビーの指摘するように、ミセス・ソーントンはマーガレットに先駆けて女性のもつ能力を実証する人物である (57)。だが、借金苦から這い上がり今の地位を築いた彼女の力強さは、娘のファニーには受け継がれていない。そして彼らの工場の再建を手助けするのは、強い精神力を身につけ、また財力を蓄え、持ち前の行動力と正義感で「人間らしい倫理的な行動」(Stoneman 85) をとることができるマーガレットなのである。

6 本文から

"I think, Margaret," she continued, after a pause, in a weak, trembling, exhausted voice, "I am glad of it—I am prouder of Frederick standing up against injustice, than if he had been simply a good officer." (*NS* 126–27)

（「私は思うのよ、マーガレット」少し間を置いて、彼女は弱々しく震えて疲れ切ったような声で続けた。「私はそれが嬉しいの——私は、不正に立ち向かったフレデリックを誇らしく思うわ。あの子が単に立派な士官になるよりも。」）

(矢嶋　瑠莉)

『北と南』 | 47

5.

Sylvia's Lovers

『シルヴィアの恋人たち』(1863)

0 作品の背景

『シルヴィアの恋人たち』はギャスケルが『北と南』(1853–54) 以後、およそ 9 年ぶりに発表した長編小説である。長いブランクを経ての新作は、18 世紀末にイングランド北部に頻発したプレスギャング（水平強制徴募隊）による強制徴兵とそれに対する反乱事件をもとにした歴史小説となった。ギャスケルが関心を寄せたのは、1793 年のランデヴー（プレスギャングの終結地点）襲撃事件と、その首謀者ウィリアム・アトキンソンの処刑である。1859 年に事件の発生地である港町ウィットビーを訪れたギャスケルは、当時の状況を知るジョン・コーニーの話、「ウィットビーの歴史」（ジョージ・ヤング著『ウィットビー』第 2 巻、1817 年）、さらにウィットビーのランデヴー経営者から総督に宛てた書簡などから入念な情報収集を行っている (Ward xxiii–xxiv)。これらの史実をもとにギャスケルは、モンクスヘイヴン（ウィットビーをモデルとした架空の町）を舞台に、シルヴィア・ロブソンをヒロインとする物語を構想したのである。

史実の出来事がフィクションのプロットの立ち上げに寄与するという作風は、ギャスケルが愛読していたウォルター・スコットの小説、『ミドロジアンの心臓』(1818) ——1736 年エディンバラのトルブース監獄で発生した史実の暴動事件（ポーティアス事件）と、嬰児殺しの罪で告発された妹を救出するため奔走する女性ジーニ・ディーンの物語を組み合わせた歴史小説——と共通している。しかし『シルヴィアの恋人たち』は心身ともに強靭なジーニの冒険譚とは無縁であり、女性は家庭で男性の冒険の話を聞くにとどまっている。さらにギャスケルが描く物語は、史実を発端としつつも、後半では並行する恋愛・結婚プロットが主流となるため、こちらに焦点をあてれば、歴史小説よりも普遍的な恋愛物語の色合いが濃くなるのは否めない。

また本作品の恋愛・結婚プロットは、一人の女性をめぐる船乗りと商人の争いという恋愛モチーフを含有しているが、これはギャスケルの過去の作品

48 | *Sylvia's Lovers*

である、短編「マンチェスターの結婚」(1858) の繰り返しであり、奇しくも『シルヴィアの恋人たち』の翌年に出版された、アルフレッド・テニスンの物語詩「イノック・アーデン」(1864) にも使用されている。[1] さらにギャスケル以前に遡れば、スコットランドの民間伝承を改変したアン・バーナードによるバラッド「オウルド・ロビン・グレイ」(1825) が同じモチーフを共有しており、加えて、この作品で扱われるヒロインのジェニーをめぐる悲劇的要素が、シルヴィアに降りかかる悲劇的出来事と類似している点は注目に値する。[2] これらの点に鑑みれば、ギャスケルの関心は歴史的事件のみならず、その余波を受けた登場人物たちの人間模様を描くことにあったといえるだろう。

　この点に関しては、作品のタイトル決定までの変遷が参考になる。ギャスケルは、タイトルの候補として「銛打ち」(Specksioneer)、「フィリップの偶像」(Philip's Idol/Idle)、「フィリップの最愛の人」(Philip's *darling*) (*Letters* 678) を挙げていた。銛打ち（チャーリー・キンレイド）とフィリップ（・ヘップバーン、商人）のいずれにしろ、男性主人公の物語を想定していたと考えられる。ヒロインの名前はどの候補にも言及されず、また「偶像」/「最愛の人」として女性は男性の崇拝の対象（行為の客体）として位置づけられているのは明らかである。

　ヘルシンガーらの指摘によれば、『シルヴィアの恋人たち』というタイトルには、女性が同時に二人の恋人を持つという、当時流行したセンセーション小説的な含蓄を持つ (79)。[3] 実際には、シルヴィアは恋人のキンレイドと夫のフィリップの両方を失い、その経緯は煽情的とは程遠い。キンレイドはプレスギャングに拉致されて行方不明となり、フィリップは自身の不誠実な態度が露見した後出奔した。いずれもシルヴィアが行為の主体となって牽引する出来事ではない。それとは逆に、シルヴィアの物語はシルヴィア独自のプロットではなく、男性たち（父、恋人、夫）の物語に付随するプロットとして進行するのである。

　『シルヴィアの恋人たち』として完成した作品は、「細切れ」にしたくない (*Letters* 675)、すなわち連載形式にしたくないというギャスケルの意向に沿い、3 巻本での出版となった。だが作品中のシルヴィアのボイスは男性の物語の背後に置かれ、初版のタイトルページに掲げられたエピグラムが示すように「とばりの彼方」にある。史実の事件とその余波の出来事が持つ悲劇的

『シルヴィアの恋人たち』　49

要素に加え、最終章でヒロインの物語が断片しか残されないと伝えられるのも、この作品がギャスケルの「最も悲しい物語である」(Ward xii) ことの所以であろう。[4]

1 翻訳・作品名

『シルヴィアの恋人たち』大野龍浩訳（彩流社，1997 年）
『シルヴィアの恋人たち』鈴江璋子訳『ギャスケル全集 5』日本ギャスケル協会監修（大阪教育図書，2009 年）

2 初版

Sylvia's Lovers（3 巻本）Smith, Elder & Co. 1863 年 2 月.

3 主な登場人物

シルヴィア・ロブソン／ヘップバーン (Sylvia Robson/Hepburn)　本作品の主人公で父譲りの勝気で頑固な性格。チャーリー・キンレイドと恋仲になり婚約するが、チャーリーの失踪後、従兄のフィリップと結婚。娘ベラが生まれる。

ダニエル・ロブソン (Daniel Robson)　シルヴィアの父。昔は船乗りだったが農夫に転身。プレスギャングの所業に憤慨し、ランデヴーを襲撃。その罪で絞首刑となる。

ベル・ロブソン (Bell Robson)　シルヴィアの母。夫に従順な妻で、ダニエルが処刑された後、早期痴呆症を患い早世する。

フィリップ・ヘップバーン (Philip Hepburn)　ベルの甥で、フォスター兄弟が経営する雑貨店の店員。後に同僚のクルソンとともに店の後継者候補となる。キンレイドの拉致現場を目撃するが、それを隠蔽してシルヴィアと結婚。後に嘘が露見して出奔する。

ケスタ (Kester)　ダニエルの農場で働く召使い。

チャーリー・キンレイド (Charley Kinraid)　捕鯨船の銛打ち。シルヴィアと婚約するが、プレスギャングに拉致される。後に海軍の英雄となって帰還するが、シルヴィアはすでに既婚者であったため、別の女性と結婚する。

ヘスタ・ローズ (Hester Rose)　フィリップの同僚の店員で、フィリップをひそかに愛するクェーカー教徒。

アリス・ローズ (Alice Rose)　ヘスタの母。

ジョンとジェレマイア・フォスター兄弟 (John and Jeremiah Foster)　食料雑貨を商う店の経営者たち。

ベラ・ヘップバーン (Bella Hepburn)　シルヴィアとフィリップの娘。

モリー・コーニー (Molly Corney)　シルヴィアの友人で、キンレイドの従妹。

ウィリアム・クルソン (William Coulson)　フィリップの同僚。

サリー・ドブソン (Sally Dobson)　ケスタの妹で未亡人。負傷して帰還したフィリップを下宿させる。

ネッド・シンプソン (Ned Simpson)　プレスギャングの集結地マリナーズ・アーム亭の下働き。ダニエルをランデヴー襲撃の首謀者として告発した。

4 あらすじ

18世紀末、捕鯨の町モンクスヘイヴンでは、新旧の勢力（新興の商人と古い家柄の郷士）が対立していた。そこにナポレオン戦争 (1805–15) に備えて海軍兵士を集めるプレスギャングが加わり、マリナーズ・アームズ亭をランデヴー（集結基地）とした。プレスギャングの暴力的な徴兵は悪評が高いものの、正式な海軍士官も含まれていたため、娘を持つ親たちはもとより、情報収集のためにプレスギャングをもてなす船主など、町衆の中にもさまざまな思惑が交錯し、プレスギャングの滞在を容認していた。

1793年秋、17歳のシルヴィアはモリーとモンクスヘイヴンの市場に卵とバターを売りに出かけた。その日シルヴィアは、帰りに新しいマントの生地を買うのを楽しみにしていた。フォスターの店に行くと、従兄で店員のフィリップから無難な灰色の生地を勧められたが、フィリップを毛嫌いするシルヴィアは、好みの緋色の生地を買う。その時プレスギャングが捕鯨船の船員たちを連行したという知らせが入り、町中が大騒ぎとなった。

プレスギャングは負傷者と年寄りを除く乗組員を連れ去った。負傷したキンレイドは親戚のコーニー家で養生することになり、それが縁でシルヴィアと知り合う。互いに惹かれあうシルヴィアとキンレイドに対し、二人を応援するダニエル、シルヴィアの性急な恋を諫めるベル、キンレイドに嫉妬する

『シルヴィアの恋人たち』　51

フィリップと、周囲の反応はさまざまであった。

　船出の日、港に向かうキンレイドは待ち伏せていたプレスギャングに拿捕される。偶然その場を通りかかったフィリップは、キンレイドからシルヴィアへの伝言を託されるが、それを伝えるべきか迷う。以前からキンレイドの行動についてよからぬ噂を耳にしていたフィリップは、恋敵を追い払う絶好の機会と思い、キンレイドの件については一切沈黙することにした。

　キンレイドの失踪とプレスギャングの暴虐が噂される中、グリーンランドの捕鯨船乗組員が強制徴兵されたことを知ったダニエルは、ランデヴー襲撃を煽動する。町は暴徒によって破壊された。ダニエルは暴動の首謀者として告発され処刑される。

　ダニエルの死後、フィリップが代理となり農場の賃貸契約を解除する。ベルは失意のうちに病に伏し、経済的基盤を失ったシルヴィアはやむなく、フィリップの求婚を受け入れる。フィリップは念願通りにシルヴィアを手に入れたが、心を閉ざしたシルヴィアとの生活は夢見ていたものとは程遠いものだった。

　シルヴィアは娘ベラを出産する。子供には愛情深い表情を見せるシルヴィアだが、フィリップには心を開くことはなかった。そんな折、行方不明だったキンレイドが帰還する。そこで明かされるフィリップの嘘にシルヴィアは激怒し、キンレイドと一緒に家を出ようとするが、ベラの泣き声で我に返る。シルヴィアはキンレイドに別れを告げ、同時にフィリップにも今後は夫婦としての関わりを拒否すると宣言する。フィリップは自暴自棄に陥り、スティーヴン・フリーマンと名を変えて志願兵となる。シルヴィアは病床にあったベルを亡くし、ヘスタとその母アリスとの同居を勧められる。娘のために自身の無学を克服したいと願うシルヴィアは、アリスから聖書の読み方を教わる。

　1799 年 5 月 7 日、キンレイドは、ナポレオン指揮下のフランス軍による攻撃からトルコ軍の要塞を守るため、イスラエルのアクレにいた。負傷したキンレイドは、自分を助けた男はフィリップだと確信するが、偽名で軍に所属するフィリップの足取りをつかむことはできない。一方フィリップは不慮の事故で顔の下半分にひどい火傷を負っていた。

　同年 9 月、フィリップは帰国し、10 月にセントセパルカーの救貧院に身を寄せる。そこでサー・ガイとフィリスの物語（サー・ガイは戦いに出て 7

年後に帰郷するが、妻のフィリスはみすぼらしい姿で物乞いをする男が夫であるとは気づかなかった。しかしサー・ガイは臨終に妻を呼び寄せたので、ようやく二人は再会を果たした）を読んだフィリップは、自分もサー・ガイの物語にあやかりたいと願い、当地を離れる。

モンクスヘイヴンに戻ったフィリップは、身分を隠してミセス・ドブソンの家に下宿し、シルヴィアと娘の様子を伺う。ある夜、ベラと帰宅途中のシルヴィアは浮浪者同然の姿をしたフィリップを見かけ、ベラを介して半クラウン金貨をしのばせたケーキを手渡す。この時フィリップは初めて娘の言葉を聞く。ほどなく、ジェレマイアと散歩に出たベラが海に転落するという事故が起こる。その場に居合わせたフィリップがすぐにベラを救出したが、フィリップ自身が瀕死の重傷を負ってしまう。事故の知らせを聞いたシルヴィアが駆けつけると、そこには臨終のフィリップがいた。シルヴィアはフィリップにこれまでの赦しを乞い、フィリップもまた朦朧とした意識の中で、神が二人の罪を赦してくれるようにと祈る。そしてフィリップは亡くなる。

時が流れて、海水浴に訪れた客がその後の話を聞いている。シルヴィアはベラが成人する前に亡くなり、その後はヘスタがベラを養育した。そしてフォスター兄弟から財産授与されたベラは、結婚のために渡米し、ヘスタは負傷兵や船員のための施設を建設した。施設の礎には "P.H." と刻まれている。町の言い伝えによれば、シルヴィアは夫を飢えさせた非情な妻であり、二人の間に起こった事実は誰にも知られていない。

5 作品のテーマ

『シルヴィアの恋人たち』は公的領域の物語としてのプレスギャングのプロットと、私的領域の物語としての恋愛／結婚プロットを含有している。前者は半世紀前の歴史的事件を焦点化するのに対し、後者ではヒロインをめぐる恋愛関係を中心に、家族の問題や女性の立場や処遇に関する問題などを扱う。それゆえ二つのプロットをどのように関連づけるかという点が、作品の解釈において重要である。これは『メアリ・バートン』において、労資問題に関連するジョン・バートンのプロットと、家庭問題に関連するメアリ・バートンのプロットの相関関係を論じるのに類似している。

過去の議論では、プレスギャング事件とその後の出来事を関係づける際

に、それに関わる登場人物たちの性格上の欠点が論点となる傾向が強かった。プレスギャングの所業が「暴虐的である」(SL 6) 点を正当化することはなくとも、それを発端にさらに悲劇的な出来事へ導くのは、ダニエル・ロブソンやその娘シルヴィアの頑固一徹な態度であるという解釈である。

　一方、本作品の語り手が述べるように、「50–60 年前の人々の大半の考えは（今とは）全く異なっている。人々は理性を働かせる、分析するという過程を経ず、直感を頼りに認識する。教養のある人たちの間でもそうなのだから、シルヴィアが属する階級の人たちならなおのことだ」(SL 318) という見解に着目すれば、登場人物の思考、価値観、行動などは当時の時代や社会の産物となる。そうであれば、一連の出来事の根幹は公的事件（プレスギャング事件）にあり、悲劇的要因は「個人の世界が公の出来事を受けて破壊される」(Sanders ix) ことにあるのではないか。ダニエルがプレスギャングの所業に怒りと憎しみをぶつけるのは、ダニエル自身の教養の欠如もさることながら、国家の正義と個人の正義の背馳にあるといえる。

　この点に関しては、ギャスケルは過去にも『北と南』の中で海軍内の反乱事件（フレデリック・ヘイルは連座した罪で国外追放となった）を扱い、国家への義務と個人の権利／自由意志の対立を描いている。その中でミスター・ヘイルが仲裁（中立であるがやや国家寄りの立場）の発言をすることで、この作品では個人の事情よりも国家の安泰を優先する言説が機能する。『シルヴィアの恋人』ではフィリップがその役を担う発言をするものの、結局フィリップが自身の願望達成（シルヴィアを妻とすること）を優先し、プレスギャングの所業に乗じた行動を取る（キンレイドの発言を無視する）ことになってしまう。

　さらに『シルヴィアの恋人たち』のプロットの特徴は、『メアリ・バートン』の罪と赦しのプロットや、『クランフォード』の女性の連帯による争いを回避するプロットのように、平和的解決としての妥協や和解を一切拒む点にある。モンクスヘイヴンの住人たちの思考や行動は一枚岩でない。人々は身分、立場、職業に応じた価値観を持ち、それぞれが自身の利害関係を優先させた結果、互いに「共有できない経験の問題」を抱え (Eagleton 26)、コミュニティ内での共感や連帯という結束が機能不全となっているのである。

　またダルヴァーティスは、国家と個人という対立の図式を、恋愛／結婚プロットにも適用し、キンレイドの強制徴用とシルヴィアの結婚がともに他者

による個人の権利蹂躙という点で相似関係にあると主張している (115)。特にダルヴァーティスは、作品の後半でシルヴィアが既婚女性として経験する家庭内の苦境に着目し、それがギャスケルと同時代に活躍したランガム・プレイス・グループ[5]の請願と酷似すると述べている。そうするとこの国家と個人の対立は、過去の問題（プレスギャング事件）にとどまらず、作品執筆当時の現代性を描写することとなる (d'Albertis 116–28)。これは本作品における歴史小説としての枠組みを弱体化する解釈となるが、一方で過去の問題が形を変えて現在にも生き続けている（未解決である）ことを如実に示すものとなる。

　ダルヴァーティスの論もそうだが、20世紀後半、ギャスケル作品の読み直しを積極的に行ったのはフェミニスト批評家である。概してギャスケルの作品は、男性支配を真っ向から拒否するプロットや登場人物が稀少であるという点で、ヴィクトリア朝社会のイデオロギーに迎合しているとみなされることが多い。しかしフェミニスト批評家たちは、ギャスケルが作品の中で、既存の社会システムの中で女性の価値観や行為を再評価する、あるいは女性が自己実現を可能にする機会を模索するプロットを仕込んでいる点を看過していない。この中で自己実現を達成したのが『北と南』のヒロイン、マーガレット・ヘイルとすれば、『シルヴィアの恋人たち』のヒロインは失敗に帰したといえるであろう。

　『シルヴィアの恋人たち』の舞台となっている社会慣習では、女性を家庭空間に閉じ込めることを容認し、法律という名の公的権力は妻を夫の所有物とみなす制度である。シルヴィアは、フィリップの嘘が暴露した時、「今後フィリップの妻として生きることはない」(SL 383) と述べて、男性支配からの脱出を宣言する。しかし実際にその苦境の場から逃避が可能だったのはフィリップである。シルヴィアは「（夫に）見捨てられた妻」(SL 477)、娘は「フィリップ・ヘップバーンの子供だが、父は不在だ」(SL 418) と呼ばれ、母娘ともに不在の夫／父の行為の客体として結婚制度に縛られている。一方サンデンは、ヴィクトリア朝女性作家の小説において、母が子供を独占できる関係の構築と、（父／夫が不在の）新しい家族関係の構築を模索する点で、『ルース』と『シルヴィアの恋人たち』を高く評価している。しかしサンデンも「当時の法律では嫡子に対する権利はすべて父に付与されている」点に鑑みれば、母子関係の優位性には限界があると指摘している (62)。

たとえ不在であれ、夫／父が妻／母よりも優位であるのは、シルヴィアと
フィリップの和解の場面においても顕著である。この場面で主体として語る
のは夢現のフィリップであり、シルヴィアは沈黙のまま聞き手に徹するしか
ない。そしてフィリップの死後も、シルヴィアの沈黙はフィリップの生前の
嘘や所業を隠蔽し、フィリップは溺れた我が子を救った英雄とみなされてい
る。さらにヘスタが設立した施設に冠した "P. H." の文字は、フィリップの
姓名のイニシャルであると同時に、フィリップとヘスタのイニシャルを指す
とも考えられる。ここではシルヴィアの名前も存在も切り捨てられたままで
あり、人々の憶測だけが伝説となって後世に伝えられている。この結末は、
『シルヴィアの恋人たち』文字通りシルヴィアの「恋人たち」を主体とする
物語であることをより強調しているといえよう。

6 本文から

"I'll make my vow now, lest I lose mysel' again. I'll never forgive yon man, nor
live with him as his wife again. All that's done and ended. He's spoilt my life, —
he's spoilt it for as long as iver I live on this earth; but neither yo' nor him shall
spoil my soul." (*SL* 383)

(「二度と迷うことのないよう、今誓いを立てる。あいつのことは決して許さない
し、二度とあいつの妻として一緒に生きることなんかない。あいつはあたしの人生
をめちゃめちゃにした。あいつのしたことは、あたしがこの世で生きてる限り続く
んだ。だけどあたしの魂だけは、あんたにもあいつにも奪わせない。」)

"Poor man, eat this; Bella not hungry." (*SL* 484)

(「かわいそうなおじちゃん、これ食べて。ベラ、おなかすいてないの。」)

This is the form into which popular feeling, and ignorance of the real facts,
have moulded the story. (*SL* 502)

(このようにして人々の感情は、事実を全く知らないままに、物語を作り上げてい
くのだ。)

(木村　正子)

6.

Wives and Daughters: An Every-Day Story
『妻たちと娘たち──日々の生活の物語』(1864–65)

0 作品の背景

　『妻たちと娘たち──日々の生活の物語』（以下『妻たちと娘たち』と表記）
は、『コーンヒル・マガジン』（以下『コーンヒル』誌と表記）に連載中、ギ
ャスケルが逝去したため（1865 年 11 月 12 日）、未完のままに終わった。最
終章の「結び」は同誌の編集者フレデリック・グリーンウッドが執筆し、
1866 年に単行本が出版された。この「結び」の中で注目すべきものは以下
の記述である。「この小説（『妻たちと娘たち』）に関しては、それほど残念
なことはない。実にミセス・ギャスケルを知る人々にとって残念なことは、
小説家よりも一人の女性──この時代で最も賢く優しい女性を失ったことで
ある」（*WD* 685）。この直後にグリーンウッドは、もちろん「小説家ミセス・
ギャスケルの突然の死に際しても深く哀悼の意を表すべきである」（*WD* 685）
と述べているが、編集者から見たギャスケルは、小説家である前に「賢く優
しい」ヴィクトリア朝女性であったわけである。

　これは編集者の個人的見解というより、『コーンヒル』誌の見解だと考え
られる。ウォームボールドによれば、『コーンヒル』誌は教養ある読者向け
の雑誌で、経営者ジョージ・スミスは「小説はイングランドの現代の生活、
社会、マナーズ、特に地方の田園生活を描くものだ」という方針を固持して
いた (139)。それゆえ、ジョージ・エリオットの歴史小説『ロモラ』が『コ
ーンヒル』誌に登場した折（1861–62 年）、他のエリオット作品を出版して
きたブラックウッド社の編集者は、「最も尊敬されうる女性小説家」（すなわ
ちエリオット）の手によるものであれ、15 世紀フィレンツェの宗教改革や
政変を描く作品は『コーンヒル』誌の読者には適さない」と述べており、実
際雑誌の売り上げも伸びなかった (Warmbold 142)。

　その点に鑑みれば、ギャスケルが提示する「『古き良き時代』の安定と平
穏への憧れ」と「当時と現在の違い」の二つの要素 (Warmbold 145) は、『コ
ーンヒル』誌の編集者と読者の双方に受け入れられたといえよう。『妻たち

と娘たち』は、副題「日々の生活の物語」が示すように、歴史的大事件をめぐる物語ではない。そこに描かれる生活風景は、作品の執筆時から 30–40 年遡る時代の懐古的な風景であり、『クランフォード』の世界を彷彿させるものである。

　当初ギャスケルは、この作品を『クランフォード』と同様『ハウスホールド・ワーズ』誌への寄稿を想定し、「二人の母」というタイトルの作品を予定していた (*Letters* 712)。後に二人の娘たちの物語に変更した (*Letters* 731) のは、掲載誌変更に伴い、ギャスケルとスミスの間で何らかの折衝があったと考えられる。注目すべき点は、変更後のタイトルでは「母」の文字が削除されていることにある。

　二人の母と二人の娘の物語といえば、ギャスケルは過去に中編『荒野の家』(1850) を執筆し、ヒロインのマギー・ブラウンを巡る二人の母（娘に冷たい実母とやさしく理解のある友人ミセス・バクストン）のプロット、そして好対照な性格の二人の娘（マギーとアーミニア）のプロットを提示している。『妻たちと娘たち』がその繰り返しではないのは、ヒロインのモリー・ギブソンの成長に寄与するのはやさしく自己犠牲的な母（死別したモリーの実母）だけではなく、利己的で狡猾な母（継母ミセス・ギブソン）も反面教師として含まれるという点にある。モリーの恋愛プロットではシンシア・カークパトリックがライバルとなるが、同時に、モリーには父を巡るライバルとしてミセス・ギブソンが配置されていることは重要である。

　ミセス・ギブソンは自身の利益を優先し、いわゆるヴィクトリア朝の〈家庭の天使〉が表象する自己犠牲的行為を否定する女性である。ギャスケルの新たな挑戦は、父／夫をめぐる娘と妻の敵対関係を正面から見据え、そこで切り捨てられる〈母〉——伝統的な物語プロットの中で周縁化されてきた〈母〉も含めて——の存在価値と役割を問い直すことに集約されるといえる。

1 翻訳・作品名

『妻たちと娘たち——日々の生活の物語』東郷秀光, 足立万寿子訳『ギャスケル全集 6』日本ギャスケル協会監修（大阪教育図書, 2006 年）

2 掲載誌

The Cornhill Magazine,

第 10 巻 (1864)

8 月号	第 1 章 pp. 129–36.	第 2 章 pp. 136–48.	第 3 章 pp. 148–53.
9 月号	第 4 章 pp. 355–64	第 5 章 pp. 364–74.	第 6 章 pp. 374–84.
10 月号	第 7 章 pp. 385–91.	第 8 章 pp. 391–401.	第 9 章 pp. 402–08.
11 月号	第 10 章 pp. 583–97.	第 11 章 pp. 597–608.	
12 月号	第 12 章 pp. 695–702.	第 13 章 pp. 702–10.	第 14 章 pp. 711–21.

第 11 巻 (1865)

1 月号	第 15 章 pp. 65–71.	第 16 章 pp. 71–79.	第 17 章 pp. 79–87.
2 月号	第 18 章 pp. 197–207.	第 19 章 pp. 207–15.	第 20 章 pp. 216–22.
3 月号	第 21 章 pp. 320–31.	第 22 章 pp. 331–39.	第 23 章 pp. 339–45.
4 月号	第 24 章 pp. 434–39.	第 25 章 pp. 439–46.	第 26 章 pp. 446–60.
5 月号	第 27 章 pp. 564–70.	第 28 章 pp. 570–80.	第 29 章 pp. 580–90.
6 月号	第 30 章 pp. 682–88.	第 31 章 pp. 688–95.	第 32 章 pp. 695–705

第 12 巻 (1865)

7 月号	第 33 章 pp. 1–6.	第 34 章 pp. 7–13.	第 35 章 pp. 13–25.
	第 36 章 pp. 25–29.		
8 月号	第 37 章 pp. 129–40.	第 38 章 pp. 140–48.	第 39 章 pp. 148–57.
	第 40 章 pp. 158–64.		
9 月号	第 41 章 pp. 257–66.	第 42 章 pp. 267–73.	第 43 章 pp. 274–81.
	第 44 章 pp. 281–88.	第 45 章 pp. 298–95.	
10 月号	第 46 章 pp. 385–92.	第 47 章 pp. 392–401.	第 48 章 pp. 401–08.
	第 49 章 pp. 408–15.	第 50 章 pp. 416–25.	
11 月号	第 51 章 pp. 513–21.	第 52 章 pp. 521–29.	第 53 章 pp. 530–39.
	第 54 章 pp. 538–46.		
12 月号	第 55 章 pp. 641–48.	第 56 章 pp. 649–55.	第 57 章 pp. 655–63.
	第 58 章 pp. 663–71.	第 59 章 pp. 671–78.	

第 13 巻 (1866)

1 月号	第 60 章 pp. 1–15.（編集者による結びを含む）

『妻たちと娘たち──日々の生活の物語』 | 59

3 主な登場人物

モリー・ギブソン (Molly Gibson) 本作品の主人公。幼少期に母と死別し、父との関係は親密だったが、父の再婚後、身勝手な継母に翻弄される。友人ミセス・ハムリーとは疑似的な母娘関係を築くほど仲がよく、夫人の息子ロジャーに惹かれる。

ミスター・ギブソン (Mr. Gibson) モリーの父。カムナー伯爵家やハムリー家の家庭医を兼ねる開業医。

クレア／ハイアシンス・カークパトリック／ミセス・ギブソン (Clare/Hyacinth Kirkpatrick/Mrs. Gibson) 独身時代はカムナー伯爵家でガヴァネスを務めていた（クレアと呼ばれる）。結婚後、夫が早世したため、娘を寄宿舎に入れて私塾を経営。ミスター・ギブソンと再婚。

シンシア・カークパトリック (Cynthia Kirkpatrick) ハイアシンスの娘。母の再婚に伴い、フランスの寄宿学校から帰国し、ギブソン家で暮らす。

スクワイア・ハムリー (Squire Roger Hamley) 旧家の地主で、旧態依然とした考え方や行動を固持する。

ミセス・ハムリー (Mrs. Hamley) ロンドンの商人の娘で、教養が高い。モリーと気が合うが、病に伏している。

ロジャー・ハムリー (Roger Hamley) ハムリー家の次男、モリーのメンター的存在。野外観察を好み、後に博物学の研究者としてアフリカへ調査旅行に出る。

オズボーン・ハムリー (Osborne Hamley) ハムリー家の長男。家督相続人として両親から期待されていたが、大学での成績不振と多額の借金で父の怒りをかう。

ロード・カムナーとレディ・カムナー (Lord and Lady Cumnor) 伯爵夫妻。ホリングフォードの町の大半を所有する領主。

レディ・ハリエット (Lady Harriet) 伯爵家の末娘。活動的で町衆との交流もこなし、モリーの正直な態度に信頼を置く。

ロード・ホリングフォード (Lord Hollingford) 伯爵家の長男でレディ・ハリエットの兄。社交が苦手だが、科学の分野での見識がある。

ミスター・プレストン (Mr. Robert Preston) 伯爵家の新しい土地管理人。過去にシンシアに金銭的援助をしていた。

60 | *Wives and Daughters: An Every-Day Story*

- **マリー＝エーメ・シェラー／ハムリー (Marie-Aimée Scherer/Hamley)** フランス人で、英国人家庭の育児婦をしていた。オズボーンと結婚し、息子が誕生している。
- **ブラウニング姉妹 (Miss Browning and Miss Pœbe)** ホリングフォードに住む独身の姉妹 (姉がミス・ブラウニング、妹がミス・フィービ)。モリーの母代わりとなって面倒をみる。
- **ミセス・グッディナフ (Mrs. Goodenough)** ホリングフォードに住むゴシップ好きの年配婦人。
- **ミスター・コックス (Mr. Coxe)** ミスター・ギブソンの徒弟。

4 あらすじ

　選挙法改正（1832 年）前の田舎町ホリングフォード。町医師の娘モリー・ギブソンは、幼少期に母と死別して以来、父と仲睦まじく暮らしていた。12 歳の時、モリーは近所のブラウニング姉妹に連れられて、カムナー伯爵の館タワーズで開催される祝祭に出かける。人込みの中で具合が悪くなったモリーは、ミセス・カークパトリックの部屋で休むが、祭りの終了後訪問客が帰宅した後まで放置されてしまう。モリーは途方に暮れるが、幸い父ミスター・ギブソンが迎えに来た。しかしこの日の嫌な経験は後々までモリーの心に残った。

　17 歳に成長したモリー。ミスター・ギブソンの徒弟ミスター・コックスが、女中を介してモリーに恋文を届けようとする。ミスター・ギブソンはこの件を未然に防ぎ、即刻女中を解雇するが、この先を案じて、モリーを郷士の旧家ハムリー家に預ける。

　ミセス・ハムリーは教養が高く、読書好きのモリーと非常に気が合った。娘を亡くした夫人と、母を亡くしたモリーは互いの喪失を埋め合うかのように、擬似的な母娘関係を築き、当主のスクワイア・ハムリーもモリーの人柄に感心する。ハムリー家の二人の息子は大学に行って不在だったが、ほどなく弟のロジャーが帰省する。ロジャーは兄オズボーンの成績不振を伝えると、スクワイアは激しい怒りをあらわにした。

　一方、モリーの不在中にミスター・ギブソンに再婚話が浮上する。かねてよりモリーには監督役として母親が必要だと感じていたミスター・ギブソン

『妻たちと娘たち──日々の生活の物語』　61

は、見た目麗しく、物腰のやわらかい未亡人ミセス・カークパトリックとの再婚を決意する。しかしモリーにとって父の再婚は大きなショックであった。父と仲違いしたモリーに対し、ロジャーは「自分のことより他人のことを優先する方がいい」と諭す。ロジャーのアドバイスで自分の振る舞いを反省したモリーは、以後ロジャーをメンターとみなす。しかし同じ頃、ハムリー家にも暗雲が立ち込めていた。ミセス・ハムリーの病状が悪化した上に、オズボーンに使途不明の多額の借金があることが判明したのである。さらにモリーはハムリー家を辞す前、オズボーンが秘密裡に結婚していることを知る。

　ギブソン家に戻ったモリー。新しい家族のために家が改築され、モリーは亡き母を偲ぶものを失う。加えて継母の自分勝手な振る舞いはモリーを翻弄するのだった。ほどなくシンシアがフランスから帰国し、ギブソン家に迎えられる。モリーはシンシアの美しさに惹かれる。しかしシンシアの心には幼少期から母にネグレクトされた経験がトラウマとなって残っていることが判明する。そんな折、ミセス・ハムリーの死の知らせが届く。モリーは大切な友人の死を悼むとともに、ハムリー家の人々のことを思う。スクワイアは些細なことで不機嫌になり、オズボーンとの諍いが絶えない。オズボーンも妻子のために何とか生活の糧を得る手段を考えるが、どれも現実的ではない。そんな中で、ロジャーはケンブリッジ大学でシニア・ラングラーを取得し、将来が有望だとみなされていた。

　ハムリー兄弟がギブソン家を訪問するようになり、ロジャーはシンシアに惹かれる。ミセス・ギブソンは当初、家督相続人であるオズボーンとシンシアの縁組みを画策するが、オズボーンが重病を抱えていると知るや、ターゲットをロジャーに変える。やがてロジャーとシンシアは婚約するが、ロジャーには２年間のアフリカ調査旅行が控えており、またシンシアのたっての希望もあり、婚約は内密にしておくことになった。モリーもまたひそかにロジャーを愛していたが、耐えてロジャーの出発を見送る。

　ある日シンシアの不誠実な振る舞いが露見する。シンシアは16歳の時、金銭を援助してくれた見返りに、ミスター・プレストンと婚約したが、それを隠してロジャーと婚約していたのである。シンシアはミスター・プレストンにお金を返済し、婚約を解消したいと願い、モリーにミスター・プレストンとの交渉を依頼する。しかし事情を知ったミスター・プレストンは、シンシアへの怒りと復讐をモリーに向け、狡猾にも自分とモリーが会っている姿

62 | *Wives and Daughters: An Every-Day Story*

を第三者が目撃するように仕向ける。この件はモリーの無節操な振る舞いとして町中に広まり、モリーの評判が落ちる。しかしモリーの正直さに信頼を置くレディ・ハリエットは、自分とモリーが歩く姿を町衆に誇示することで、モリーの名誉挽回に一役買う。だがシンシアの不誠実な振る舞いはレディ・カムナーの耳に入り、伯爵家を訪問したミセス・ギブソンは、娘の監督不行き届きを叱責される。窮地に陥ったシンシアはロジャーとの婚約を破棄し、ガヴァネスとして働きに出ると告げる。

　ハムリー家からオズボーンの死の知らせが届く。モリーは失意のスクワイアに、オズボーンは秘密裏に結婚しており、子どもが生まれていることを告げる。そしてオズボーンの妻のエーメには、夫が重態であるという旨を手紙で知らせる。エーメは子どもを連れ、長旅を経てようやくハムリー邸に到着する。しかし夫の死を知ったエーメは、ショックで病に伏してしまう。モリーがエーメの看病はもとより、ごたごたの絶えないハムリー家で献身的に働き、家の中がようやく落ち着く。しかし今度はモリーが過労で倒れてしまう。モリーは父の指示に従い、家に戻って養生することになった。

　モリーの留守中、シンシアはロンドンの親戚を訪問し、そこで弁護士のミスター・ヘンダーソンと出会う。早々に縁談がまとまり、婚礼のため、ギブソン夫妻がロンドンに赴く。養生中のモリーは、レディ・ハリエットの招待を受けてタワーズに滞在することになる。タワーズはモリーにとって苦い思い出の場所だったが、年月を経た今、その印象がすっかり変わったことにモリーは気づく。

　タワーズを辞して帰宅したモリーはハムリー家を訪問する。スクワイアは孫可愛さに以前の落ち着きを取り戻していたが、エーメとの関係を持て余しているようである。一方一時帰国をしていたロジャーもモリーと再会し、モリーの魅力を再認識する。しかしモリーにはロジャーを恋人として受け入れる心の準備ができていない。ロジャーはミスター・ギブソンに会ってモリーへの思い打ち明け、帰国後にモリーに求婚する許可を得る。そしてロジャーはアフリカへ戻って行った。

『妻たちと娘たち──日々の生活の物語』　│　63

5 作品のテーマ

　『妻たちと娘たち』は、ヒロインのモリーが少女から大人の女性に成長する過程を、日々の生活における彼女の経験を通して描き出す物語である。これは女性作家の先駆者であるジェイン・オースティンの家庭小説の流れを汲み、特にヒロインの恋愛プロット——愛する男性が他の女性（気まぐれですぐに他の男性に心を移すタイプ）と恋に落ち、ヒロインは悩み苦しみながら耐える、しかし最後にはその忍耐が報われてヒロインは無事にその男性と結ばれる——は、『マンスフィールド・パーク』(1814) や『説得』(1818) を継承したものといえる。しかしギャスケルのプロットはオースティンの二番煎じではなく、ヒロインの成長過程において母の存在と役割が非常に重要な部分を占めている点で、オースティンと異なる。

　概してヴィクトリア朝小説では「よき母は死か不在」(Dever 19) と描出されることが常套的であり、母たる者は「活動的で、怒りを抑えられず反抗的で」あってはならない (Hirsch 38)。これはいわゆるヴィクトリア朝の〈家庭の天使〉——自己犠牲を旨とし、愛他主義に徹する生きる女性の理想像——に沿うものであり、モリーの実母やミセス・ハムリーがその典型である。モリーも先例に倣うのであれば、いずれ同様の運命が訪れることが予測される。これに対して継母ミセス・ギブソンはこのサイクルを否定し、自己主張を捨てず、むしろ自分の利益を最優先にして支配権を握ろうとする。モリーは非常に厄介な状況に陥るが、この継母との葛藤を経験することで、モリーの中で自己抑制に対する考えのパラダイムシフトが起こるのである。

　モリーはロジャーから「人は自分のことより他者のことを優先させる方がいい」(*WD* 121) というアドバイスを得て、それを実践しようと努めるが、それは伝統的な〈母殺し〉、前述の「よき母は死か不在」（精神的な死も含む）の受け入れに他ならない。もしモリーが個としての自己を保持することを望むのであれば、ミセス・ギブソンの処し方から学ぶものは少なくない。

　しかしながら、モリーの成長物語における〈母〉の重要性に着目するのは、20 世紀後半のフェミニスト批評家たちである。『妻たちと娘たち』の出版当時、家庭小説は大衆に受けがよく売り上げもよかったのだが、その内容が家庭内の事情を詳細に述べるものであるという理由で、文壇の主流（キャノン）と同列に扱われず、「ほぼ間違いなく価値のない作品だと評価され、

二流に落とされていた」とトンプソンは指摘している (15)。[1] たとえばヘンリー・ジェイムズは 1866 年 2 月 22 日の論評で、「ブルジョアの家庭生活を詳細に」体現するモリーではなく、「性格に謎めいた」部分を持つシンシアに惹かれると述べている (Easson 465)。それは、ギャスケルがモリーの描写において「若い娘の日常生活の記録で満足する」のに対し、シンシアに関しては「読者に結論を委ねている」ためである (465)。この「作者が全知の語りをやめる」(465) というスタイルは、ジェイムズ自身の作品とも共通するものだが、『妻たちと娘たち』の価値が家庭小説というジャンル以外の評価基準での判断されている点は注目すべきである。

　後にヴァージニア・ウルフも、ギャスケルを「偉大なストーリー・テラー」であると認めながらも、その作品は家庭内事情に精通する母親作家が書くものだと述べて (*Women and Writing* 149)、芸術作品としての小説とは一線を画するという見解を示している。ウルフの評価基準がキャノンを想定しているのであれば、当然の帰結であろう。しかしウルフの『灯台へ』(1927) におけるミセス・ラムゼイとリリー・ブリスコウの擬似的母娘の力関係を精査すると、そこには『妻たちと娘たち』のミセス・ギブソンとモリー／シンシアのパワー・ゲームとの類似性が見られる点を看過すべきではない。画家リリーの成長（未完成の絵を仕上げて、画家としてのアイデンティティを確立する）にはミセス・ラムゼイとの葛藤抜きに語ることは不可能であり、語り方においてはウルフの独自性が際立つものの、ウルフはギャスケルが提議した母娘関係のプロットを継承し、自身の作品の中で展開したとみなすことは可能であろう。

　一方、モリーのプロットと並行して『妻たちと娘たち』には別のプロットが進行していることも言及しておかねばならない。その一つがホリングフォードの町に起こる変化を描出するプロットだが、これはモリーの視点とは別にレディ・ハリエットの視点による観察として語られている。

　作品の冒頭に記されるように、1832 年の選挙法改正前のホリングフォードには急進的な自由土地保有者がいるものの、現時点ではカムナー伯爵家の議席は安泰である。[2] しかし慈善舞踏会でのレディ・ハリエットの行動に着目すると、自身は選挙権を持たないにもかかわらず、伯爵令嬢自ら積極的に町衆との交流を促進する場面に行きつく。この夜、伯爵家一行は舞踏会に遅刻したばかりか、同行の公爵夫人の地味なドレスによって、会場の女性たち

の失望を招いた。レディ・ハリエットはモリーに、「私たちの人気が下がっ
たと思う？——つまり今度の選挙での投票のことだけど」(*WD* 307) と問う。
些細な出来事を機として伯爵家の人気が下がることを敏感に感じ、次の選挙
で伯爵家のライバル候補に票が流れることを案じたレディ・ハリエットは、
早速町衆を懐柔する対策を講じる。その判断材料として、「正直者で有名な」
(*WD* 307) モリーの意見は、町衆の間での情報共有の状況、つまり貴族が知
りえないコミュニティへの唯一のアクセス方法であり、重要なメディアとな
るわけである。

　これと同様の効果が、ロジャーのアフリカ便りにも該当する。シャベは、
『妻たちと娘たち』はホリングフォードというコミュニティ内の日常生活の
描写にとどまらず、ロジャーの手紙を通して、ホリングフォードが広い世界
の一部であり、他の国々と接続していることを伝えていると指摘する (150)。
それは読者に対して、近視眼的なイングランドの生活と遠視眼的な帝国主義
支配下の生活との「二焦点の読み方」を余儀なくさせるが (Chavez 147)、前
述のレディ・ハリエットとモリーの対話においても、かなり規模は小さくな
るものの、舞踏会の客（近視眼的）とホリングフォードの選挙人（遠視眼的）
との二焦点の読み方が可能となるだろう。レディ・ハリエットのプロットは
イングランド国内においても作家の二焦点が機能している一例である。

6 本文から

Thinking more of others' happiness than of her own was very fine; but did it
not mean giving up her very individuality, quenching all the warm love, the
keen desires, that made her herself? (*WD* 138)

（自分より他人の幸せを優先するのはとてもいいことだわ。でもそれは、私が私で
あるための心からの愛情や強い望みを抑えて、私らしさをあきらめてしまうことで
はないの？）

"And we are not angels, to be comforted by seeing the ends for which
everything is sent." (*WD* 140)

（「それに私たちは天使じゃないから、すべてのことが行きつく最終目標を理解して
気持ちが楽になるということはないわ。」）

66 　*Wives and Daughters: An Every-Day Story*

". . . we're a show and a spectacle—it's like having a pantomime with harlequin and columbine in plain clothes." (*WD* 309)

(「私たちはショーであり見世物なの――普段着のハーレキンやコロンビーナをうまく操ってパントマイムをやってるようなものね。」)

(木村　正子)

7.
Cousin Phillis

『従妹フィリス』[1] (1863–64)

0 作品の背景

『従妹フィリス』は、ギャスケルが 55 歳で急逝する 2 年前より連載出版された。小説の舞台は、イングランド北部にあるとされるヒースブリッジ村の農場であり、イングランド中西部チェシャーに位置するナッツフォード近郊サンドルブリッジ村の田園風景の描写が重ねられている。サンドルブリッジ村にはギャスケルが少女時代を過ごした祖父母の農場があった。

全四部からなる作品の第一部は 1862 年ナッツフォードとマンチェスター郊外の都市オールトリンガム間を結ぶ鉄道が敷設された直後に出版されている。この鉄道は 1849 年に開業したリバプール・アンド・マンチェスター鉄道の支線であり、産業革命後の近代化の地方への波及が進められた。作品では社会問題は直接扱われないものの、鉄道技師を登場人物とするこの作品は産業革命前の穏やかな「古い時代への追憶」(Foster) があると言える。牧歌的生活を送る牧師一家が近代化の波にさらされ (Jenkins xii; 足立『エリザベスギャスケル』290)、生活が経済的、社会的に変化するだけでなく少女から女性へと成長する内面的な変化も描かれている。ギャスケルは社会の様々な階層の人々に読まれる作品を志したが、当作品は 19 世紀中期以降急増した中流階級の読者を対象とした月刊誌『コーンヒル・マガジン』に送稿した (Shattock 86)。

1 翻訳・作品名

「田園抒情歌」海老池俊治訳『田園抒情歌：E・C・ギャスケル：田園抒情歌，地主の物語』（英米名著叢書）（新月社，1948 年）pp. 5–201.

『従妹フィリス』海老池俊治訳注（研究社新訳注叢書）（研究社出版，1953–1954 年）

「従妹フィリス」松原恭子訳『ギャスケル全集 1 クランフォード・短篇』日

本ギャスケル協会監修（大阪教育図書，2000 年）pp. 181–265.

2 掲載誌

The Cornhill Magazine,

第 8 巻 (1863)　11 月号　第 1 章 pp. 619–35.　12 月号　第 2 章 pp. 688–706;

第 9 巻 (1864)　　1 月号　第 3 章 pp. 51–65.　　2 月号　第 4 章 pp. 187–209.

3 主な登場人物

ポール・マニング (Paul Manning)　この作品の語り手。17 歳の時就職で親元を離れ、鉄道技師ホールズワースの助手となる。

ジョン・マニング (John Manning)　バーミンガムの機械技師。近代的な機械の発明により成功を収める。

エドワード・ホールズワース (Edward Holdsworth)　ポールの上司の鉄道技師。イタリアをはじめ海外での仕事の経験もあり知識も豊富である。

エベニーザー・ホールマン (Ebenezer Holman)　非国教会独立教会派牧師であり、同時にヒースブリッジ村ホープ農場の主。

フィリス・グリーン・ホールマン (Phillis Green Holman)　ポールの母の又従妹。

フィリス・ホールマン (Phillis Holman)　ホールマン夫妻の娘。ポールより 2 歳年下。

ロビンソン師 (Brother Robinson)　エルサムの非国教会独立教会派に属するホールマンの同僚。

ベティ (Betty)　ホールマン家の女中でフィリスの乳母であった。

4 あらすじ

作品はイングランド北部ヒースブリッジ村のホールマン一家の出来事をホールマンの親戚ポール・マニングが中年になり回想して語る四部形式からなる。

〈第一部〉

ポールは 17 歳で鉄道敷設のため故郷バーミンガムからエルサム[2]に向か

『従妹フィリス』　│　**69**

う。ホールズワース氏の下で働くため下宿に落ち着く。ホールズワース氏は25歳で風貌も良く立派であった。

　土壌調査のためヒースブリッジに行くことになったポールは、ポールの母に彼女の又従妹のフィリスを訪ねるよう言われる。フィリスの夫ホールマンはヒースブリッジのホープ農場の主であり、村の牧師でもあった。ポールが農場を訪ねると白いエプロンを付けたホールマン夫妻の娘フィリスが出迎え、ホールマンが聖歌で歓迎してくれた。夫妻にはフィリス以外にも子供がいたが亡くなっていた。ホールマン師は毎朝3時に起きて畑仕事をする。また、体格も良く力強く、血色が良い。ヴァージルの作品等ラテン語の書物を読みこなしフィリスにも教えている。ラテン語に弱いポールではあったが、家畜の世話を共にする中でフィリスと親しくなっていく。

〈第二部〉

　ポールのホールズワースへの敬意は日を追うごとに高まっていった。ある日、ポールの父がホールズワースと面会することになった。両者は実に対照的であった。ホールズワースがイングランド南部出身なのに対し父は北部出身、またホールズワースは「若々しく、立派、鋭敏で見栄えがし」(*CP* 32)また村の青年たちの「賞賛の的」(*CP* 32)であったが、高額な学費で学び、海外生活も長いが「何も成し得なかった」(*CP* 40)のに対し、ポールの父は「野暮ったく」(*CP* 32)、地味だったが、「労苦と熟慮」(*CP* 33)のあとが見られ、一職工ながら独学と勤労により「科学的名声」(*CP* 40)や財産まで手に入れることができた。

　ポールの父はフィリスにも会い、その聡明さや美しさにより息子の嫁にと望むが、ポールは怒りを露にする。フィリスとの仲は近まっていたが、彼女を恋愛の対象としては考えていなかった。

　一方ホールマンは年明けから熱病を患っていたホールズワースを農場に招くようポールに言う。6月に養生のため農場に滞在したホールズワースは体調を回復させながら、フィリスにイタリア語を教える。ホールマンはホールズワースに好感は抱くが、まじめさに欠けるという印象を持った。

〈第三部〉

　ポールは、父の共同事業者の娘で将来妻となる女性に、その年の夏の休暇に実家に戻った際に出会った事を回想する。ホープ農場のホールマンのホールズワース氏評は「注意心に欠け」(*CP* 58)、「常にまじめではない」(*CP* 58)

と厳しかったが、フィリスとホールズワースはお互いに愛情を抱くようになっていった。

　晩秋になりホールズワースがカナダ・ハリファックスでの鉄道敷設の監督の２年契約の仕事に誘われると、数時間のうちに彼はホーンビーを発とうとしていた。別れ際にポールにフィリスのことを聞かれ、フィリスを愛し、結婚を考えていることも伝える。

　その後フィリスは農場を訪ねたポールからホールズワースの出発の事実を聞き、音もなく部屋を出て行ってしまう。それから５週後のクリスマスにもポールはフィリスの顔面蒼白でショックを隠し切れない様子を目にする。ホールズワースはカナダに無事着いていたが、フィリスは死人のように顔色が悪くなっていく。更に、ホールマン家の台所でポールは、さめざめと泣くフィリスの手元にイタリア語の本にホールズワースのメモがはさんであるのを見る。フィリスを心配し、ポールが思わずホールズワースが出発前に告げたフィリスへの愛を伝えると、フィリスの顔は幸福感で紅潮した。

〈第四部〉

　春の復活祭には気力を取り戻したフィリスだったが、カナダのホールズワースからポールに届いた手紙には、彼がフランス系カナダ人の一家と「フィリスに似ている」(CP 79) 次女と親しくなったことが書かれていた。やがてポールの鉄道敷設の仕事が完了し、彼はバーミンガムに帰郷するが、ホールズワースからの更なる手紙で、彼が前述の一家の娘ルシール・ヴァンタドゥールと結婚したことを知る。追伸欄にはフィリスへの言及はなく、エルサムの「親切な友人たち」(CP 82) によろしくとあった。ポールはホールズワースの不誠実さに憤った上に、フィリスにこの手紙ごと見せ、このことを知らせてしまう。フィリスはポールには、ホールズワース氏の幸せを願うと言ったものの、以来得意の針仕事もおぼつかず、夜はフィリスの乳母ベティによると何時間も歩いた上部屋で泣く日々が続いているという。

　ホールズワースからの手紙で彼の結婚を知ったホールマン夫妻はフィリスがホールズワースの結婚を既に受け止めていることに驚くが、ポールは自分が軽率にも、ホールズワースの出発後に落胆するフィリスにホールズワースの気持ちを伝えてしまったことを後悔する。ホールマンはポールのこの言動に怒るが、ポールはフィリス自身もホールズワースを愛していたという「真実」は父ホールマンに伝えようとはしなかった。フィリスはついに自身がホ

『従妹フィリス』 | 71

ールズワースを愛していたことを父に告白するとその場で倒れこんでしまった。脳炎だった。両親の手厚い看護の他、農場全体の人々がフィリスの回復を望み、各自の仕事を全うしようとする。

　ところが、ロビンソン師はフィリスの病気は、ホールマンが牧師の仕事をないがしろにして農場仕事と学問に入れ込んだためだとし、フィリスをあきらめるよう言う。だが、ホールマンの「心は石」"Heart of stone" (*CP* 104) のようなものでなく、「人間の心」"Heart of flesh" (*CP* 104) なのであり、それはできない。フィリスも時を経て回復するが、いまだにイタリア語の本を見ると泣いてしまう。ベティは、今度はフィリス自身が「自分のためにするべき 」"do something for yourself" (*CP* 108) と諭す。フィリスはようやく、ポールの両親のバーミンガムの家に短期滞在することを自ら決断しポールに要請したのだった。

5 作品のテーマ

　ピンチはリアリズムの認知理論の観点から作品を論じ、当作品がアウエルバッハの『ミメーシス』さながら「文学的リアリズム」を創出していると称える (821)。ポールは『シルビアの恋人たち』のフィリップ同様男性の語り手であるが、フィリップとは異なり、語りに関しては自由であり、常に静かに作品の中心にいるフィリスとも対照的である (Bonaparte 231)。作品の一人称の語り手の豊かな感情表現と、立体的な描写により読者に新たな現実として作品が構築されている。

　1990 年代以降、このような作品の「語り」を中心とした作品批評が主流となるが、グレンが主張するように、ポールによる語りには限界があり、牧歌を作品基調とする当作品でフィリスそのものの悩みや彼女の物語は語りつくせない (xxxiv)、と言える。これは、ポールのフィリス全体の認識不足がある（木村正子 68）、と考えられる。ユーグロウも指摘するように語り手はポールであるものの、フィリスが病床についていた「部屋」にはポールは入ることを許されなかったことは彼の語りの限界を示す (543)。

　しかしながら、この作品の評価に関しては、ヴィクトリア朝時代に既に評価は高く、ホールマンが農作業を終え讃美歌を歌う場面は絵として当時の小説の中で「それに勝るものがない」(Greenwood 13) とされ、また現代にお

いてもギャスケル作品の中で完璧な作品である (Uglow 551)、あるいは最高作の一つである (Allott 21–22; Gérin 235; Pollard 191; Sharps 427; Ward viii)、と評されている。その理由として、1950 年代までの批評家、例えばホプキンズが論じたように、ギャスケルの人物描写が『シルビアの恋人たち』同様に最高であり (276)、またイーソンの述べるようにギャスケル自身が小説の出来事や登場人物の感情を上手にコントロールする力が 19 世紀短編小説家で傑出している (226)、と考えられていたためである。

　この作品で時代の流れと自然の変容は重要なテーマの一つである。舞台であるヒースブリッジ村の四季がホールマンやフィリスの愛読書であるヴァージルの『農耕詩』(The Georgics) 同様に描かれ、田園詩同様農場の人々の生活の様子や信条が映し出される。ギャスケルは産業革命前のイングランドの美しいチェシャー一帯の村々が、鉄道の普及に代表される近代社会へと転換を余儀なくされる様子を描きながら、牧歌的な古き良き時代への懐古と、「絶えず進歩していく未来への興味」(Uglow 539) を同時に表している。

　同じく、女性の「苦悩を経ての成長」(足立『エリザベス・ギャスケルの小説』471) も作品のテーマとして投影されている。前述のように、代表的登場人物であるフィリスは伝統的な農耕詩に登場するような無垢な女性や、ロマン派の詩人ワーズワスが描いたルーシーのような田園詩の女性像とも異なる。牧歌的ヒロインの原型に近いワーズワスのルーシーを「喚起しつつも、それを超えるヒロイン」(木村晶子 58) を提示している。フィリスとルーシーの差異はフェミニズム批評家のスペンサーが指摘するように、ルーシーが男性の「好ましい客体を独り占めする幻想」(129) を体現し最終的には死んでしまうことに対して、フィリスは病気から回復することに表れている。作品中、フィリスはその成長を通してホールズワースへの愛を深め、またそのために苦しんだことを両親は気づかなかったほどであるが、彼女は孤独を経験しながら（金子 127）、病も克服し、ベティの言葉により生きる方向性を見出し、やがて自ら生きる意志を持つに至った。

　ギャスケルが女性の自立に向けての成長を描こうとしたことは、彼女が本来の作品の結末の内容を変更した事実から裏付けられる。作品執筆当初はバーミンガム行きを決意したフィリスが父ホールマンの死後、病に倒れた母を看護しながら熱病の広がりで孤児となった二児を養子として養いながら、父に伝授された農業の有益な技術例えば地均しや排水を駆使している様子が描

かれる予定だった (Gaskell, *Further Letters* 259–60)。『コーンヒル・マガジン』誌発行者ジョージ・スミスの要望で結末に予定していた二話分は作品の第二部が『コーンヒル・マガジン』誌に掲載中に取り止めとなった。だが、スペンサーの指摘にあるように、女性が成長を経て公的領域で活躍をする、というのは型にはまりすぎているため、フィリスのルーシー像と異なる自らの決断により拓いていく未来を読者に想像させる終わり方のほうが女性の自立をテーマとする上ではより効果的である (130)、とも言えよう。その反面、この終わり方はダンテの『地獄篇』のようにフィリスの苦しみと先行きの分からない将来への不安も意味している。

更に、宗教的側面から作品のテーマを考察すれば、非国教会派に属していたギャスケルが自らの宗派とローマ・カトリック教会に対して抱いたと思われる信仰上の迷いも作品のテーマに浮かび上がる。

1850 年代英国に広がったカトリックの再興もあり、ギャスケル自身も 1852 年には国教会司祭からカトリックに改宗し、晩年には枢機卿になったジョン・ヘンリー・ニューマンの説教を聞きに行くなどカトリックに興味を抱いていた (Hatano 374)。更に、ギャスケルの娘フローレンスが『従妹フィリス』執筆の直前に、両親には内緒でカトリック青年と婚約したという経緯がある。

当作品においても、ホールマン家の人々が非国教会独立派の厳格な信徒であったのに対し、ホールズワースはラテン語を解し、カトリック教徒が多数の国イタリアに住んでいたことからカトリックに近い存在と考えられる。ギャスケルはホールズワースの好青年としての一面も描いており、ホールマンはホールズワースへの好感を持つが、同時にホールズワースの性格に不誠実な印象を抱いていることをポールに吐露する。また、ホールズワースはフィリスに愛情を注ぐ振舞いを続けながら、仕事上の自己目的の達成のためフィリスを蔑ろにしてしまう。鉄道敷設工事が進められた 19 世紀半ば、カナダは既にイギリスの植民地であったが、多くのフランス系住民の信仰の自由は法的に保障され、ホールズワースの結婚相手もカトリックであったと推測される。

このようにホールズワースの曖昧な行動や性格の描写には、ギャスケルのカトリックへの不安が表れている (Hatano 375)。結末におけるフィリスの自立に向けての決心は、彼女がカトリックと関係の深いと考えられるホールズワースからの決別とも受け取れ、ギャスケルがカトリックと一線を画すことが汲み取れよう。

6 本文から

"Now, Phillis!" said she, coming up to the sofa; "we ha' done a' we can for you, and th' doctors has done a' they can for you, and I think the Lord has done a' He can for you, and more than you deserve, too, if you don't do something for yourself. If I were you, I'd rise up and snuff the moon, sooner than break your father's and your mother's hearts wi' watching and waiting till it pleases you to fight your own way back to cheerfulness. There, I never favoured long preachings, and I've said my say." (*CP* 108)

(「さあフィリス様！」とベティはソファーに近づいて言った。「私らができること はみんなやったんです。医者も精一杯できることをしたんです。神様だってきっと できる限りのことをしましたよ、あなた様にはもったいないくらいにね。もし私が あなた様なら、あなた様を心配して看病するお父様やお母様をがっかりさせない で、起き上がってお月さまの光を消すくらい元気を取り戻すように頑張りますよ。 そら、私は長いお説教が好きじゃないし、もう言うべきことは言いましたよ。」)

(太田　裕子)

伝　記

8.

The Life of Charlotte Brontë

『シャーロット・ブロンテの生涯』(1857)

0 作品の背景

　1855 年 3 月 31 日、シャーロット・ブロンテが亡くなったという報がハワースに住む文具商ジョン・グリーンウッドからギャスケルに伝えられた。ギャスケルとシャーロットは共通の友人シャトルワース卿夫妻のウィンダミアの別荘で 1850 年の夏に会って以来交友を深めていた。初めて会ってからシャーロットが亡くなるまで、二人が共に過ごしたのは 5 回、20 日間という短い期間であったが、同じ女性作家という共通項のみならず、外交的なギャスケルに対し、内向的で人見知りが強いシャーロットではあったが、互いに強く引き付けられ、短期間のうちに親交を深めていった。

　1848 年から 49 年にかけて、シャーロットは弟ブランウェル、妹のエミリ、アンを相次いで亡くし、年老いた父親と使用人との生活は孤独の影が色濃く漂っており、彼女の身の上を聞くに及び、ギャスケルはシャーロットに対して同情の念を強く抱いたのだった (Gérin viii)。1854 年シャーロットは、父親の属する英国国教会の副牧師ニコルズの求婚を受け入れ、父親の反対を押して結婚する。しかし、この結婚によってユニテリアンのギャスケルとの宗教の違いが立ちはだかり、二人の交友は疎遠となっていった。そのため、何の前触れもなくギャスケルは突然シャーロットの死の報を受けたのだった。

　シャーロットの死に対して同じく女性作家であり、批評家のハリエット・マーティノウの追悼文がデイリー・ニュースの紙面を飾る一方で、6 月『シャープス・ロンドン・マガジン』誌に載ったシャーロットの人格を否定するような表現に、父親のパトリックや夫のニコルズを始め、女学校時代からの友人で終生の友であったエレン・ナッシーやメアリ・テイラーはひどく心を痛めたのだった (Uglow 391–92; 長瀬 155)。そして、正しいシャーロットの姿を世に伝えるため、ギャスケルに伝記を書いてもらうようエレンはパトリックとニコルズに進言した。6 月 16 日、パトリックは「簡潔に生涯と、彼女の作品についての寸評を書いてもらいたい。それについてはあなた様が一

番ふさわしい方と思います」と正式に申し入れたのだった (Easson 372–73)。6月18日、ギャスケルはパトリックからの依頼の手紙を添えて、シャーロットの伝記の執筆をスミス・エルダー社の社主スミス氏に伝えた。その後、パトリックからは子供たちと過ごした日々の思い出を伝える手紙が届いた。加えてギャスケルの依頼に応えてエレンからは350通にもなるシャーロットの手紙、また、メアリ・テイラー、ロウ・ヘッド・スクールの恩師のミス・ウラー、スミス・エルダー社のスミス、編集者ウィリアムズやジョン・テイラー、ベルギー留学時代の友人レティシア・ウィールライトたちからも彼女の手紙の提供を受け伝記の執筆に向かったのである。加えて、ギャスケルはシャーロットの足跡をたどり、ハワースやベルギーのブリュッセルまで足を延ばして取材旅行を行った。こうして伝記の依頼から約2年後の1857年3月25日、二巻本からなる、『シャーロット・ブロンテの生涯』: *The Life of Charlotte Brontë* (以後本稿では『生涯』と省略する) の出版の運びとなった。『生涯』は『タイムズ』紙や『デイリー・ニューズ』紙、『アシニーアム』誌で賞賛を得た。また、『ジェイン・エア』の読者は謎の多い著者の実像を知ろうとする好奇心から『生涯』は爆発的な売り上げとなり (長瀬226)、5月9日には第2版が出版された。しかし弟のブランウェルの家庭教師先の夫人で不倫相手とされるミセス・ロビンソン (後に夫が亡くなり再婚しレディ・スコットとなる) が『生涯』の内容が名誉棄損に当たるとして訴訟騒ぎを起こしたため、5月26日、ギャスケル側は、レディ・スコットの求めに応じて『タイムズ』紙に謝罪文を掲載し、同時に第二版を回収した。この他にも、姉たちと共に寄宿していたカウアン・ブリッジにある牧師の子女向けの学校のクラージー・ドウターズ・スクールや、他の関係者からも内容に関する抗議も寄せられたため、修正、訂正を余儀なくされ、同年秋になって第三版が訂正版として出版されたのだった。

　20世紀ともなり、出版から50年近く経て、様々な関係者が亡くなったこともあり、多くの出版社は第一版を世に送るようになった。第一版の方が作者の生の声がより直接的に聞こえると判断されたからであろう。出版直後も、メアリ・テイラーやエレン・ナッシー共に第一版の方を評価していた (長瀬330–31)。現在はEveryman's Library, Penguin Classics, Pickeringは第一版を、OxfordのWorld Classicsは第三版をもとに出版しているが、Everyman's Libraryを除いて、それぞれ巻末に第三版での訂正、修正を付記して

いる。日本では和知誠之助は第三版を、中岡洋、山脇百合子は第一版を第一次資料としている。中岡は巻末に詳細な資料に加えて、第三版との比較をつけている。

　本書が出版されるまで、女性の手による女性の伝記は出版されておらず、ギャスケルのブロンテの『生涯』が初めての出版物となった (Foster 115)。しかも、ギャスケルにとっても、初めて E. C. Gaskell の名前がタイトルページに印刷されて出版された記念すべき作品となった (Easson x)。

1 翻訳・作品名

『シャーロット・ブロンテの生涯』和知誠之助訳（山口書店, 1980 年）

『シャーロット・ブロンテの生涯』中岡洋訳『ブロンテ全集 12』（みすず書房, 1995 年）

『シャーロット・ブロンテの生涯』山脇百合子訳『ギャスケル全集 7』日本ギャスケル協会監修（大阪教育図書, 2005 年）

2 初版

第一版　*The Life of Charlotte Brontë*　Smith, Elder & Co. 1857 月 3 月 25 日.

第二版　*The Life of Charlotte Brontë*　Smith, Elder & Co. 1857 年 5 月 9 日.

第三版　*The Life of Charlotte Brontë*　Smith, Elder & Co.
　　　　　［ユーグロウは 11 月出版説 (431)，バーカーは 9 月出版説 (628)］

3 主な登場人物

語り手　エリザベス・ギャスケル。

シャーロット・ブロンテ (Charlotte Brontë)　小説家、『ジェイン・エア』が代表作。

パトリック・ブロンテ (Patrick Brontë)　英国国教会牧師、シャーロットの父親。

アーサー・ベル・ニコルズ (Arthur Bell Nicholls)　英国国教会副牧師、シャーロットの夫となる。

80　*The Life of Charlotte Brontë*

4 作品の内容

第1巻

第 1 章　ハワースの牧師館、ブロンテ家の墓誌。

第 2 章　ヨークシャー、ウェストライディング地方の地域性と住人気質。

第 3 章　父パトリック・ブロンテの結婚とハワースへの転任。母マリアの死。

第 4 章　伯母ミス・ブランウェルのハワース移住。カウアン・ブリッジの牧師の子女向けのクラージー・ドゥターズ・スクールと姉マライアとエリザベスの死。

第 5 章　初期創作作品と家庭での務め。

第 6 章　ロウ・ヘッド・スクールの日々と、恩師ミス・ウラー、友人エレン・ナッシー、メアリ・テイラーとの学校生活。

第 7 章　シャーロットの帰宅と妹たちの世話。ブランウェルの才能とその向上にむけて。

第 8 章　シャーロット、ロウ・ヘッド・スクールへ教師として赴任。ロバート・サウジーとの文通。シャーロット、アン、初めて家庭教師（ガヴァネス）として赴任。

第 9 章　学校経営の計画。

第10章　シャーロット二度目の家庭教師赴任。

第11章　私塾開設のためベルギーのブリュッセルのマダム・エジェの寄宿学校でフランス語を修得するためにエミリと渡欧。ミス・ブランウェルの死と帰国。

第12章　シャーロット、マダム・エジェ寄宿学校へ英語教師として赴任。疎外感とマダム・エジェとの対立と孤立感、帰国。

第13章　学校経営の計画断念。ブランウェルの嘆かわしい行いとその結果。

第14章　『カラー、エリス、アクトン・ベル詩集』匿名での出版。

第2巻

第 1 章　パトリックの白内障の手術。シャーロットの初めての小説『教授』が不人気のため『ジェイン・エア』の執筆開始。

第 2 章　エミリの『嵐が丘』、アンの『アグネス・グレイ』は出版受け入れに対して、シャーロットの『教授』は拒否されたため『ジェイ・エア』の執筆終了し提出。それぞれ匿名で出版。『ジェイン・エア』の成功と作家

W. サッカレー、批評家 G. H. ルーイスとのとの文通開始。ブランウェルの死に続いてエミリの肺結核による死。

第 3 章　アンの健康の衰え、スカーバラ海岸への転地療養中の死。シャーロットの孤独。

第 4 章　『シャーリー』の完成。ロンドン訪問でサッカレーと会う。マーティノウや、ルーイス、ジョージ・スミスたちとの交流。

第 5 章　『ジェイン・エア』の執筆者カーラ・ベルがハワース在住のミス・ブロンテであることが判明。シャトルワース卿夫妻と交流の開始。

第 6 章　不健康な日々、荒野をめぐるシャーロット。ロンドン、スコットランドを訪問。

第 7 章　気分転嫁を兼ねて訪ねたシャトルワース卿のウィンダミアの別荘でギャスケルと会う。ギャスケルのシャーロット評。

第 8 章　『嵐が丘』『アグネス・グレイ』再版計画。ギャスケル、ハワースを訪問。詩人で批評家のシドニー・ドベルとの交流開始。

第 9 章　ミス・マーティノウ訪問。ロンドン、大英博物館訪問計画。マンチェスターのギャスケル訪問。

第 10 章　ミス・マーティノウ、ロンドン万博、サッカレーの講演などの感想をギャスケルへ伝える。

第 11 章　アンが眠るスカーバラ訪問。パトリックの重病とそれからの回復。彼女自身の体調不良。『ヴィレット』完成。

第 12 章　ミス・マーティノウの『ヴィレット』論評と誤解。副牧師ニコルズのシャーロットへの想い。

第 13 章　ニコルズとの結婚、新婚旅行。幸せな結婚生活を伝える手紙。体調不良とその原因。彼女の死。

第 14 章　シャーロットの葬儀。

5 作品のテーマ

(1) 出版まで

　ギャスケルがシャーロットの伝記執筆の依頼をパトリックから受ける前の 5 月 31 日、シャーロットをよく知る出版社主のジョージ・スミスにあてて、「もし、私が長生きをし、そして、伝記の出版で傷つくような人が存在しな

くなったら、私が知っているその人について本にしてみたい。そしてこの世の人が作家としての彼女を賞賛したように、女性としても尊敬するようにさせたい」とギャスケルは書き送っている (*Letters* 345)。ここにシャーロットの伝記を書くにあたって、ギャスケルの意図した明確なテーマが示されている。しかし、ギャスケルにとって伝記を書くことは初めての経験であり、「正確にそして事実に沿って書かねばならない。それは小説家にとって非常に難しいこと」と伝記を書くことの難しさを友人に書いている (Chapple & Shelstone 155)。やがて危惧した通り、出版後、前述のような問題を引き起こすこととなった。

　ギャスケルは、伝記執筆の目的を実現し、かつ困難を乗り切るため、シャーロットの終生の友エレン・ナッシーをはじめとして、シャーロットを知るあらゆる人から彼女の手紙をできるだけ引用することでシャーロットの生涯を浮き彫りにする方法をとった。それは幼い時から肉親を相次いで亡くす悲しみを体験し、教区の仕事に専念する父親と荒涼とした荒野が背後に開ける、寂しい牧師館で生活するブロンテ姉妹たちの日々を明らかにするのに最も効果的な手法であった。しかもこの手法はシャーロットの生の声を聴けることと同時に『ジェイン・エア』の作者の隠れた姿を読者の前に引き出せると考えたからであった (Miller 66)。

(2)『生涯』のテーマ
　『生涯』は二巻に分かれており、一巻目はハワースに住む家族という「内(ウチ)」に彼女の眼は常に注がれていた。父の新任地ハワースへ赴く 1820 年から始まり、母親と二人の利発な姉を幼くして相次いで亡くし、ハワースの牧師館での妹、弟と送った日々から、成人後 1846 年 5 月三姉妹の詩集『カラー、エリス、アクトン・ベル詩集』の出版までが中心に語られている。母亡き後は母の故郷ペンザンスから伯母のミス・ブランウェルが子供たちの監督のために移住してくれたものの、伯母を敬愛こそはすれ、母親同様の愛情を得ることができない子供たちは、おのずと彼女たちだけの世界を築いていったとしても不思議ではない。同年齢の子供たちとの交遊を好まず、楽しみは牧師館の背後に続く荒涼としたヒースの荒野への散歩をすることと、パトリックがリーズから土産に求めてきた木製の兵士人形を使って、時の政治家たちやシーザー、ナポレオンやウェリングトン総督を登場人物に様々な物語を作り

『シャーロット・ブロンテの生涯』 ┃ 83

だすことだった。彼らは幼い時から、文学を好んだ父親の影響を受け、創作することを最大の楽しみとしていた。また子供時代からシャーロットは母に代わって妹たち、弟にとって良き姉であり、父親には良き娘、使用人には良き女主人として、献身的に家族に目を注ぐ。その日常的な様子がエレンに送るシャーロットの手紙から明白に浮き彫りにされており、その姿はまさにヴィクトリア時代の女性に求められる女性の務めを果たす理想的な姿に他ならない。

　第二巻は今までの従順で「内(ウチ)」に目が向けて生きた時代から、「外」へと目を注ぐ作家カラー・ベルへと変化を遂げるシャーロットの姿がテーマとなっている。三姉妹の詩集に続いてそれぞれに 1847 年『ジェイン・エア』、エミリの『嵐が丘』、アンの『アグネス・グレイ』を出版することから始まる。その出版に相次いで妹エミリ、アンや弟ブランウェルが亡くなる。失意に沈むシャーロットだったが『ジェイン・エア』の成功に続き、『シャーリー』でも成功をおさめ、作家カラー・ベルとして世に受け入れられると、彼女の世界は一気に広がりをみせる。今までのエレン中心の文通の相手も作家サッカレイ、批評家ルーイス、スミス・エルダー社の文学顧問のウィリアムズやジョン・テイラーへと広まり、彼らと積極的に持論を展開しながら文学論を交わし、ロンドン、マンチェスター、スコットランドへと旅を重ねる。しかし、1854 年 6 月にニコルズと結婚と同時に文学の世界から距離を置き、老いた父を介護し夫に従順な妻へと姿を変え、結婚してからわずか 9 カ月後、39 歳で人生を終える。その人生は時代が求める女性像と一致しており、それが作家という役割に加えて、女性としても世の人々に受け入れられていったのである。こうして、ギャスケルが書いた『シャーロット・ブロンテの生涯』はシャーロットのみならずギャスケルの愛好者たちにも長きにわたって受け入れられ、やがて世界三大伝記の一冊と称えられるまでになった。

(3) バーカーの『ブロンテ家の人々』とギャスケルの『生涯』

　しかし 1994 年、英国の歴史学者のジュリエット・バーカーが『ブロンテ家の人々』を出版したことで、ギャスケルの『生涯』の評価は大きな変化を遂げる。バーカーは歴史学者らしく、詳細な調査と新たな資料をもとに、ギャスケルがシャーロットの生涯を中心に描いたのとは異なり、ブロンテ家の一人一人に焦点を当ててブロンテ家一族を描き出した。その結果ギャスケル

の『生涯』の新たな問題点も浮かび上がることになった。その一例がシャーロットの住んだハワースの描写に現れる。ウェストライディング地方の荒々しい気候と気質の人々の中に移住してきたブロンテ一家。ハワースの町はずれの坂の上に立つ牧師館。その背後にはヨークシャーに続く荒野が波打つように拓けている。牧師館と教会の間には墓地があり、荒涼とした風景に寂しさを増している（第1巻1章）。ギャスケルが描いた口絵の孤立した牧師館と教会の絵は読者の心を打ち、必要以上にその地の寂しさ、ブロンテ家の人々が住む牧師館の孤立ぶりが強調されることになっている。しかし、実際はハワースの町は綿織物業が盛んな町でギャスケルの絵に示されているようなわびしく辺鄙な片田舎の町ではなかったことがバーカーの詳細な検証から明らかにされている (Barker 105)。だが、ギャスケルにとっては彼女が描いたようにハワースの寂しい環境要因がシャーロットの寂しい人生を描くうえで欠くべからざる大きな存在であった。

　また、次に問題となるのはパトリックの父親像である。ギャスケルの描くパトリックは厳格で克己心が強く、偏屈で子供たちには肉食をさせず、妻が亡き後は子供たちと食事を共に囲むことはなく一人自室で済ませると語られている（第1巻3章）。贅沢を禁じ、椅子の背を切り捨てたり、妻や子供たちが、贅沢にあこがれたりすることがないように、華美と思われる妻の洋服や子供たちの長靴を焼き捨てたりする奇癖の持ち主とされている（第1巻3章）。しかし実際はギャスケルが描写した様子とは異なり、パトリックは温和で、親切で思慮深い人間であったとバーカーはパトリックを弁護する(123)。それを証明するかのように、第一版が出版された後、パトリックはギャスケルに出版を祝う手紙を寄せている。その際彼は「二・三の些細な間違いを第二版で修正願いたい」と穏やかに申し出ている (Easson 374)。彼が偏屈で厳格な人柄であったのなら、当初から宗教も異なるギャスケルに『生涯』執筆を依頼することはなかったであろう。バーカーはギャスケルが描いた彼の激しい性格の大部分は「嘘」であるとギャスケルのパトリック像を強く非難する (123)。ギャスケルがシャーロットの生前だけでなく、執筆の前にもパトリックに会うためハワースを訪れているにもかかわらず、極端なパトリック像を描いた理由は、周囲の人々に確認をとることなく、パトリックに恨みを抱く使用人の一方的な情報をもとに、ギャスケルが『生涯』を書き進めたためである (Uglow 203)。こうした軽率な姿勢は伝記作家としてはあ

『シャーロット・ブロンテの生涯』　85

るまじき行為として非難されても当然であろう。これらの激しいパトリックの描写は第三版では削除されている。

　また、シャーロットのブリュッセルに留学した時代の恩師エジェ氏へ恋慕の情をギャスケルは取り上げなかった。ギャスケルが『生涯』の取材のため、ブリュッセルのエジェ氏を訪ねた折、氏からイギリスに戻ったシャーロットのエジェ氏にあてた愛のこもった手紙を見せられたという（中岡786-87）。しかし、『生涯』に載せることはせず、他の手紙もロウ・ヘッド・スクール時代のミス・ウラーに宛てた恩師への手紙と同じように処理したのである。しかし一方で、弟とミセス・ロビンソンとの関係はロビンソン氏から家庭教師を解雇され、その後のブランウェルを破滅の道へ導いた存在としてミセス・ロビンソンを描きだした（第1巻13章）。バーカーはシャーロットとエジェ氏との関係、また、弟の不倫騒動については時系列にこれらの事件の検証を行い、ギャスケルの描写の不備を指摘している（15, 16章）。

(4) ギャスケルのシャーロット像
　20世紀に登場したバーカーの調査力と、ギャスケルの時代とではその調査能力の差異を認めざるを得ないが、「誰が——何を、どこで、何のために、なぜ——ああ、どうか女の人になって、できうる限り些細なことまで私に教えてください」（Letters 540）と常に細かなことまで知りたがっていたギャスケルと、バーカーの描写の乖離は次のようなことが原因として挙げられよう。
　『ジェイン・エア』（1847年）に、続いて『シャーリー』（1848年）が出版されてからその作者にギャスケルは強い関心を抱いていた。そして、1850年の夏、ケイ・シャトルワース卿からウィンダミアの別荘に招待され『ジェイン・エア』の作者に会う機会を得たのだった。シャーロットと会う前、卿の夫人からシャーロットのハワースでの父親との孤独な生活ぶりを聞かされており、「孤独で偏屈な父親の犠牲になっている気の毒なシャーロット像」が彼女に会う前からしっかりと出来上がっていたのだ。そして、実際に会った黒いドレスをまとい、小柄で人見知りの激しい、おどおどした様子の静かなシャーロットに接したギャスケルは、同じ女性作家として尊敬するよりも、深い同情心と哀れみに駆られ、母のいない孤独な女性というイメージがしっかりと構築されていたのだった。それを明らかにすかるように、ギャスケルは時を置かずして友人たちに、同情すべきシャーロットの様子を詳細に書き

送っている (*Letters* 123–126, 129–130)。シャーロットの姿は厳格な父親、不品行な息子、耐える娘たち、そして育ちや環境、また、女性に求められる忍耐と勇気など、ギャスケルがそれまで書いてきた小説のパターンと全く同一だった (Uglow 399)。そのためギャスケルはそのパターンに従って、ブロンテ像を描き出したのだった。したがって使用人から聞いたパトリックの様子は、孤独で奇癖を持つ父親となって登場したのであり、また、エジェ氏との関係もビクトリア朝時代、妻子ある年上の恩師に愛情を抱くことは良家の子女にとってあるまじきものであったので、ギャスケルは極力恩師と子弟の関係を崩そうとしなかったのである。

　また、『生涯』では、妹エミリ、そしてアンの作家としての評価が低いという批評があるが (Barker 978)、『生涯』はシャーロットの生涯であり、ギャスケルの視線がシャーロットのみに注がれていたとしても自然な成り行きであろう。

(5)『生涯』への賛辞

　どのような状況からでも最大の効果の引き出し方を知っていた小説家ギャスケル (Gérin xiv) は『生涯』のために集めた様々な手紙を彼女のイメージに合うように、取捨選択をして、かつ小説家としての技術を駆使してブロンテ像のみならず、その舞台ハワースの町、雰囲気まで作り上げていったのである。その結果、シャーロットはギャスケルの『生涯』によって「伝説的な女性」、「聖なるヒロイン」となって登場したといえる (Miller 3, Cox 105)。つまり『生涯』は小説家エリザベス・ギャスケルが描いた『シャーロット・ブロンテ』であり、ギャスケルが築いた伝説を再考し、極力実像に近づけようとしたのがバーカーの『ブロンテ家の人々』といえよう。

　ギャスケルの『生涯』に厳しい目を向けたバーカーではあるが、最後に「『生涯は』欠陥のある傑作である……あらゆる欠陥にも関わらず、ミセス・ギャスケルは少なくともブロンテの生涯がブロンテの小説と同じく、確実に将来の世代の人にとって永遠に魅力的なものにするだろう」と述べている (978)。

　ボナパルトもギャスケルがシャーロットの伝記執筆に駆り立てられたのは、自分自身とシャーロットの類似点──父親が牧師であったこと、幼い時に母親を亡くし、伯母に育てられたこと、さらに牧師と結婚をしたことなど──

を挙げて『生涯』は伝記というより「自叙伝」に近いと、ベイカーたちとは異なった視点でシャーロットの『生涯』をとらえている (222)。

　第一版の出版から様々な批評を受けたギャスケルだが 1857 年 6 月、エレン・ナッシーに次のように語っている。「私は一生懸命真実を語ろうとしました。そして私はほかの誰よりも真実に近づいたと現在信じています。そして、全身全霊を込めて一文一文に重きを置きました。その結果すべての文章が勇気と忠実な心をもって、あのように大変な人生を切り抜けてきた人のように、彼女を世に知らせ、評価させるという最大の目標に向かわせるのです」(*Letters* 454)。ギャスケルが自分の抱いたイメージにブロンテ家の人々を当てはめようとしたあまり、伝記を書くときに心した「正確に、そして事実に沿って書く」ことから逸脱したことも事実である。しかし、ブロンテを世の人々に知らせるという役割は十分果たせたといえる。加えてパトリクがこの『生涯』の出版に際してギャスケルに宛てて「一人の偉大な女性がもう一人の偉大な女性について書くことは、あらゆる面で価値があります。そしてそれは一流の伝記であるべきであり、また、最後までそうあるでしょう」と述べていることは (Easson 374)、ギャスケルにとっては様々な試練があったとしても最大の賛辞ととれよう。

6 本文から

I appeal to that larger and more solemn public, who know how to look with tender humility at faults and errors; how to admire generously extraordinary genius, and how to reverence with warm, full hearts all noble virtue. To that Public I commit the memory of Charlotte Brontë. (*LCB* 429)

（私はあの多くの、そして謹厳な大衆の人々に訴えます。その人たちは、欠点や間違えを優しい謙虚さをもって見つめ、比類なき才能を十分に賛美し、またあらゆる崇高な美徳を温かい心でもって尊敬するかを知っている人たちです。そのような大衆の人々に私はシャーロット・ブロンテの思い出を委ねます。）

（多比羅　眞理子）

短編小説

9.
"Disappearances"

「失踪」(1851)

[0] 作品の背景

　17–18 世紀のロンドンはヨーロッパ最悪の犯罪都市であった。治安判事は悪人を裁くどころか彼らに賄賂をねだり、人々も自由を束縛しかねない警察組織に頼るより、自身の手で犯罪人を捕えるべきだと考えていた。しかし1829 年、内務大臣ロバート・ピール卿により、ついにスコットランド・ヤード（ロンドン警視庁）が誕生し、ロンドンの街に 2805 人もの初の国家警察官が配置されることとなる（益子 94）。「19 世紀の小説が、近代警察とその権力の成り立ちを記録するもの」(Miller 2) となるのは自然な流れであろう。とりわけ捜査官と親交もあり、その作品が「日常生活で進行する警察機能の実例」(Miller 15) とも評されるディケンズの監修する『ハウスホールド・ワーズ』誌には、警察の捜査について取り上げた記事が多く掲載されている。

　その警察の捜査に関するバックナンバーにまとめて目を通すよう勧められたのがきっかけで、ギャスケルがそれまで耳にした多くの失踪事件を思い出すというのがストーリーの発端である。スコットランド・ヤード設立以前の迷宮入りとなった失踪事件をたどりつつ、警察の捜査能力の優秀さを讃える展開がやや大げさに感じられるのは、ディケンズの意に沿うような仕上げを試みた結果かもしれない。

　当初『ハウスホールド・ワーズ』誌に掲載された作品は、ロンドンでの失踪事件までで終わっていたが、その二週間後の号の「小品」[1] 欄に、「ある失踪」[2] と題し、5 番目の失踪事件の人物である医師の徒弟を務めていた若者が、アメリカに渡って成功しているという後日談が掲載される。そして更に、1852 年 2 月 21 日号の「小品」欄に「ある失踪の真相が明らかに」[3] が載せられるが、その執筆者は徒弟の若者から薬を受け取った患者の息子であった。そこには、失踪した若者のせいで殺人の疑いをかけられた家族がどれほど苦しんだか、そして若者の母親からどのような仕打ちを受けたかがつづられていた。失踪した若者についても、東インド会社での兵役中にコレラで

90 　"Disappearances"

死亡したとされており、アメリカに渡ったというギャスケルのまとめた話とは整合性を欠くものとなっている。

そのさらに 7 年後、「小品」欄に再び関連した作品が載ることになる。1859 年 1 月 8 日号に掲載された「登場人物殺し」[4] と題されたその匿名の作品は、「失踪」内のエピソードの一つを扱ったもので、ギャスケルの作品と 52 年の投稿を合わせたような根拠のないゴシップの繰り返しにギャスケルは不快を感じ (Sharps 122)、副編集者のウィルズに抗議の手紙を送ったのだった (*Letters* 534)。彼女はその時、前年の『ラドロー卿の奥様』の字数オーバーをめぐってディケンズと緊張状態にあった (Uglow 460)。ディケンズを意識して執筆した警察を讃える物語は、彼との関係も含め複雑な事情をはらみながら、ギャスケルにとって望ましくない方向へと展開したのである。

1 翻訳・作品名

「失踪」熊倉朗子訳『ギャスケル全集　別巻 I　短編・ノンフィクション』日本ギャスケル協会監修（大阪教育図書, 2008 年）pp. 190–99.

2 掲載誌

Household Words, 第 3 巻. 1851 年 6 月 7 日号 pp. 246–50.
6 月 21 日号 pp. 305–06.

3 主な登場人物

B 氏 (Mr. B.)　語り手 (I) の従兄。3 か月に一度は住まいを変えるので、語り手の知人が彼の住所を探し当てるのに苦労するという最初のエピソードの主人公。

年老いた父親 (The old father)　二つ目のエピソードの失踪者。麻痺を抱える不自由な身体ながら、律儀な息子夫婦に丁寧に世話されている。

法定相続人 (An attorney)　地主に代わって地代を受け取る代理人を務める第三のエピソードの失踪者。とある小さな町で母親と妹と暮らす。

花婿 (The bridgegroom)　四番目のエピソードの失踪者で、結婚式当日に客人に呼び出されたまま消息を絶つ。二つのエピソードが似たような話として組

み込まれているので、花婿は二人登場する。

若者 (The young man)　五番目のエピソードの失踪者。バルチック船の船医を目指し、十分な医学の知識を得ようと G 医師のもとで苦学している。

ガラット邸の主人、のちに中年の紳士 (The owner of Garratt Hall or a middle-aged gentleman)　最後に語られるエピソードの失踪者。若くして結婚し子供にも恵まれるのだが、商用でロンドンへ出かけたきり消息が途絶える。

4 あらすじ

　展開はオムニバス形式で、大別すると 6 つのエピソードからなり、そのテーマは全て「失踪」である。

　最初のエピソードでは、3 か月に一度は住まいを変える B 氏を知人が訪ねるいきさつが語られる。引っ越し先という場所で、彼が B 氏の住居を聞いて回るが、誰にも分からない。しかし、駅の柱の陰にいた男に問うと、彼は B 氏の容貌から住所から行動の全てを把握していた。駅員にその男の正体を尋ねると「警察官ですよ」との答えであった。

　次のエピソードは、ある村のはずれに住む生真面目な夫婦と同居する父親の話である。父親は体が不自由で自力では動くこともままならないのに、しかしある日、夫婦が農作業をしている間に、消えてしまったのである。

　三番目の物語は、地主に代わって地代を受け取る代理人の悲劇である。彼は決められた日に小作人から酒場で地代を受け取ることになっていた。しかしある夜、代理人はその酒場から永遠に戻らなかった。警察も彼を探し当てることができず、やがて、金を持って海外に逃亡したのではないかという噂が広まり、母親は心を病んで亡くなった。何年もたち、ある成功した牧畜業者が死に際に、代理人を待ち伏せして金を奪い、刺し殺して埋めたと白状したが、その頃にはすでに、代理人の婚期を逃した妹も亡くなっていた。

　次は 1750 年頃の結婚式についてのエピソードである。式の後のパーティーの直前、新郎が面会人に呼び出され、それきり戻って来なかった。しかし、花婿が突然いなくなるというのは決して珍しい話ではない。

　五番目の失踪事件は 1820 年代の出来事で、船医として身を立てようと苦学する若者の話である。彼は G 医師のもとで医学を学びながら、使いや事務仕事をこなしていた。ある冬の早朝、患者への使いを頼まれた若者が、薬

92　　"Disappearances"

を届けに行ったきり消息を絶ったのである。その頃ちょうど、一艘の船がエディンバラに向けて出港したのだったが、品行方正な若者を知る人は皆、彼の行いが狂うはずはないと語るのだった。

　最後のエピソードは、長い年月をかけて解明された失踪事件である。17世紀前半、商用でロンドンへ向かった男が行方不明となる。やがて男の子供たちが相続ができる年齢に達したが、必要な証文は父親がロンドンに持ち出したままになっているらしい。新聞に、証文の持ち主にだけ伝わるような広告を掲載すると、謎めいた手紙が届いた。その指示通り息子はロンドンに向かい、目隠しをされながらとある家に連れて来られる。その家の立派な居間に入ってきた初老の男こそ、行方不明の父親であった。ロンドンで下宿先の若い娘と恋に落ちた彼は、別の家庭を築き、成功した人生を送っていた。息子は家に戻り、父親については何も語らず、家督を相続したのだった。

　一つ興味深い後日談がある。G医師のもとにいた若者から医師の家族のもとへ一通の手紙が送られてきたそうである。長らく解放を望んでいた彼は、あの日港にいる船に乗り込み、アメリカに渡ったのだった。彼が殺害されたのではないかと思っていたG医師の家族は、大変立腹したそうである。

⑤ 作品のテーマ

　体裁はギャスケル初のノンフィクション短編であるが、エピソードに入る前に「夢想と回想の流れの中に落ちて行きたくなった」(346) と述べる通り、ギャスケル自身の脚色がかなり加えられている。その点をボナパルトは「ノンフィクションと記録的ジャーナリズムが混ざり合ったスタイルが面白い」(29) と評している。兄ジョンの行方不明の件により、失踪はギャスケル作品の重要かつ永遠のテーマとなった。そして謎に満ちた失踪は、単なる記録を超えた読み物として読者の興味を惹く。とりわけ二番目の、身体の麻痺した父親の失踪は説明しがたい気味の悪さを伴うので、この作品をゴシック（怪奇）小説と見ることもできる (Foster 119)。

　そのゴシック的要素を印象付けるかのように、ギャスケルは最初のエピソードの後に『ケイレブ・ウィリアムズ』[5] を引き合いに出している。次々と失踪事件を語るうえでのいわば枕なのだが、その後に「1851年の現在なら、被害者は警察を頼りにすれば、その成功については疑う余地はない」(347)

「失踪」 | 93

と警察への賛辞の種にもしている。そして、前世紀末の人々の経験した解明できない失踪を語りながら、各エピソードの合間に「現代の警察なら、すぐにもすべての事実を明らかにしてくれるだろう」(348) といった警察礼賛を挟むという一定のパターンで、過去の怪奇と当時の治安の対比を試みている。ディケンズはこの作品に大いに満足し、ギャスケルに感謝の手紙を書いた (Gérin 121)。彼が『ハウスホールド・ワーズ』誌で始めた「警察という新しい体制権力の擁護」(Miller 94) の姿勢に適ったものであったのだろう。しかし、どうしても警察への賛辞が不自然で大げさに感じられるのは、ギャスケルのストーリー・テラーとしての神髄が発揮されているのが失踪のエピソードにおいてだからである。「その場限りの小遣い稼ぎで、しかも興味があって簡単に書ける題材」(Wright 126) なので、むしろ喜んだのはギャスケルの方であったろう。長い間語りたいと思い温めて来たかつて聞いた話をまとめ、「事実と虚構および記録と物語の一体化という、後に彼女が発展させるスタイルの先駆けといえる点」(Bonaparte 30) で興味深い作品である。

6 本文から

Once more, let me say, I am thankful I live in the days of the Detective Police; if I am murdered, or commit bigamy, at any rate my friends will have the comfort of knowing all about it. (352–53)

（もう一度言わせてほしい。私は、警察の捜査能力が発達した今日を生きていることに感謝したい。もし私が殺されたり、重婚の罪を犯したりしても、友人たちは少なくともその事実を知るという安堵を得られるだろうから。）

（関口　章子）

10.

"The Shah's English Gardener"

「ペルシャ王に仕えた英国庭師」(1852)

0 作品の背景

　　本短編は、ディケンズが編集する『ハウスホールド・ワーズ』誌の1852年6月19日号に発表された作品である。作品冒頭にも述べられているが、ギャスケルが1852年3月にテデスレイ公園の造園長であるジョン・バートン氏を訪れ、彼の実体験を基にして書かれた作品である。

　　本作品は、彼女が『クランフォード』執筆中に書かれた作品であり、そのためクランフォード同様にそこで生活する人々の姿や情景を詳細に描く姿は、本作品と比較するに値する。また、そこでの事件や見聞きしたことを語る形は、彼女の作品の底流を流れる道徳も同様に感じられる。

1 翻訳・作品名

「ペルシャ王に仕えた英国庭師」江澤美月訳『ギャスケル全集 別巻 I 短編・ノンフィクション』日本ギャスケル協会監修（大阪教育図書2008年）pp. 300–09.

2 掲載誌

Household Words. 1852年6月19日号, pp. 317–21.

3 主な登場人物

ジョン・バートン　本作品の主人公。現在はテデスレイ公園の造園長をしているが、以前はペルシャ王の依頼により、テヘランのペルシャ王の庭師として2年間仕える。

ジャスティン・シール大佐　テヘラン王宮の英国使節官。

ミールザ・オーサン・クーラ　大使館のペルシャ秘書官。

4 あらすじ

　語り手であるギャスケルが、スタッフォードシャーにあるテデスレイ公園の造園長であるバートン氏の話に耳を傾けたところから始まる。この話は、バートン氏が、2年ほどペルシャ王に仕えた経歴があると言う。そのため、テヘランでの生活について尋ねてみたいと思い、ギャスケルが彼の話の細部に至るまで話を聞き、その内容をメモしていたことから物語が始まる。

　若き日のバートン氏は、ナイト氏のもとで庭師としての修業を行っていた。そんなある日、修業を終えていない彼のもとにペルシャ王からの要請でテヘランにある王室庭師の管理をしないかと持ち掛けられる。年収100ポンドの俸給と部屋の貸与、1日2シリングの食費と現地の召使を使用するのなら、食費も支払われるとのことであった。そこで彼は、見知らぬ国を見聞したいと願うことから、その要請に応じることにした。

　しかし、テヘランに到着したバートン氏を待っていたのは、英国人庭師を委託した王はすでに世を去っていたのである。そのうえ、この事情を知るシール大佐はイギリスへと戻っていたのであった。そのため、バートン氏は一か月の間ミドルクラスの中でも上位に属するペルシャ人家族の一員となって暮らした。

　テヘラン到着から一か月後、バートン氏の雇用に関する交渉は終わりを告げた。大使館にいる知人の尽力により、現王はバートン氏を前王が提示した条件で王室庭師の職に採用すべきとの主張が通ったのである。彼は自分専用の2部屋をエルカナイの庭園に持つことになった。しかし、彼にとっては魅力的とは言えない場所であった。彼が2つの部屋に落ち着く前にイギリスから持ってきた梱の中身を取り出していると、数人の現地の左官が木の扉の外から梱の中身を頂戴するために6人がかりで待ち伏せていた。しかし、勇敢で肝の据わったバートン氏は、イギリスから持ってきた園芸道具の中から大鎌をつかみ、危害を加えることなく追い払ったのであった。

　その後、バートン氏は、この国での庭師は職業的にも厳しい状況に置かれており、彼らが常日頃から窃盗を繰り返していることや王が庭園に興味関心を示していないことを知る。しかし、それでも王は、時にはエルカナイにやって来ては通訳を介して質問をすることがあった。

　またバートン氏の野菜が収穫可能となった時には、王はバートン氏自らが

96 　"The Shah's English Gardener"

野菜を献上することを望んだ。籠に詰めた野菜の中には、王が初めて目にするものがあったが、質問したい素振りも見せることはなかった。しかし、これに興味を示したのが皇太后であった。そのため宮殿の中庭に植物を育てることを命じたのであった。そこでは様々な女性とすれ違い、さらには皇太后の顔を必死に見せようとしない兵士たちも存在した。

　バートン氏がモスクに足を踏み入れることがなければ、ペルシャ人の宗教的儀式を目にする機会もほとんどなかった。テヘランでの新しい生活を過ごし始めたときは、彼の好奇心が目新しいうちは生活の単調さを紛らわせることができたが、園芸になると望みは薄かった。仕事は単調になり、現地の人たちの物ぐさな仕事ぶりには、無関心に変わってしまった。そのような生活を過ごしていたが、年に2回ほど大きな宗教的祭事があった。その祭りの一つで春に催されるヌールーズであった。一種の神秘劇が同時に市のあちらこちらの演壇劇で演じられた。その劇を見たバートン氏も明らかに弱さを示す振る舞いに対し、見ていた人たちと同様に泣いていた。

　1849年10月、シール大佐がイギリスでの赴任を終えてテヘランへと戻って来ると、まもなくバートン氏が王に仕える任期半ばを残し、ペルシャを去る準備が整えられた。1850年3月頃、彼はコンスタンティノープルに到着し、そこに12か月滞在した。その後、イギリスへと戻り、規則正しく秩序ある快適な生活へと戻っていったのであった。

5 作品のテーマ

　本作は、作者が実際に現地で生活を過ごしていたバートンからテヘランでの町の様子や生活、宮殿内部での様子、宗教儀式などを記していくスタイルを取っているが、この作品の内容がすでに出版されている『クランフォード』と同様の作風をなしているように感じられる。しかし大きく異なる点は、テヘランで王宮に仕える庭師として過ごした人の実際の生活が記されていることである。

　ギャスケルが人から聞いた話を基に物語を執筆した作品は少ない。おそらく彼女の執筆動機は、イギリスから遠く離れた中東で暮らす人たちの生活を知りたい気持ちではないだろうか。そのため、物語冒頭で、「氏にイングランドから遠く離れた理由と、テヘランでの生活について尋ねてみたいと思っ

たのである」という一節が加わり、彼女がバートン氏から聞いた話であると
して語り始める。しかし、その話の中には、彼女自身が知らなかった人々の
暮らしや働き、生活習慣や考え方を知ることができたが、彼らの生活の根底
に存在するイスラム教という法を深く理解していなかったのではないだろう
か。そのため、バートン氏が宮廷内で皇太后とすれ違う時の執拗に男女を離
す様子や、20年以上そこに住むフランス人女性の描かれ方が、彼女本来の
繊細な描き方をしていないと思われる。また、街道で窃盗や追剥をした者を
公開処刑にしているようすを描写しているが、「支配と法が整備されていな
いところでは」との表現をしている。しかし、実際、中東のイスラム教を信
仰する国家では、すべての法や習慣、制度は、イスラム教の教えに基づいて
行われているのである。

　物語後半、バートン氏が町で見かけた宗教儀式の場面。司祭の階級を示す
ターバンについて述べられているが、女性が身に着ける服装に関しては、
「不格好な体型を隠すマント」と表現されている。これは、コーランに記さ
れている女性が男性を誘惑しないための教えであるが、それに関して作品内
では触れられていない。

　しかし、現在においても中東の人々の生活を記す作品や研究所は少なく、
当時のイギリス人庭師がペルシャ王から要請を受けたことで、テヘランへ赴
き、彼の体験を通して、イスラム社会で暮らす人々の生活様式を知ることが
できるのは、今の時代においても価値のある作品ではないだろうか。

6 本文から

But all gardening was weary and dreary work; partly owing to the great heat of
the climate, partly to the scarcity of water, but most especially because there
was no service or assistance to be derived from any other man. (319)

（しかし、あらゆる庭園作業は、猛暑や水不足のため疲れきって憂うつな仕事だっ
た。しかし、特に一番の原因は誰からのもてなしや助けもまったく受けられないこ
とであった。）

（大前　義幸）

詩

* 各作品とも ④ あらすじ の冒頭に ［詩形］ としてそれぞれの詩の
(a) stanza 形式、(b) 韻律形式、(c) 押韻構成をこの順で記述しました。

11.
"Sketches among the Poor. No. I"
「貧しい人びとのいる風景」(1837)

0 作品の背景

　この詩は夫ウィリアムとの共作で、1837年1月『ブラックウッズ・エディンバラ・マガジン』誌に無署名で掲載された。[1] ギャスケルは1838年8月18日メアリ・ハウイットに宛てた手紙の中で詩作の経緯を明らかにしている。大要を記すと、事の発端はウィリアムがマンチェスターで最も貧しい地区の職工たちに「詩人と恵まれない生活の詩」("The Poets and Poetry of the Humble Life") と題する講義を4回にわたって行ったことにあった。「恵まれない生活の詩」は貧しい人々の中にある美しい人間性や探求心を歌っており、そのような実例は都会でもよく見られる。しかしそれは十分に認識されていないように思われる。そこで1836年の夏、ジョージ・クラッブの様式を使用して、しかしクラッブより「もっと美を見るという精神」("a more seeing-beauty spirit") で詩を書こうと考えたということであった (*Letters* 33)。つまり、牧師であり言語学者であったウィリアム[2]と、結婚当初から日曜学校の教育、慈善事業の仕事、貧しい家庭の訪問などに熱心に参加していたエリザベスとの関心が一致し、この興味深い共同執筆計画が提案されたという訳である (Ward xxii)。

　クラッブは教区牧師と医師を兼ねていた詩人で、労働者の過酷な生活を写実的に描き出し、高い評価を得ていた。[3] この詩人の名前はギャスケルの1836年における読書計画のなかに入っていた (*Letters* 7)。ユーグロウは詩が執筆された当初の目的を半世紀前にクラッブがしたこと、つまり一つの地域社会を描き道徳的教訓を引き出そうとすることにあったと見ているが (102)、ギャスケルはクラッブの詩の様式を使用しながら、クラッブとは違う視点（スタンス）で詩作することを明白に表明している。

　この詩のヒロインであるメアリという女性はギャスケルによれば湖水地方からマンチェスターにやって来た実在の人物である (Uglow 101)。この人物は『メアリ・バートン』のなかで再び登場する。ギャスケル自身が指摘して

いるようにメアリは『メアリ・バートン』におけるアリス・ウィルスンの「胚種」("the germ") となった (*Letters* 82)。しかしこの人物の心の内奥、および印象的な臨終の場面はすでに詩のなかに描かれているのである。

1859 年 3 月、ギャスケルはジョン・ブラックウッドに手紙を書いて、詩が掲載されたときの喜びを回想している (*Letters* 533)。その際、「散文をその後いくつか貴誌に送りましたが、今思えば不味い調子だったからでしょう、一度も掲載されませんでした」と書き添えているのは作家ギャスケルらしいユーモアたっぷりな書きぶりである。

この詩はその後、1897 年『テンペランス・スター』誌に掲載され、ナッツフォード版に収められた (Shattock 31)。

1 翻訳・作品名

「貧しい人びとのいる風景」長浜麻里子訳『ギャスケル全集 別巻Ⅰ 短編・ノンフィクション』日本ギャスケル協会監修（大阪教育図書, 2008 年）, pp. 33–37.

2 掲載誌

Blackwood's Edinburgh Magazine, 第 41 巻 225 号, 1837 年 1 月, pp. 48–50.

3 主な登場人物

私 (I)　語り手。幼少時代を振り返り、ある女性の生涯について語り始める。
メアリ (Mary)　物語詩の主人公。身寄りもなく孤独な都会で、懐かしい故郷への想いを心の糧に、忍耐強く、静かに、真の愛情をもって生きる女性。

4 あらすじ

［詩形］Heroic couplet（英雄対韻句）. Iambic pentameter（弱強 5 歩格）.
<aa bb cdc（5–7 行のみ例外）ee ff ...>
　全 143 行の物語詩のなかに、ある女性労働者の生涯と臨終の場面が語られる。

「貧しい人びとのいる風景」　101

暗鬱な都会の街の暗い家。そこに人々は暮らしていた——と語り手は幼少時代を回想する。そしてある初老の女について語り始める（1–21 行）。彼女をつまらぬ女性だと思う人もいたかもしれない。しかし語り手には瑞々しい詩心を秘めた魅力ある人に思われた。彼女は宝の巣で静かに卵を抱く歌い鳥のようであった。しかし身寄りのない彼女が孤独でなかったとは言えないのでないか。一体、彼女の胸の内には何が隠されていたのか。彼女が隣人に示した「愛情」（"affection", l. 16）と「日々の詩心」（"daily poesy", l. 25）はどこから来るものだったのかと語り手は考える（22–29 行）。彼女は故郷の家に帰ることを夢見ていたのだ。田舎の家の話になると彼女の顔は輝いた。空想の中で故郷の家に戻っていたのだ。それは楽しい場所だった！　小川が歌うように流れ、山査子（さんざし）の白い花は馨しい香りを散らし、その花室で蜜蜂が歌っていた。メアリの家はたとえどんなに貧しく見えても、愛しい大切な場所だった。夢のなかで彼女は妹と丘を彷徨い歩く。しかし妹は娘盛りを迎える前に亡くなっていたのだった（30–65 行）。語り手はメアリを現実に引き戻す悲痛な「眠り」の　詩　　想（ポエティカル・イマジネーション）を語る。だが、この悲痛な現実を宥めるのもまた「眠り」の友たる「夢」であった。メアリは日々の生活の中に故郷の光景を二重写しにして生きていたのである。メアリの「夢」は労働にいそしむ昼日中にも訪れて彼女を宥め、現実を懐かしい景色に変えていた（66–83 行）。しかし人々に頼りにされて、彼女は故郷に戻るという望みを果たせない。彼女は徐々に視力を失い、人生最期の時を迎える。このとき彼女に厳かな変化が起こり、彼女は完全に子どもに戻る。意思の疎通は叶わなくなり隣人たちは哀れんだ。しかし彼女は幸せだった。「気ままな空想」（"Fancy wild", l. 116）で故郷の家に戻り、自分は子どもだと思っていた（84–128 行）。臨終の場面に際して、語り手は一つの洞察を試みる。彼女の望みはこれまで天にのみ知られていたので、それは神秘の中で叶えられたのだ、美しい記憶に溢れたメアリの最期は天の恵みであったのだと。語り手はメアリを祝福して詩は終わる（129–43 行）。

5 作品のテーマ

　この詩のテーマを考えるとき、ギャスケルが「美を見るという精神」で詩を書くと述べた点に注目しないわけにはいかない。夫妻の詩作のテーマは、

貧しい人々の中にある美しい人間性や探求心を示し、社会の認識を深めることにあった。この精神は夫妻が敬愛していたワーズワスの「詩人は人間性の巌(いわお)、すなわち擁護者であり、守護者であり、どこにでも関係性と愛情を持って訪れる」(Wordsworth 259) という『抒情民謡集』序文の言葉に重ねることができる。しかし、夫妻の言葉の真実味はそれが彼らの直接体験から来ていることにある。夫妻の「美を見るという精神」という言葉には階層や束縛にとらわれない対等性が見える。クラッブは労働者の現実をあるがままに描く写実主義者であった。その詩に描かれるのは過酷な労働を強いられる労働者の悲惨な生活であり、クラッブの真実は社会的差異を認めよということであった (ウィリアムズ 121)。クラッブの詩は真摯な写実であったとしても[4]ギャスケル夫妻の目指す詩とは違っていたのである。

　ウォードはクラッブの物語描写(ナラティヴ・スケッチ)に比べてこの詩の表現力は十分とは言えないと見る。だがこの詩には作家としてのギャスケルの真髄(エッセンス)である洞察力と心からの共感を示す初期の証拠が備わっていると評価している (xxii–xxiii)。ユーグロウもまた、クラッブの方言や反語(アイロニー)を取り入れた力強さには及ばないとするが、クラッブではメアリを生かす描写はできないと述べ、現実の光景に故郷の家を幻視する女性労働者の悲哀や、生活のために都会に出ざるを得ない労働者の辛さを、ワーズワスやサミュエル・バンフォートの詩の一節と重ね、ギャスケルが示そうとした労働者の姿を解説している (101–103)。

　ギルはワーズワス研究の立場からギャスケルはワーズワスの理想的な読者であると述べるが (119)、この詩で語られるメアリの故郷の風景や幼少時代の思い出は読者に「ティンタン寺院の賦」や「霊魂不滅の頌(オード)」の一節を想起させる。つまりギャスケルはメアリの中にワーズワス的要素を見たのかもしれないし、またそこにギャスケル自身の田園風景に対する愛好と賛美を重ねたのかもしれない。しかしいずれにせよ、詩に印象的に描かれているのは生身の労働者の悲痛な生活ではなく、それを受け入れざるを得なかったひとりの孤独な女性の内面の動きである。われわれは詩の語り手によって、この女性の内面を垣間見ることが可能になる。メアリの心は、儚(はかな)い望みが鳴り続ける中で動きつつ静止している。それがこの女性の静かな沈黙である。真悲に沈む心の苦しみをギャスケルは詩の中に顕現する。故郷の風景はメアリを甘美な深淵にゆっくり沈み込ませるが「不思議な隠された呪文 ("strange hidden spell", l. 71)」が彼女を瞬く間に悲痛な現実に引き戻す——メアリはこれを

「貧しい人びとのいる風景」　103

繰り返して生きている。そして悲しみに沈む心の静謐は声にならない悲しみと共鳴するのであろうか。彼女は誰よりも隣人の悲しみに敏感なのである。そして役に立つことだけを考えて隣人を助ける。これがメアリの「愛情」であり彼女が一番尊んでいたものだった。この無償の愛は故郷への憧れとともに生きていく上でメアリの心の支えになっている。

　臨終の場面で語られるメアリの内面を表す「花」の隠喩（メタファー）は、エリザベスの存在をわれわれに感じさせる詩行である (Uglow 104)。ここに一人の女性としてのギャスケルの内面が重ねて語られる。これはこの作品のもう一つの興味深い側面である。

　詩ではメアリの魂の帰還は「天の恵み」("a blessing", l. 130) であると語られる。『メアリ・バートン』のアリスも彼女の臨終は神の喜ばしい祝福として訪れる。しかしアリスの場合、その生涯を通して遭遇する挫折を篤い信仰心で受け入れたことに対する報酬として描かれ、メアリのように日々の忍耐が主人公の最期を救ったと見られる可能性を回避している。アリスは小説のヒロインであるメアリ・バートンの心の支えとなり、身をもって信仰の師となるばかりか、無償の愛ですべての人たちの心を慰め癒す役割を果たし、貧しい人たちの母親的存在になる（直野 91–92）。『メアリ・バートン』では「貧しい人々の尊厳、およびその信頼性、辛抱強さ、相互扶助を社会的に認知することを説いた」バンフォート的側面が強化されることになるのである (Uglow 103)。

　詩作の経緯を記した手紙の続きに、ギャスケルはこう書いている。「ほんの一篇だけが 1837 年 1 月『ブラックウッズ』誌に掲載されたのです。また私たちはこの計画をイヌバラの近くで話していたと思います、それ以上は続かなかったのですから」(Letters 33)。ギャスケルの言葉は控えめであるが、他にも詩作を試みた対象（労働者）がいたことを暗示している。彼女の詩的内面探査はひとまず終わるが、夫との共同詩作で得た労働者ひとり一人の人間性の探究は 10 年後に小説の形で社会群像の中に描かれることになる。

6 本文から

In childhood's day, I do remember me
Of one dark house behind an old elm-tree,

By gloomy streets surrounded, where the flower
Brought from the fresher air, scarce for an hour
Retained its fragrant scent; yet men lived there,
Yea, and in happiness; the mind doth clear
In most dense airs its own bright atmosphere.
But in the house of which I spake there dwelt
One by whom all the weight of smoke was felt. (ll. 1–9)

幼少時代のなかで、私がよく思い出すのは
古い楡の木の裏手にあった暗い家、
暗鬱な通りに囲まれて、楡の木は時節が来れば花をつけたが、
本来の芳しい香りを漂わせることはほとんどなかった、
だがそこに人々が暮らしていた、
そう、じつに幸せに暮らしていたのだ、きわめて濁った空気の中で
本来の明るさを忘れてしまってはいたけれど。
しかし今話したこの家には
暗い煤煙の重さをひとつ残らず感じる人が住んでいた。

（長浜　麻里子）

「貧しい人びとのいる風景」│ 105

12.

"On Visiting the Grave of My Stillborn Little Girl"

「死産の女児の墓に詣でて」(1906)

0 作品の背景

　このソネットは、1906年に出版されたナッツフォード版の「伝記的序説」において初めて掲載された。編者ウォードは『英国人名事典』にエリザベス・ギャスケルの項目を執筆する際、ギャスケル家の書類や個人に関する情報の閲覧を認められていたが (Shattock 27)、ナッツフォード版を編纂するにあたってギャスケルの娘ミータとジュリアから多大なる貴重な援助を受けたと「編者による序文」のなかで述べている (Ward xi)。この詩はおそらく一家の手稿の写しと考えられるが、オリジナルの詩稿の所在は明らかにされていない (Shattock 27)。

　ギャスケルは1833年7月10日、最初の子（女児）を死産で失った。名前は付けなかった。その3年後に、彼女は女児の墓を訪れた日（1836年7月4日、日曜日）を付したソネットを書いたとみられる。子を失った心の痛みは消えていなかったが、亡くなった子が「明るい天国」("bright heaven", l. 13) にいるという確信がこの詩を書かせたのであろうとユーグロウは述べている (92)。この頃のギャスケルは、まもなく2歳になろうとする長女メアリアンの世話をし、次女ミータの出産を心待ちにしながら、牧師の妻として夫と教区の人々に捧げる仕事に熱心に参加していた (Ward xxii)。夫ウィリアムは心の支えになったが、妻が気に病むことを好まず、関心を外に向けさせようとしていた (Uglow 91)。この年の5月に、ギャスケルは幼いメアリアンと乳母ベッツィー、伯母ハナ・ラム夫人とともに、ナッツフォード近郊のサンドルブリッジを訪れている。親戚の家[1]に滞在中、彼女は時間を見つけてワーズワスやコールリッジを読み、豊かな自然のなかで、気の置けない人々と過ごす喜びを義妹リジーに宛てた手紙の中に綴っている (*Letters* 5–8)。この手紙に記された彼女の密かな読書計画にはバイロン、クラッブ、ドライデン、ポープら詩人の名前が見られる。ギャスケルは少し後には夫と共作で「貧しい人びとのいる風景」の詩作を始めることになるが、このソネットは

106 ｜ "On Visiting the Grave of My Stillborn Little Girl"

それに先立つ小さな詩作の試みであったと思われる。

1 翻訳・作品名

「死産した幼子の墓を訪れて」ジェニー・ユーグロウ著，宮崎孝一訳『エリ
ザベス・ギャスケル：その創作の秘密』（鳳書房，2007 年）pp. 122–23.

「死産の女児の墓に詣でて」長浜麻里子訳『ギャスケル全集 別巻Ⅰ 短編・ノ
ンフィクション』日本ギャスケル協会監修（大阪教育図書，2008 年）pp. 31–
32.

2 所収

Ward, A. W. Biographical Introduction. *The Works of Mrs. Gaskell*, by Elizabeth
Gaskell. Edited by A. W. Ward, vol. 1, AMS Press. 1972, pp. xxvii–xxviii.

3 主な登場人物

私 (I)　語り手。エリザベス・ギャスケル。

おまえ (thou)　ギャスケルの最初の娘。名前は付けられなかったため、「わが
子」("child", l. 1, "my child", l. 13)、「愛しい子」("Dove", l. 7)、「私の最初の
子」("my firstborn", l. 9) と呼びかけられる。

元気に生まれる幼子 (a living infant)　1834 年 9 月 12 日に誕生したメアリアン
を指すとみられる。このメアリアンとの新たな母子関係はギャスケルに喜び
と希望を与えたことは『日記』にも記されている。

4 あらすじ

［詩形］Sonnet（十四行詩）．Iambic pentameter（弱強五歩格）．<ab ba cd cd
ef ef gg>

　出だしは重苦しい死の場面から始まる。産まれてきた子は母親の胸のそば
に寝かされているが、母子にとって死産がいかに厳しい現実であったかを詩
は語り始める。語り手（母親）はただ「死のしるし」("marks of Death", l. 3) の
あらわな幼子の姿を見つめ続けている。小さな体、小さな額、母親の前に決し

て開かれることのなかった目。亡くなったわが子の姿を母親は決して忘れることはない。そしてこれがこの世での母子の共通体験のすべてなのであった。

　しかし母親はいま別の元気な子を得て、はるかに幸せな日々にあることを正直に告げる。そして亡くなった子を思いやり、変わらぬ愛情を優しい詩想のなかに示す——いまの幸せな喜びの陽のなかにおまえを思う「緑の安息所」("a green rest", l. 7) をとっておこう、そしておまえの名もなき小さな墓をたびたび訪れよう、と母親は心に誓う。この正直な告白と変わらぬ愛情を示すことによって詩の情調は一変し、死を凝視していたソネットは生（再生）の感覚を呼び起こす。最後の対韻句（カプレット）で母親はあらためて、おまえへの誠実な誓いをどのようにわたしが守り通すかを見守っていておくれ、と天国にいるわが子に呼びかけ、心からの誓いを示している。

5 作品のテーマ

　このソネットは母親から亡くなった子へ直接呼びかける形で書かれており、詩のテーマは紛れもなく母子関係にある。しかしながら、その内容は特異でプライベートな家庭の出来事に由来するものであり、ウォードはギャスケル家の人々に掲載を許された結婚初期のこの作品について「きわめて優しく美しい詩の一つである」と紹介するにとどめている (xxvii)。

　死産の女児は母親の心の目にはっきりと見え、悲嘆にくれる母親と同じ場所にいる (Uglow 92)。その場景をありのままに語ることで母親は亡き子との絆を確かめているかのようである。死を凝視する母親に生の力を授けたのは亡き子が「明るい天国」にいるという確信と新しい命の誕生であることは明らかだが、この詩が読者に与える新鮮な感覚は、ソネットの情調を生（再生）へと変換させる詩行（4–7 行）に凝縮されている。つまり作者は、亡き子を想う母親の愛情と誠実さを、韻律の厳格な規則と真実を伝えようとする平明で強い言葉のなかに揺るぎなく表明しており、それゆえに語り手は正直で優しい語りかけによって、驚くべき軽やかさで女児の痛ましい記憶を静かな木陰のイメージへ転化させている。最後に示される母親の決意もまた、優しく平明なことばでまとめ上げられており、母親の姿は痛々しいが、強く美しい心情を感じさせる一篇になっている。

　ユーグロウはこの詩を因習的であり、非因習的でもあると分析し、死産の

悲しみについて書かれた女性の詩の長い伝統のなかにおくこともできるが、冒頭からすぐに愛のこもった調子で直接亡くなった子に呼びかけて母子関係を確立していることや、二人目の子によって与えられる慰めを罪悪感なしに認める正直さにおいて注目すべきものがあると述べている (92)。従来の詩とは一線を画すこの詩の非因習性は、ギャスケルがふだんは口に出されることのない心の痛みに向き合い、心の奥に生じる感情や思いを意識化することで、自らつかんだ感覚と思惟を信じ、それを表出する才能を備えていたことを示している。また、ユーグロウは母親に生きる力を与える赤ん坊の存在はギャスケル文学に度々登場するとして、『シルヴィアの恋人たち』のシルビア・ロブソン、『北と南』のヘイル夫人、そして『ルース』の主人公ルース・ヒルトンの姿を挙げている (92)。一方、ボナパルトはこの詩の真のテーマは亡き子への忠誠心 (fidelity) であり、二人目の子を愛するのと同じ愛情を亡くなった子に示そうとしていると述べ、これは再婚していた父親の家族と生活するなかでギャスケルが味わった孤独な疎外感を亡き子には味わせまいとする思いからであると説いている (28–29)。

6 本文から

Thee have I not forgot, my firstborn, thou
Whose eyes ne'er opened to my wistful gaze,
Whose suff'rings stamped with pain thy little brow;
I think of thee in these far happier days,
And, thou, my child, from thy bright heaven see
How well I keep my faithful vow to thee. (ll. 9–14)

忘れはしない、おまえは私の最初の子、
おまえの目は私の悲しい眼差しの前に開かれることはなく、
苦しみのためにおまえの小さな額には痛みの跡が刻まれていた。
いまはるかに幸せな日々にあっておまえのことを思う、
どうかわが子よ、おまえの明るい天国から見ていておくれ
おまえに交わす誠実な誓いを私がどのように守り通すかを。

（長浜　麻里子）

13.

"Night Fancies"

「夜の嘆き」(1966)

0 作品の背景

　これはギャスケルが少女時代に書いたとされる詩で、1966年に出版された『ギャスケル書簡集』の付録に初めて掲載された。11連からなる詩の最後にE G.のイニシャルが記され、「トレヴァー・ジョンズ夫人[1]の文献コレクションにあった詩。エリザベス・クレグホーン・スティーヴンソン、すなわちウィリアム・ギャスケル夫人によって書かれたと思われるという執筆者不明の添え書きがある」と付記されている (*Letters* 967)。その4年後、シャープスはこの詩稿がギャスケルの筆跡ではない別の誰かによる手稿であることを明らかにしており、内容にやや不明瞭な点があり、日付がなく手掛かりも得られないが、念入りに詩作された一篇であるためエリザベス・ギャスケルの作品（*prima facie*: 反証のない限り疑う余地なし）とみなされたのだろうと追記している (593)。

　この詩には亡き母を恋い慕う作者の心の内が綴られている。エリザベスは1810年9月29日、スティーヴンソン夫妻の8番目の子としてロンドンで生まれたが、長男のジョン以外はすべて夭折、母エリザベスは40歳で末娘を出産したが産後の肥立が悪く、1歳になったばかりの娘を残して1811年10月29日に世を去った (Uglow 11–12)。しかしその後、娘のエリザベスは母親の姉にあたるハナ・ラム夫人のもとへ送られ、平穏な田舎町ナッツフォードで幸せな少女時代を送ったことは広く知られている。この詩には父親の姿も描かれているが、ロンドンで暮らしていた父ウィリアムは、エリザベスの幼少時代には亡き母と同じ位に不在であった (Uglow 13)。彼は1827年、息子ジョンが海で遭難し行方不明になったという事件に心を痛めて病に倒れ、1829年4月22日エリザベスが18歳のときに亡くなっている。娘とほとんど会うことのない父親であったが、この事件以降エリザベスは折にふれて父親のもとを訪れ、最期の数週間、父は娘から献身的な看護を受けている (Allott 10–11; Ward xvii; 山脇 151–52)。

110　"Night Fancies"

1 翻訳・作品名

なし.

2 所収

Gaskell, Elizabeth. *The Letters of Mrs Gaskell*. Edited by J. A. V. Chapple and Arthur Pollard, Manchester UP, 1966, pp. 967–68.

3 主な登場人物

私 (I)　語り手。エリザベス・ギャスケルとみられる。

母 (My Mother)　語り手を子どもの頃の名前で呼び、夢のなかに姿を現す。エリザベスはナッツフォードにいた頃「リリー」(Lily) と呼ばれ、夫ウィリアムもこの愛称で呼んだが、詩のなかに具体的な名前は記されていない。

父 (My Father)　語り手の理想の風景として、母とともに夢のなかに現れる。

4 あらすじ

［詩形］Quatrain（四行連詩）. Iambic trimeter（弱強三歩格）が基調だが例外あり. <abcb>

　震える大地を吹き荒ぶ風。風は勢いを増し、「孤独な私の部屋」("my desolate room", l. 6) を揺るがしてあの世から死者の声を運んでくる。その声のなかに語り手は子どもの頃に聞いた名前で「私」を呼ぶ、今は亡き母の声を聞く。母は静かな真夜中にも私を呼んでいる。死者の声は家の裏庭でもよく聞こえた。それは祈りの時間になると遠ざかり、母の声も次第に聞こえなくなってしまうのだった (1–5 連)。

　母は膝にのせた子どもに私の名前を優しく呼びかけ、父はその名前を厳粛な口調で呼び、私の幸せを祈っていた。夢のなかで私はかつて心を歓喜で満たした優しい声で自分の名前が呼ばれているのを聞く。私は母の声を愛していた。そしてこのとき初めて私は花を愛した——明暗織りなす長く不安な時間のなかで愛しんだ花々を。いにしえの教会で神の恵みは花々で語られて

「夜の嘆き」│ 111

いた。砕け散る墓石よりも強い絆で私は母と結ばれていた (6–9 連)。

　母は優しい顔で静かな眠りのなかに訪れる。母が愛してくれていることはよくわかっていた。でも泣かずにはいられない。つぎに私が名前を聞くのはあの世で母と会い、永遠の眠りに迎え入れられるときなのだから (10–11 連)。

5 作品のテーマ

　この詩に歌われるのは、荒れ狂う風のなかに、あるいは夜の静寂に、母の声を聞き、夢のなかで母の姿を追い求める語り手の切ない心の叫びである。荒野に吹き荒ぶ風や、闇夜の静けさに、あるいは家の裏庭で叫ぶ死者たちの声のなかに恋い慕う人の声を希求する冒頭のシーンは、さながらエミリ・ブロンテの『嵐が丘』の世界である。ギャスケルが幼少時代を過ごしたナッツフォードの家は確かにヒース（荒野）にあった (Ward xvi)。しかし、孤独な部屋でひとり、現実の光景と二重写しにして、亡き母の声を激しく求める語り手の姿は、伯母ハナ・ラム夫人に実の娘のように愛され、たくさんの親戚や友達に囲まれて育った娘時代のギャスケルとは違う、知られざる一面を浮かび上がらせる。

　狂おしいまでに実母を慕う語り手の切なさは、理想の風景――両親に愛される「私」を幻視する場面にも現れる。何一つ定かではない記憶から構築される両親の幻影はきわめて注意深く語られている――まるでそれが真実の光景であるかのように。そして、この光景と両親の声の優しさは語り手の心を満たし、次々と「空想」(fancies) を羽ばたかせる。語り手は、亡き母との「絆」(“a tie”, l. 35) は心の内奥で育まれた愛に基づく結びつきであり永久であると語りたいようだが、「花」と「いにしえの教会」の行は単純すぎる言葉と視覚的イメージの連鎖により、やや不明瞭な印象を与える。[2] そしておそらく、この甘いイメージによって語りの力は失速し、最後の 10–11 節で語り手は夢に現れた母親の顔を見て泣かずにはいられないと心情を吐露するに至る。

　だが、山脇はこの詩に歌われた孤独な魂の叫びこそ、ギャスケルが後に創り出した各作品の源であったと述べ、「異父兄弟」などの短編や『ルース』に見られる主人公の激しい孤独感、そして『シャーロット・ブロンテの生涯』でシャーロットの寂しさを鮮明に描き出したギャスケルの筆力の偉大さをあげ、それらはギャスケル自身が抱いていた孤独な魂の投影であると述べてい

る（「ギャスケルの孤独」1）。まさにこの詩はギャスケルの心の底に深い孤独
感があったことを教えてくれる。そしてこのことは苦しんでいる人を理解し
助けようとするギャスケル文学の「憐れみ」(pity) と「共感」(sympathy) を考
察する手がかりにもなると思われる。

6 本文から

The winds come hastening by	風はますます勢いを増し
Shaking my desolate room	孤独な私の部屋を揺るがして
And bring with them strange sounds	不思議な響を運んでくる
Dead voices from the tomb.	あの世からの死者の声だ。

They call me by a name,　　　　　その声は深い夜の静寂に、

In the deep and still night,　　　　ある名前で私を呼ぶ、

The name I heard in childhood　　　心に希望が輝いていた

When heart and hope were bright.　幼少時代に聞いた名前だ。

(ll. 5–12)

My Mother spoke it fondly　　　　私の母は膝にのせた子どもに愛しく

To the child upon her knee,　　　　私の幼少時代の名前を呼びかけ、

My Father in a solemn tone　　　　私の父は厳格な口調で

Named it, when blessing me.　　　　私の名前を呼び、私の幸せを祈っていた。

And in my dreams I hear it　　　　そして夢のなかで私は聞く、

In a gentle loving voice　　　　　かつて私の心を歓喜に満たした

That like a gleam of sunshine　　　陽の光のように優しく愛に溢れた声で

Once made my heart rejoice.　　　　私の名前が呼ばれているのを。

(ll. 21–28)

（長浜　麻里子）

エッセイ他

14.

"Clopton Hall"

「クロプトン・ホール」(1840)

0 作品の背景

　この作品の舞台となっているのは、ストラトフォード・オン・エイヴォンから１マイルほどのところにある大きな屋敷である。そこは、ギャスケルが少女時代、学友の母親から招待され、友人たちと楽しい時間を過ごした思い出深い場所であった。

　ギャスケルは 1821 年、ウォリックシャーのバーフォードにあるバイアリー姉妹女子寄宿学校に入学するが、1824 年、学校の移転にともない、学友たちと共に、ストラトフォード・オン・エイヴォンのエイヴォンバンクに移ることとなる。風光明媚な土地で、すばらしい自然環境のなか充実した日々を送り、教育内容もまた、文才を育むにふさわしいものであった。

　「クロプトン・ホール」は、この学校時代の体験をもとにつづられたエッセイで、1838 年、ハウイットが『名所探訪』の発刊計画を公表し、広く情報を求めた際に、ギャスケルが書き送った作品である。ハウイットはこの作品を高く評価し、「クロプトン・ホール」は、1840 年出版の『名所探訪』に収録される運びとなった。

　ギャスケルは、舞台となった大きな屋敷をクロプトン・ホールと呼んでいるが、ウォードによれば、クロプトン・ハウスと呼ぶ方がより正確とのことで、ナッツフォード版においては、ウォード自身の手になる前書きが付され、「クロプトン・ハウス」というタイトルで紹介されている (502)。

　このエッセイに登場するクロプトン・ハウスは、1605 年の火薬陰謀事件[1]に加担した人物が当時住んでいた (504) ことから、歴史上の大事件と関わりのある場所でもあり、また、シャーロットやマーガレットの悲劇が伝説として現代まで語り継がれるなど、クロプトン一族[2]の長い歴史のなかでもとりわけ興味深い話題を提供している屋敷である。

1 翻訳・作品名

「クロプトン・ホール」熊倉朗子訳『ギャスケル全集 別巻 I 短編・ノンフィクション』日本ギャスケル協会監修（大阪教育図書, 2008 年）pp. 41–44.

2 所収

Howitt, William. *Visits to Remarkable Places: Old Halls, Battle Fields, and Scenes Illustrative of Striking Passages in English History and Poetry.* Longman, Orme, Brown, Green, & Longmans, 1840, pp. 135–39.

3 主な登場人物

語り手　少女時代のギャスケル。当時クロプトン・ホールには、女子寄宿学校の学友一家が住んでおり、ある日、招待を受けて訪問し、後年の作家生活につながるような大変すばらしい体験をすることになる。

W 氏 (Mr. W——)　クロプトン・ホールの当時の住人。事務弁護士。娘が語り手の学友。

W 夫人 (Mrs. W——)　語り手をはじめとする娘の友人たちを招待し、クロプトン・ホールで楽しい時間を過ごす貴重な機会を与えてくれる。

4 あらすじ

クロプトン・ホールは、ストラトフォード・オン・エイヴォンから 1 マイルほどのところにあり、当時、その大きな屋敷には W 氏一家が住んでいた。ある日 W 夫人は、語り手をはじめとする娘の学友たちをクロプトン・ホールに招待し、お茶の時間まで屋敷中自由に歩き回ることを許可する。屋敷はあまりにも広く、部屋数も多すぎるため、W 氏一家はその 3 分の 1 も使ってはいなかった。語り手は使われていない部屋の方に興味を抱く。

幽霊でも出そうな、ある 1 つの寝室で、語り手は美しい少女の肖像画を発見する。それはシャーロット・クロプトンの肖像画だった。シャーロットにまつわる恐ろしい伝説がストラトフォード教会で語り継がれていた。その昔伝染病が蔓延した時期に、シャーロットも伝染病にかかり、死亡したように

「クロプトン・ホール」｜**117**

思われたので、ストラトフォード教会付属のクロプトン・チャペルの地下納体堂に即刻安置された。数日後、クロプトン家の別の人が亡くなり、遺体を安置するために地下納体堂の薄暗い階段を下りていくと、たいまつの光に照らし出されたのは、壁によりかかっているシャーロットの姿だった。絶望と飢えの苦痛から、自分の白い肩の肉を噛みちぎった状態で亡くなっていた。そこに安置された時、シャーロットはまだ生きていたのである。そのような、なんとも痛ましく恐ろしい伝説を語り手は回想する。

　シャーロットの寝室の向こうに儀式用室があり、さらにその向こうには司祭室が付いた古いカトリックのチャペルがあった。その司祭室にたくさんの本があるのを見つけ、なかでもドライデンの『すべては恋のために』という本の存在が語り手の脳裡に深く刻み込まれた。その後、通路に置いてある古い箱に興味を覚え、友人の手を借りて重いふたを開けてみたところ、中に入っていたのが骨だったので、よく確かめることもせず逃げ出してしまう。

　使われていない部屋のなかで1番最後に見たのは子供部屋だった。子供たちのいない、歌声も足音も聞こえない子供部屋で、語り手は寂しく悲しい気持ちになって子供たちの人生や運命に思いを馳せる。建物の背後には、マーガレットの井戸と呼ばれる井戸があった。そこでマーガレット・クロプトンが入水したと伝えられている。

　最後に語り手は、クロプトン・ホールの住人たちのその後のことを語っている。W氏はクロプトン一族の老人の世話をし、事務弁護士としても信頼されていたため、老人はW氏にクロプトン・ホールを残したのであるが、やがてクロプトン一族の遠縁の人物が現れ、権利を主張する。あの日語り手たちを招待してくれた親切なW氏一家は、追放の憂き目にあい、今はブリュッセルに住んでいるということである。

5 作品のテーマ

　「クロプトン・ホール」は、小品ながら大変意義深い作品である。その主要功績は、作家生活への道筋をつける大切な役割を果たしたことである。この作品を読んでハウイットが深い感銘を受け (Sharps 29)、作家を志すよう勧めてくれた（足立 47）ことは、ギャスケルにとって作家生活に入るための大きな推進力となったに相違ない。次に、少女時代のギャスケルの姿を

垣間見ることができるという点でも重要である。純粋でみずみずしい感性、少女らしい無邪気さと好奇心、伝説や書物に対する興味。そこに多感な少女時代のギャスケルの姿を見ることができる。伝説や幽霊話、神秘的なもの、謎めいたものを好む傾向、そして人の寄りつかない荒廃した不気味な場所へと敢えて分け入っていく冒険心は、将来数多くのゴシック作品を手掛ける作家となる片鱗をうかがわせるものである。

　また、時を経て遠い記憶を呼び起こし、それを再成する能力にもたけていたと思われるが、作品を書く以前に思い出を文章に書き記した経験があり、その経験に記憶を重ね合わせることで、なおいっそう力感あふれる作品となったと考えることもできる。バイアリー姉妹女子寄宿学校で作文指導が重要視されていたことから、学校の授業でこの屋敷について作文を書いた経験を持っていた可能性が高いと推察される（足立 23; Ganz 38）。さらに細部にまでわたる綿密で臨場感あふれる描写は、少女ながらにすぐれた観察眼と洞察力を持っていたことを示すとともに、後年記憶をたぐり寄せ豊かな表現力を発揮し１つの作品を完成させたギャスケルの文才をも証明している。

6 本文から

… when it was opened, what do you think we saw? —BONES! …(507)

（……ふたを開けたら、何があったと思う？　骨よ、骨！……）

（中村　美絵）

15.

"Emerson's Lectures"

記事「エマソンの連続講演」(1847)

0 作品の背景

　「エマソンの連続講演」は、アメリカの哲学者で詩人であるエマソンのスウェーデンボリ、モンテーニュ、シェイクスピアについての3回の講演にギャスケルが参加した時の記事である。エマソンの「偉大な代表的思想家」についての講演は1845年12月からボストンで始まり、1847年から48年にかけてイギリス各地で行われた。「エマソンの連続講演」は1847年の冬、マンチェスター・アシニアムで行われた講演に基づいている。

　エマソンの「偉大な代表的思想家」についての講演は、後に6人の偉人に焦点を当てた論考が収録された『代表的人間像』というタイトルで出版される。『代表的人間像』の内容は、最初の「偉人の効用」では、「最も直接に自己の思想」を語り、「プラトン」と「スウェーデンボリ」では幾分間接的に「思想家エマソン」を表現し、「モンテーニュ」と「ナポレオン」においては「異質的なものを通して、人間エマソンを表現」し、「シェイクスピア」と「ゲーテ」では「詩人エマソン、文人エマソンが表現」されている（齋藤185）。偉人を通してエマソン自身の思想や精神が述べられている。

　「エマソンの連続講演」で扱われているスウェーデンボリは、スウェーデンのストックホルム生まれの科学者であり、哲学者・神学者でもあり、更に神秘主義者とみなされる思想家でもある。自然科学・工学・天文学・解剖学などに精通していただけでなく、霊界を出入りする霊能力があったと言われている。モンテーニュはフランスの貴族出身で、37歳から「人間」の観察と探求の日々を送り、1588年に『エセー』を刊行する。モラリスト、懐疑主義者、人文主義者として、世界各地に影響を与えた。シェイクスピアは、イギリス・エリザベス朝の戯曲家として広く名を知られ、彼の悲劇、喜劇、歴史劇、ロマンス劇は現代に至るまで世界各地で上演されている。現代英語の成立に大きな影響を与えただけでなく、作品そのものが人生の教訓集となっている。

1 翻訳・作品名

「エマソンの連続講演」鈴江璋子訳『ギャスケル全集　別巻 I　短編・ノンフィクション』日本ギャスケル協会監修（大阪教育図書，2008 年）pp. 85–90.

2 掲載誌

Howitt's Journal, 第 2 巻，1847 年 12 月 11 日号，pp. 370–71.

3 主な登場人物

私 (I)　語り手。エリザベス・ギャスケル。

エマソン (Emerson)　講演者。

4 あらすじ

　エマソンの連続講演がマンチェスター職工学校とマンチェスター・アシニアムの 2 箇所で行われている。私がこれから述べるのは、アシニアムの方で開催された難易度の高い方の講演である。アシニアムにおけるエマソンの 2 回目の講演は「神秘主義者スウェーデンボリ」についてである。エマソンはほっそりとした姿で、目鼻立ちのはっきりとした人である。しゃべり方は鼻にかかったアメリカ英語であるが非常にいい声をしている。途中端折るところを探そうと止まって原稿をめくる事もあったが、私が何より嫌だと感じたのは顔の無表情さであった。情熱的な言葉を発する時も声の調子が変わらなかったが表情はもっと変わらなかった。

　スウェーデンボリについての講演にはがっかりしたが、その理由はスウェーデンボリについてよく知らなかったことに加え、漠然とした方法で漠然とした主題を扱っていたからである。理解できなかったのは近くにいた人も同じだったようである。いずれ随想録となるだろうが、その方が断片的になることもなく、ずっといいと思われる。スウェーデンボリの講演の開始部分は非常に美しい言葉が使われていたが、言葉の理解をしようとしているうちに、エマソンはスウェーデンボリの神秘論の奥深くを一人でさ迷ってしまうのだ。これについていくのは至難の業である。スウェーデンボリの崇拝者に

とっても気に入らない講演だったようだが、エマソンはスウェーデンボリを崇高な宗教理想主義者として賞賛しているようだった。

次の「懐疑主義者モンテーニュ」の講演については、前回と同様の顔の無表情さはあったが、私はエマソンの言っている意味を理解することができた。モンテーニュは懐疑主義者の代表であり、懐疑主義者とは、バランスを保ち、理想主義者とひどい現実主義者の間に立っている人であるとエマソンは想定していた。また、エマソンの想い出として、父親の形見としてモンテーニュの『エセー』の1冊が残った事やモンテーニュの城へ巡礼に行った事が語られた。すると、突然エマソンは原稿を閉じて出て行ってしまったが、エマソンの話し方や態度などに対して、ギャスケルは親しみを覚えるようになっていた。

3回目に参加した講演は「われらの不滅の詩人シェイクスピア」についてであった。シェイクスピアに関しては、既にあまりに多くのことが語られ、書かれていることもあり、モンテーニュの時ほど好きにはなれなかった。エマソンの焦点は、シェイクスピアはあらゆる自然の影響のみならず、過去の思想表現の影響を受け、更に新しい考え方の開拓者だったということである。エマソンはシェイクスピアの普遍性について語って講演を終えた。

5 作品のテーマ

「エマソンの連続講義」は、現在、ピカリング社から出版されている全集にも収録され、ギャスケルによって書かれたものとみなされているが、執筆者が誰であるか特定されることなく、『ハウイッツ・ジャーナル』誌に載った後、論文集等に再録されることもなかった (Shattock 81)。「マンチェスターの投稿者より」("Our Manchester Correspondent") というサインは、ギャスケルが書いたことを示唆しているが、作家の特定は確定的とは言えなかったのである。また、ギャスケルはエマソンの講演に夫ウィリアムとウィンクワース家の人たちとアニー・ショーンと共に参加していた事から、キャサリン・ウィンクワースが書いた可能性も考えられていたが、それはありえないこと (Waller 105–06) で、ざっくばらんな出だしや講義への個人的な反応などはギャスケルの随筆らしい特徴となっている (Shattock 81)。実際に、講演に失望したという率直な意見、エマソンのしゃべり方や態度、だんだんと

122 │ "Emerson's Lectures"

エマソンの振舞い方に馴染んできた様子などが随所に述べられている。このようなエマソンに対する印象の変化について鈴江は、「小説家らしく物語性ゆたか」に綴られ、「相手がエマソンなので、ギャスケルは遠慮なく皮肉を言い、こき下ろす楽しさを満喫している」(90) と述べている。

　ギャスケルとも関連のあるマンチェスターのレンショウ・ストリートにあったユニテリアン教会は、アメリカへ渡った会衆派牧師リチャード・マザー（インクリース・マザーの父でコットン・マザーの祖父）が牧師をしていた教会であった (Chapple 392–93)。一方、父が高名なユニテリアン派牧師であったエマソンは、1829 年にインクリース・マザーとコットン・マザーが牧師をしていたユニテリアン教会であったボストンの第 2 教会の副牧師となる。しかし、自らの病、妻の病と死、弟エドワードの発狂といった体験を通して、エマソンは教会を離れ、自らの思想を樹立することとなる。1832 年 12 月にヨーロッパに向けて出帆したエマソンは、1833 年 8 月にコウルリッジ、ワーズワス、そして生涯の親友となるカーライルを訪ねている（齋藤 41–64）。

　1830 年以降のアメリカでは、ニューイングランド地方を中心に、「国民文学」と呼べる文学が一気に開花した。その文学・思想隆盛の時代は、後にマシーセンによって「アメリカン・ルネサンス」と呼ばれるようになる。この時代の作家たちは、自己の内面、人間の精神に向き合いながら、五感の経験を「超越して」真理を把握すべきとする宗教・思想・文学に渡る超絶主義との関わりを持っていた。その中心人物であるのがエマソンであった。エマソンは教会の儀式や形式を否定し、人間に内在する至高の神をこそ崇めるべきだという、当時としては過激ともいえるリベラルな主張を展開した（稲垣 30–32）。

6 本文から

As I mean to tell you honestly my feelings, I must own that I was disappointed in the lecture. (82)

（皆さんに正直に私の気持ちを伝えるつもりなので、私は講義に失望したと認めなければなりません。）

（遠藤　花子）

16.
"The Last Generation in England"
「イングランドの前世代の人々」(1849)

0 作品の背景

　本エッセイは、1849 年にアメリカのフィラデルフィアで発行されていた
『サーティンズ・ユニオン・マガジン』誌に発表された作品である。翌年 2
月号には、「マーサ・プレストン」も掲載されている。ギャスケルの友人で
あるメアリ・ハウイットが編集長ジョン・サーティンとの間を取り持ち、本
作品が同誌に掲載された。

　『ハウスホールド・ワーズ』誌に掲載された『クランフォード』(1851–53)
よりも以前に執筆されており、『クランフォード』の要素を十分に含んでい
る内容であるために注目すべき作品である。

1 翻訳・作品名

「イングランドの前世代の人々」足立万寿子訳『ギャスケル全集 別巻 Ⅰ 短
　　編・ノンフィクション』日本ギャスケル協会監修（大阪教育図書, 2008 年）
　　pp. 104–12.

2 掲載誌

Sartain's Union Magazine, 第 5 巻 1849 年 7 月号, pp. 45–68.

3 主な登場人物

　語り手　エリザベス・ギャスケル。

4 あらすじ

　語り手である「私」が、偶然、『エディンバラ・レヴュー』誌を手に取り、そこにロバート・サウジーが『イングランドの家庭生活史』を書こうと思いたったと言う記事が掲載されていた。しかし、その計画は頓挫してしまい、実現されることなく終えてしまったことを残念に感じていた。そこで彼女自らが観察した田舎暮らしの詳しい様子や年配の親戚たちから伝え聞いたことなどをいくつか記録に残せたらと思い、記していくことから始まる。

　舞台はかつて語り手が住んでいた町。この町の序列で最上位にいるのが大地主の未婚女性たちであり、彼女たちは年金で生活をし、優雅な雰囲気で過ごしていた。その次は、彼女たちと同じ家柄の次男以下の子息の未亡人たちであり、専門職とその妻たちが下位にあたる身分である。さらに一階級下にくる人たちが、独身か未亡人の淑女の階層であり、貴族階級の人たちと比べても裕福な生活を送っているように見えた。彼女たちは貴族階級の人たちと社交界を通して知り合うことはあったが、上位階層の婦人たちとはお互いに顔を合わせることを拒否することがあった。その次にくる階層は、商店主たちであり、彼らは貧しい生活を送る人もいたが、そうでない人たちもいた。一部の若者たちは、貧しく悪事や暴力沙汰を起こし、時には罪を犯す者もいた。

　そのような町に住む人々に目を向けると、不運にも石炭溜に落ちてしまった雌牛にネルのチョッキやズロースを着せている老婦人もおり、その雌牛は死ぬまでそれを着て、町をゆうゆうと歩いていた。他には多くの社交規則が厳格に守られていた。訪問に関しては15分が午前の訪問の制限時間であった。そして多くの淑女が、訪問を受ける一定の時間まで、自分のレースやモスリンの洗濯仕上げを仕事にしており、名門の子孫の女性の大抵が母親や祖母から受け継いできた何ポンドもする貴重なレースを持っていた。ある日、珍しい出来事が起きた。ある淑女がバターミルクにレースを漬けておいたところ、不運にも猫がレースごと飲んでしまった。レースは婦人にとって非常に貴重なものだったため、少量の嘔吐剤を猫に飲ませた。するとレースは吐き戻され、陽の目を見たレースは、その後何年もの間この婦人の最良キャップの上に載っていた。

　一番の共通の関心ごとはこの町の貧しい人たちについてであった。彼女たちは、貧しい人たちに親切を施すのに疲れを知らず、料理、裁縫、忠告、病

「イングランドの前世代の人々」　125

気や怪我の手当てなど、教育以外は何でも引き受けた。かつて伯爵令嬢が二人もこの町に住んでいた時代、二人の伯爵令嬢が、この町に親切を施し、なにがしかの金額を寄贈したことに由来している。そのような古い時代の伝統やしきたりを守っている老婦人であるが、もう一つ守っているものがあった。それが結婚の式たりである。ロンドンへと出て行った青年が、中年になるまで結婚のことなど考えない。しかし、彼らは金もでき、結婚するのが望ましいと思うようになると、大学の時の友人か、故郷の牧師に何度も手紙を書き、妻になる女性を推薦して欲しいと頼むのだ。すると友人がふさわしい淑女の一覧表を送る。独身の男性がその中から女性を選び、その女性の両親は娘の希望などあまり聞かずに受け入れるか断るかを決断する。もし娘の両親が娘の夫として望んだ場合、夜行乗合馬車に乗って夕食にやって来て、何も知らない娘は晴れ着で着飾って待つのである。この話をしてくれた老夫婦は、「結局はそれでとても幸せにいったのよ」と教えてくれた。

5 作品のテーマ

　作者がイングランドの田舎町での様子や人から聞いた話を記していくスタイルを取っているが、この作品の内容がのちに出版される『クランフォード』の下敷きとなっている。つまり、この作品の田舎町は彼女が幼少時代に過ごしたナッツフォードであり、『クランフォード』の舞台と重なる。そのため両作品に共通する場面が多く登場する。

　例えば、「ミセス・グランディの存在を忘れて、不運にも石炭溜に落ちてしまったかわいがっている雌牛にあえてネルのチョッキやズロースを着せてやる老婦人も、もういないだろう。この雌牛は死ぬまでそれを着て、一町の通りをゆうゆうと歩いたものだった。」という場面は、『クランフォード』の第1章に登場するミス・ベティ・バーカーのペットの雌牛が、飼い主が目を離した隙に動物の皮を剥ぎ用石炭溜池に落ちてしまい、牛の叫び声を聞きつけた人々によってすぐに救出されたが、すっかり毛が抜け落ちてしまった事件と重なり合う。サンダースは、ギャスケル流の喜劇場面として取り上げているが (36–46)、この場面において補足をすると、当時、召使いの女性が小金を貯めて婦人帽子屋を開き、その店主として努力し余生を送るだけの貯金をし、淑女仲間に入るということがあった。つまり階級意識の強い時代、上の階級

に属するシンボルとしてペットの牛を飼うことが流行していたことを考えると、町の人々は牛に悲劇が起きたことを気の毒だと思いながらも気取った態度を取るベティに対して何重にも可笑しさを招いていることが理解できる。

　また、ギャスケル自身が幼少期に人から聞いた話だけにリアルに描かれている猫が誤ってレースごと呑み込んでしまい、嘔吐剤を使って吐き出せた話は、『クランフォード』の8章のフォレスター夫人が飼っている猫の話と同様の展開になっている。ここにもギャスケル流の喜劇性の特徴が現れている。このレースは、夫人が華やかな頃を思い出す品だけでなく、彼女の生きる上での支えであったと考えることもできる。レースを飲み込んだ猫のお腹から取り戻すためにとった彼女の機転をきかせた方法は、喜劇的おかしさだけでなく、家柄のよさを示すものを無くすかもしれないとパニックに陥った彼女への悲哀も含んでいるのである。

　ギャスケルが作品の中で「イングランドの前世代の人々では、上から下に向かって幼き彼女の小さな町での階層を描いている」(Uglow 279) と述べているように、たとえ小さな世界でも秩序立っているのは、独身中年女性の偉業であることを表現している。さらに彼女が作品の中で定義していることは、経済的に独立している中年女性は互いに協力し合うことによって強くなり、彼女らの親切と互いに対する思いやりが、老後は荒涼として寂しいものには繋がらないということである。ユーグローも指摘しているが (292-3)、もしかしたらギャスケルは、幼いころに経験した厳格な訪問時間や人々の賑やかさ、独身の中年女性たちなど、イギリス社会の鬱憤生活と古い習慣を思い出して描いたのではないだろうか。しかし、ギャスケルの関心は村の情景よりもそこに住む人々の心の中に向かっているのだ。それが、のちに出版される『クランフォード』へと引き継がれていることは重要なことである。

6 本文から

'And very happy marriages they turned out, my dear—very,' my venerable informant would add, sighing. (48)

(「そして彼らは非常に幸福な結婚生活を送ったのよ、とてもね」と、ため息をつきながら、私に話してくださった立派な方が付け加えたものでした。)

（大前　義幸）

17.
"Company Manners"

「おもてなしの仕方」(1854)

0 作品の背景

　本作品は 1854 年 5 月 20 日、『ハウスホールド・ワーズ』誌に掲載された
エッセイである。同誌には 1850 年から多くの短編作品の連載を続けてきた
ギャスケルだが、本作品ののち、長編『北と南』の連載を最後に『ハウスホ
ールド・ワーズ』誌への掲載を終えている。

　本作品の発表の前年、1853 年の 5 月、ギャスケルは夫と長女メアリアン
と共にパリを訪れ、2 週間ほど、イギリスで面識のあったマダム・モールの
もてなしを受けた。彼女のサロンで時を過ごした経験が本作品の元となって
いる (Handley 105)。マダム・モールはイギリス生まれであったが 8 歳で母
親の健康のためにフランスにわたり、以後フランスで生活した女性である。
彼女の開くサロンはナイチンゲール、ハリエット・マーティノウ、ジョー
ジ・エリオットやサッカレイをはじめとするイギリスの文化人、また時の大
臣や科学者、イタリアの貴族と様々な人が集っていた (Uglow 348–49)。ギ
ャスケルはマダム・モールの才気あふれる様子、その学識、そして何にでも
率直で自由な姿勢に引きつけられたという。1853 年 12 月発表の「私のフラ
ンス語の先生」もこのフランス旅行、マダム・モールのサロンへの参加が影
響を及ぼしたといわれている (Uglow 349)。

1 翻訳・作品名

「おもてなしの仕方」中村みどり訳『ギャスケル全集 別巻Ⅰ 短編・ノンフィ
　クション』日本ギャスケル協会監修（大阪教育図書, 2008 年）pp. 437–56.

2 掲載誌

Household Words. 1854 年 5 月 20 日号, pp. 323–31.

3 主な登場人物

語り手　エリザベス・ギャスケル

ヴィクトール・クザン (Victor Cousin)　フランスの哲学者 (1792–1867)。17 世紀のフランス名士夫人たちの伝記を『両世界評論』誌に寄せ (1854)、それがギャスケルが本作品を書く直接的な要因となった。

サブレ夫人 (Madame de Sablé)　クザンが『両世界評論』誌で取り上げたフランスの女性文人。17 世紀のパリのサロンで評判の高かった女性。

4 あらすじ

　　ギャスケルはマダム・モールのサロンで面識を得たフランスの哲学者のクザンが『両世界評論』誌でサブレ夫人を取り上げ、彼女のサロンの運営の仕方に最大の賛辞を贈っているのを知り、「お客様を迎える」意味を考察する。

　　まず、彼女はすでに伝統となっているサブレ風のお客のもてなし方に「サブレする (Sableing)」と名づける。それからサブレ風社交術の秘訣を何人かのフランス人に尋ねる。すると一人の淑女は，「サブレをする」のに成功するには、女性は若すぎてはならないが、人を引き付ける力を持っていなければならないと答える。続けてホステスは魅力的で、優雅な物腰でサブレを行われなければならず、関心が払われていない人がいれば、すぐさま機転をきかせて仲間へ入れ、また、話題も出席している人に苦痛を与えるようなものは避けなければならないと述べる。そして目立たず、ほかの人が話しているときは沈黙を守り、会話が滞った時には、その難局に進んで身を投ずることが出来る人と述べる。

　　一方フランス人の紳士は、話題が不足しているときは自分の意見を述べるより、質問すべきであると戒める。続けて、お客の人数を二十名以上とし、会話は客全員に共通するものであるべきであると述べ、サロンの大きな目的は「楽しい晩を過ごすためにある」と主張する。すると淑女は楽しい晩を過ごすには、対等に他の人と話をするために、見知らぬ人を入れてはならないと付け加える。次に内気な人、自意識過剰な人は社交の場への参加を控えるべきであると紳士は述べる。そこでギャスケルは、イギリスでの彼女自身の体験から、お客のもてなしのやり方を考察する。楽しい会話や社交を目的と

「おもてなしの仕方」　**129**

するパーティーの場合、食事を出す必要があれば、食べ物とワインだけでなく、その集まりが友達を迎える特別な日として記憶に残るような準備が必要であると、ホステスとしての心構えのヒントを次のように提案する。

①男性は力強いので、給仕は女性よりも男性の方が良い。

②蝋でできた花よりも、野の花1〜2本飾る方がもてなしの気持ちは伝わる。

③パーティーではいろいろなことが起こるので、それに対応するにはジプシーの衝動的で機転の利く策が必要であり、そのジプシー的趣味が備わっているとその集まりはさらに魅力的となる。

④サブレ夫人の時代から薪の効用は多大で、薪の火の前では人は気取らずに自然にふるまえるので、その超自然的な力を生かすべきである。

⑤一張羅のドレスではなく二番目のドレスの方が人は自然に振舞える。

⑥部屋の色調が落ち着いたものだと会話はおのずとよどみなく続く。

⑦食べ物をたっぷり出すことがもてなしではなく、時間があれば、室内ゲームなどで時を過ごすべきである。

⑧部屋に飾られる版画や肖像画もさることながら、書物の存在は客に最高の話題を提供するものとなる。また、社交の場になれていない客にとっても書物は息抜きの手段ともなる。

このような事前の気配りがなされ、あるがままの雰囲気の中で社交が行われれば、知的な会話も流れ、パーティーも楽しく進んでいくに違いないとギャスケルは勧めている。

5 作品のテーマ

ギャスケル夫妻は文学上の知り合いばかりでなく、友人たちをもてなす機会が多く、ギャスケルはホステス役として多くの退屈な夜を過ごすことが多かったとボナパルトは述べている (39)。実際にギャスケルは「イギリスの社交界での自分の経験を考えると、それは言いようもないほど退屈で、始まる前は恐れ、終わってからは思い出してため息をつく」ことが多かったようである (493)。こうした経験からクザンの記事に強く刺激され、本作品を書いたものと考えられる。その意味で本作品はサブレ夫人の社交術を継承するフランスと、ギャスケルが体験したイギリスのお客のもてなし方を比較した

ものとなっている。

シャープスによると本作品には主として実際にあったことが書かれているため、ギャスケルの自伝的な作品とも分類されている (199)。それは、ウェールズの中央の山奥でその地方長官の開いた集まりでの夕食会の顛末 (501–02)、同じくウェールズを訪れた時に一人の老婆から受けた自然なもてなし (505)、またある商人の家に招かれた時の食事の内容とそのもてなし方 (511–12) などで、彼女の経験が時にユーモラスに語られている。

ギャスケルは本作品に登場するイギリスのミドルクラスの人々のもてなし方を堅苦しく形式にとらわれている例として揶揄し、一方でウェールズの老婆の飾らない自然なふるまいが社交の場では大切であると述べる。この老婆のもてなしはギャスケルが書いた『クランフォード』の女性たちの社交の様子を彷彿とさせる。また、労働者階級ではあるが『メアリ・バートン』の冒頭、悲劇が起こる直前のバートンと、ウィルスンの両家族がそろってお茶の準備をする暖かな場面は、ギャスケルが理想とするもてなしの様子そのものである。その意味で本作品はギャスケルの趣向がそのままに書き表され、退屈なパーティーから脱却するヒントが提言されている。こうしたもてなし方ができる女性こそ理想の女性と考えるギャスケル (Bonaparte 39)。しかし一方で、このテーマに戸惑いを覚えるとギャスケルに伝える編集者で男性のディケンズ (*Letters* 299)。両者の対照的なとらえ方は大変ユーモラスで興味深いものがある。

6 本文から

Yes, I like a little pomp, and luxury, and stateliness, to mark our happy Days of receiving friends as a festival; but I do not think I would throw my power of procuring luxuries solely into the eating and drinking line. (497)

（お客を迎える楽しい日々を祝祭として目立たせるための些細な華やかさ、贅沢、そしてその威厳が私は好きです。でも、その贅沢を獲得する力を食事だけに投入しようとは思いません。）

（多比羅　眞理子）

18.
"Shams"

評論「まがいもの」(1863)

0 作品の背景

　「まがいもの」は 1863 年に『フレイザーズ・マガジン』誌にギャスケルが執筆した評論である。ギャスケルと知り合いであった『フレイザーズ・マガジン』誌の編集者となったフルードは、考え方に偏りのない中立的な様々なジャンルの原稿を集め、読者にバランスのとれた情報を提供しようとしていた (Brandy 238)。この時期、ギャスケルは『フレイザーズ・マガジン』誌に「フランス日記」と「まがいもの」の2つを投稿している。「フランス日記」はギャスケルの海外経験を基にした幅広く明るい作品であるが、「まがいもの」はナッツフォードでの経験から英国の田舎での生活について述べたものであり、かなり対照的である (Foster 152)。

　「まがいもの」は他のギャスケルの作品とはかなり異なる手法で書かれている。執筆者は「E.C.G.」となっているが、近年になって彼女の作とされた上、文体の違いも作者が誰であるかの疑念を生じさせている。実際に『クランフォード』を思い出すかのような手法で田舎町の生活を描いているが、その男性を語り手とし、風刺的で衒学的な文体は『クランフォード』とは全く違う。しかし、これはギャスケルの作であり、驚くほどの多様性と独創性を持った作品の一例となっている (Foster 153)。

1 翻訳・作品名

「まがいもの」宮丸裕二訳『ギャスケル全集　別巻Ⅱ　短編・ノンフィクション』日本ギャスケル協会監修（大阪教育図書, 2009 年）pp. 586–600.

2 掲載誌

Fraser's Magazine, 1863 年 2 月号, pp. 265–72.

3 主な登場人物

私 (I)　語り手。エリザベス・ギャスケル。

4 あらすじ

　「まがいもの」は多岐にわたるため、例を挙げるのは容易ではないが、一つずつ例を挙げることで、この評論のタイトルである「まがいもの」とは何かについて明らかにしていく。私自身が「まがいもの」に関心を示し、日常生活で意識して観察し、メモした事柄が基となっている。

　まがいもの１〔日常生活でよく見かける物乞い〕死んだ夫を埋葬するお金を恵んで欲しいと訴える未亡人や、長い間食べ物を口にしていないと訴える子どもは嘘をついている。

　まがいもの２〔英国人の話す英語〕　英国人が日常会話で使っている単語の数は極めて少なく、同じ言い回しの言葉を繰り返し、ひどい文法で会話をしている。むしろ、文法等に気を使う外国人の英語の方が正しい。

　まがいもの３〔気取り屋たち〕　ただ気取っているだけの男たちは、自分が舞踏会に招かれていることすら忘れている。また、若き淑女たちも声をかけてもらおうと忍耐強く立っている。実際、貴公子は一番綺麗な娘を選ぶ。

　まがいもの４〔今時の若者の装い〕　ソフト帽をかぶり、喉と喉仏の調和をみせるために首元を大きく開けた色付きのシャツを着ている。言葉や考え方が未熟である事に加え、挨拶の仕方といえば、帽子を上げることはせず、ただ頷くか杖で帽子のつばを押し上げるだけである。

　まがいもの５〔今時の若い女性〕　女性でありながら馬の話題に強く、全てに対して笑い飛ばし、顔を赤らめる事を拒む。スケートをするとき、昼間は短いペチコートを身に付け、夜は下品なドレスを着る。ダンスの時は色目を使う。実際には男性に自ら求婚する事で目的を達成する。

　まがいもの６〔行動が迅速な女性とは結婚をしたがらない紳士〕　行動が速い女性を揶揄嘲弄する一方で、行動がゆったりとした女性を鼓舞する事もしない。迅速な女性の姿は、まがいものの紳士と変わりはないのである。

　まがいもの７〔装い① 絹のドレス〕　美しく着飾り、何ヤードもの絹を身に付けた女性が十字路で服をたくし上げた時、汚れた白い下着が見えてしま

評論「まがいもの」 | 133

った。美しいのは表面のみである。

まがいもの 8〔装い② 木製のクリノリン〕 通常は鋼だが木製でできているものがある。教会の狭い会衆席で木製クリノリンに挟まれて立ったり座ったりするのは一苦労である。牧師も教会の会衆席を経験すべきである。

まがいもの 9〔装い③ 男性用シャツの襟〕 紙のシャツの襟が 12 個で 6 ペンスで売られている。リネンのシャツは洗濯代がかかる上、傷みもするが紙の襟は洗濯代がかからず使い捨てである。『タイムズ』紙でも紙のシャツの襟の安売り広告が出ている。

まがいもの 10〔アクセサリー〕 まがいものの金の鎖やブレスレッド、装飾ピンが安く売られ、みんなが同じように身に付けている。

まがいもの 11〔レイディーズ〕 レイディーズはイタリア風の筆跡できちんとした字を書くものであるが、男性的な太い丸い字を書く。役に立つ針仕事や料理や買い物ではなく、役に立たない鉤針編みや編み細工、舞踏などを教わっている娘もいる。

まがいもの 12〔結婚式〕 大層豪華な結婚式が流行っているが、実際は家族も養えない状況にある人もいる。人生の始まりがまがいものとあっては残りの人生もまがいものとなる。1、2 人で充分の花嫁介添人が 4 人もいるが、あら探しをするような薄情者である。招いた友人にはご馳走をしなければならず、その上、宴席は集まった人同士お天気のことくらいしか話題がない。

まがいもの 13〔夕食会〕 お客さんに楽しんでもらいたいという思いはあるが、夕食にご招待するよりも、ギニー硬貨を贈る方が楽である。また、訪問時間を考えないと、面倒なことになりかねない。ブラウン殿のように、豪華にみせるために必要な道具は借り物で済ませている人もいる。

まとめ…我々はまがいものを着ているし、まがいものを買わされている。社会階級においては、特に自分より上の階級の人々と接する時のマナーはまがいものである。肝心なのは正直に生きる事であり、まがいものに染まらないことである。

5 作品のテーマ

テーマとして先ず挙げられるのは、作品の書き方のスタイルである。ギャスケルは自分の分身としての男性の声を持つ事に喜びを見出していたのかも

しれない (Foster 154) が、一番のまがいものはここで使われている言語である (Uglow 592–93)。ギャスケルの声を男性的でぎこちない声のナレーターに投影している評論「まがいもの」では、『ハウスホルド・ワーズ』誌に寄せた他の原稿にみられる、ゆったりとした自然な声とは対象をなしている。しかし、役に立たない教養よりも、女性に縫い物や料理の仕方、食事の出し方などを教えることの方が、ずっと価値があると訴えているところはギャスケルらしい声となっている (Shattock 327)。また、「舞踏会で誘われない女性の苦労や心理を知り抜いていて、若いお嬢さんのファッションやその裏側の家計事情に通じ、女性が理想とする結婚式のあり方を理解し、女友達が多く、奥様方が読む家政の本にも妙に詳しい」(宮丸 600) という特徴があるところもギャスケルらしさが垣間見られる。

　ドクター・ジョンソンの「グランド・ツアーに出るよりもハムステッドの馬車の中で沢山知識を得る者もいる」という引用については、出典元は不明とされているが、エイキンとバーボルドの二人の少年と先生が登場する子供向け戯曲「見る目と見ない目」に同じ意味の事柄が書かれている。この戯曲の最後に、軽率な若者が何の知識を得ることもなくヨーロッパを巡っているが、観察眼と探究心旺盛な気持ちがあれば、自国を散歩する中で進歩や歓喜を見出す事ができる (Aikin and Barbauld 20) と述べられている。また、この引用がジョンソンからのものであると誤って引用したのはギャスケルが最初ではなく、既にスマイルズの『自助論』でドクター・ジョンソンのものとして引用されていた (Schippers 141–42) のである。現にバーボルドは、ギャスケルが真似をしようとしていた、18世紀に中産階級読者に向けて社会のことを論じた評論家、アディソンとスティールの論説を復活させた人物であり、ギャスケルはバーボルドの作品を発展させた (Schippers 139–40) にすぎないのである。

　また、「まがいもの」は嘲笑の対象になる下層中産階級が台頭する前の様子を描いた作品であり、作品中の具体的な例の数々は貴重な歴史的資料としての価値を見出すことができる。特に、「服装や教養で外面を命がけで取り繕う姿勢、大量生産による廉価商品の大量消費、競争心からのあら探し、社交能力の未熟性とその範囲の限界と、各人の社会的孤立」(宮丸 600) などの風俗的側面に焦点が当てられているところは、下層中産階級の本質的要素を表している。

6 本文から

Shams of all sorts stand high in the public estimation. (335)

（あらゆる種類のまがいものは民衆の高い評価を示している。）

One thing, however, is certain, and it is, that I have written with an honest purpose, in the endeavour to expose shams, and induce others to avoid them as I do myself. (338)

（しかし、ひとつ確かな事は、まがいものを曝け出すために、また、私自身がしているようにまがいものを避けるよう皆さんを誘導するために、私は正しい目的で執筆したということです。）

（遠藤　花子）

19.
"French Life"

「フランス日記」(1864)

0 作品の背景

　「フランス日記」は、『フレイザーズ・マガジン』誌に、1864 年の 4 月号から 6 月号まで匿名で連載された作品である。構造上 3 つの章から成り立っているが、内容的に区分されているわけではなく、掲載上の都合によるものと思われる。作中、大半はエッセイで、観光や取材の旅行記も見られ、一番最後には、公認裁判記録をもとに書き上げた、ガンジュ侯爵夫人の物語が登場する。日付が記されてはいるものの、シャープスが指摘しているように、日付や同行者など、実際の旅行とは符合しない箇所も見られ、旅先で書かれた日記とは言い難いものである (459)。したがってこの作品は、旅行メモや、旅先もしくは帰国後に執筆したエッセイなどをもとに、調査して得た情報や創作を加えて、後日まとめ上げられたものと推定される。

1 翻訳・作品名

「フランス日記」市川千恵子訳『ギャスケル全集　別巻Ⅱ　短編・ノンフィクション』日本ギャスケル協会監修（大阪教育図書, 2009 年）pp. 622–79.

2 掲載誌

Fraser's Magazine, 1864 年 4 月号〜 6 月号，pp. 435–49, pp. 575–85, pp. 739–52.

3 主な登場人物

語り手　ギャスケル自身と推定される。

メアリ (Mary)　語り手のフランス旅行の同行者。ギャスケルの次女マーガレット・エミリ（ミータ）と推定される。

「フランス日記」　137

アイリーン (Irene)　語り手の同行者。ミータの友人、イザベル・トンプソン
と推定される。

夫人 (Madame)　語り手の滞在先の女主人。気配りのある人物。ギャスケルの
友人、マダム・モールと推定される。

レカミエ夫人 (Madame Récamier)　社交界で、女主人としての完璧な資質を
備えている人物。

シルクール夫人 (Madame de Circourt)　温かい心の持ち主で、誰からも愛さ
れ尊敬されていた人物。

4 あらすじ

　この作品は数多くのエピソードにより構成されており、全体を通しての大
筋があるわけではない。すべてを紹介することは不可能なので、ここでは全
体を概略的に述べた後、いくつかのエピソードを紹介するにとどめたい。

　語り手は、パリにある友人の集合住宅に滞在している。コンシェルジュの
おかげで、パリでの集合住宅生活は大変快適なものとなっている。この場所
を拠点に、友人、知人宅を訪問したり、観光や取材の旅に出かけたりして、
フランスでの生活を満喫している。多くの社交の場に参加し、人々との交流
を通して見聞を広め、さらに女主人たちそれぞれの接待の仕方に着目し、そ
の極意を学んでいる。語り手が興味を抱いて書きつづったエピソードの内容
は多岐にわたっている。家具調度、コンシェルジュ、食習慣、交通、料理、
物価、衣服、町の光景、社交界、恐怖時代の話、結婚、慈善活動、アカネ栽
培伝来、妖精、等々。衣食住や生活習慣に関わる日常的なものから、社会生
活に関わるものや歴史的事象にまつわる話まで、幅広い分野にわたって、論
じ合ったり、イギリスとの違いを認識したり、考察したりしている。

　そんなある日、語り手は、大勢の子どもたちを連れてリュクサンブール公
園へと向かって行く老婦人に目をとめる。そしてその光景をほほえましく眺
めながらも、様々な考察を展開していく。この老婦人は低料金で子守りを引
き受けてくれているのである。公的な託児所は低所得者層のためのものなの
で、こうした老婦人の子守りは、ある程度裕福でも専属の子守りは雇えない
ような母親たちにとって、大変ありがたい存在なのである。

　また、パリで垣間見た宗教的な活動について2つほど述べている。1つは、

プロテスタントの、10人1組で行う慈善活動で、富裕な者もそうでない者も共に参加できるものである。もう1つは、ローマ・カトリックの荘重なミサの後で行われる、貧しい労働者たちのための礼拝と、貧しい労働者たちによる善行である。フランス人の信仰について知られているのは儀式的行為だけなので、語り手は、それ以外の面もイギリス人の読者たちに知ってもらいたいと考えている。

さて、ここで、作品の最後を飾るガンジュ侯爵夫人の物語にも少し触れてみよう。ガンジュ侯爵夫人は、アヴィニョンの資産家の孫娘で、父親が早く他界したため、母と共に祖父のもとで暮らしている。1649年に13歳という若さで名門の子息と結婚し、夫婦仲もよくパリで幸せな日々を過ごすが、夫が溺死したためアヴィニョンに戻り、やがてガンジュ侯爵と再婚する。ガンジュ侯爵は、強欲で残忍な性格の人物で、二人の弟たちと結託して、夫人の財産強奪を企てる。毒薬や暴力により夫人を死に至らしめた、強欲で悪らつ、文字通り極悪非道な侯爵たち三兄弟に比して、夫人の賢明さ、寛容さ、信仰の深さ、心の強さが極立つ作品となっている。

5 作品のテーマ

ギャスケルは、豊富なフランス旅行の体験から得た様々な情報を、形式にとらわれず、自由にのびのびと書きつづっている。適応力の高さと社交性を大いに発揮して多くの人々と交流し、異文化に触れることを楽しみ、かつ理解しようと努め、そして忌憚のない意見を述べている。

当時、ギャスケルは、17世紀フランスの書簡作家セヴィニェ夫人を敬愛し、伝記を出版したい意向を持っており、そのための取材旅行を重ねていた。作中、語り手はセヴィニェ夫人ゆかりの地をあちこち尋ね歩いているが、作家自身の沸き立つような思いが伝わってくるシーンとなっている。

セヴィニェ夫人は17世紀の教会改革派ジャンセニズムの信奉者であった。ユニテリアンのギャスケルが、共に異端という点で共感を覚え (Sharps 464–65)、セヴィニェ夫人に対する敬愛の念をなおいっそう深めていったことは想像に難くない。残念ながら、セヴィニェ夫人の伝記が出版されることはなかったが、その伝記の一部となるはずだったこの作品が、「フランス日記」として『フレイザーズ・マガジン』誌に掲載されることになったのである。

この作品の最後を飾るガンジュ侯爵夫人の物語は、逃避行の場面では「灰色の女」を想起させ (Ganz 288)、虐げられながらも強い精神力を保ち続けている点では「モートン・ホール」のアリスをほうふつとさせる。ギャスケルがアヴィニョンのホテルで、女主人の蔵書のなかにあったガンジュ侯爵夫人謀殺の公認裁判記録を読んで興味を持ち、それを題材に物語を書き上げたことも、当然の成り行きと言えるだろう。

6 本文から

Very often he knows how to wait at table, and his services are available for a consideration to any one living in the house. (610)

(たいていコンシェルジュは、食事の席での給仕の作法を心得ているし、彼の手助けは、心付けさえ渡せば、この建物に住むだれもが利用できるものである。)

Their mothers are, for the most part, tolerably well off, only not rich enough to keep a servant expressly for the children. (624)

(彼らの母親たちは、たいがい、そこそこ裕福ではあるが、子どもたちのために特別に使用人を雇えるほど金持ちではないというだけの話なのだ。)

I had often seen madder in England, in the shape of a dirty brown powder— the roots ground down; ... (661)

(私がイギリスでたびたび目にしたのは、くすんだ赤褐色の粉末状のアカネだった。これは根の部分をひいて粉にしたものである……)

(中村 美絵)

日　記

20.
My Diary [*The Diary*]¹

『日記』(1923)

0 作品の背景

　本作品は長女メアリアンが誕生してから半年後の 1835 年 3 月 10 日から 1838 年 10 月 28 日までの約 3 年半にわたって書かれた育児記録である。しかしギャスケルの生存中は出版されず、1923 年 5 月 29 日ショーターがメアリアンの孫娘から版権を譲り受け、私家版で 50 部出版されただけであった (Sharps 17)。それから 73 年後の 1996 年、チャプルとウィルソンが『私の希望』(*Private Voices*) としてこの日記を出版した。この書には後にメアリアンの夫となったエドワード・サーストンの母ソフィア・ホランド（ギャスケルの義理の従姉）が書いたエドワードの育児日記と共に所収されている。

　「日記」と謳っているが、メアリアンの育児日記は、約 3 年半の間、不規則に 11 回書かれ、その間隔はおよそ 2 か月、最長で一年近く空いている。一方エドワードの母ソフィアは 1836 年春から 39 年まで、ギャスケルとは対照的に規則的にかつ端的に動作や状態の変化のみが述べられている箇所が多い。

　ギャスケルが育児日記を書いた要因としては 1832 年マンチェスターではコレラや激しい咳を伴う偽膜性喉頭炎が流行し、命を落とす乳児が多く、ギャスケルはメアリアンの健康に対して不安を抱きながらも、無事に生まれ育ってゆく娘の成長記録を記しておきたかったことがあげられる。また、ギャスケルは 1833 年に第一子を死産し、加えて彼女自身も生後一年で母親を亡くした経験が娘へ寄せる母の愛情の徴として日記を書き残したのであろう。

1 翻訳・作品名

『日記』宇田朋子訳『ギャスケル全集　別巻 I　短編・ノンフィクション』日本ギャスケル協会監修（大阪教育図書，2008 年）pp. 3–30.

2 初版

Elizabeth Cleghorn Gaskell, *My Diary: The early years of my daughter Marian*, privately printed by Clement Shorter. London, 1923.

3 主な登場人物

語り手　エリザベス・ギャスケル。

メアリアン (Marianne)　ギャスケルの長女 (1834–1920)。

ミータ (Meta)　ギャスケルの次女。ミータはマーガレット・エミリ (Margaret Emily 1837–1913) の愛称。

4 あらすじ

① 1835 年 3 月 10 日　メアリアン 6 カ月

精神面…気立てが良い。頑固な面もあり、母親としての導き方に責任を感じる。肉体面…太り気味。乳歯 2 本。無理に歩かせないようにする。子供は自分の要求を表す唯一の手段として「泣く」ので、極力子供を必要以上に腹立たせないようにし、自分自身が寛容になり犠牲を払うことが母親としての義務であると記す。

② 1836 年 2 月 7 日　メアリアン 1 歳 5 カ月

肉体面…前歯、奥歯 4 本。両足に力あり。顔色もよく可愛らしい乳児。捕まり歩きを自力でするようになる。記憶力もよい。「日々健康面でもよくなっている……愛情あふれ、思いやりがあり可愛らしい子供」(14) とのべられている。

③ 1837 年 12 月 9 日　メアリアン 3 歳 3 カ月　ミータ（マーガレット・エミリの愛称）10 カ月

ミータの誕生のため 1 年以上の空白が生じる。ギャスケルの母親代わりだった伯母ラム夫人が脳卒中のために 5 月 1 日に死去。メアリアンが初めて親族の死を経験しその影響を案ずる。次女のミータは闊達で、成長著しい。二番目の子供ということでギャスケル自身にも母親として余裕が生まれ、客観的に二人の娘の様子を観察している様子が窺える。

『日記』 | 143

④ 1838 年 10 月 28 日　4 歳 1 カ月　ミータ 1 歳 9 カ月

メアリアン　定期的な勉強の開始。依然頑固さは変わらないが思いやりがある。また毎朝の礼拝に参加するようになった。

ミータ　我儘な面もあるが人好きのするタイプで生き生きしている。この二カ月ほどで歩くようになり、歯も犬歯が生えてきている。

5 作品のテーマ

　本日記はメアリアンを中心にして、ギャスケルの家族の私的な生活が窺える唯一の作品である。ホプキンズとシャープスはギャスケルの姿勢は、自信のない未熟な母親らしい書きぶりだが、その誠実な語り口を称賛している (Hopkins 60; Sharps 18)。また、ジェランも、娘の性格のあらゆる局面を観察、分析する一方、極力客観的になろうとしており、本書を母親としての自己反省をする場となっているととらえる (54)。また夫ウィリアムが心配性のため、子供についての心配事の相談を極力控えるよう常日頃ギャスケルに語っていた為、彼女は手紙や日記を書くことで自分自身の情緒の安定を図ろうとしており、この日記はカタルシスの役割を果たしたとウィルスンは述べている (12)。つまりこの日記は単なる娘の成長記録だけでなく、二十代のギャスケルが母親になっていく過程をも明らかにしている。日記では、ギャスケルは娘の際立った行動や変化を取り上げ、それに対して自分の考えを付記し、最後には神への感謝の言葉でその記述を終えている。

　ギャスケルの娘たちの行動を観察、分析し、そして極力娘たちの個性を尊重しながら育児に取り込む姿勢は、当時の一般的な育児指針「鞭を惜しめば子供はだめになる (Spare the rod and spoil the child)」とは明らかに一線を画している (Stoneman 30)。例えば、ギャスケルがメアリアンを育てる過程で最も腐心したのは、彼女の怒りっぽい性格や頑固さを正し、素直で従順な子供に育てることだった。しかし、やむを得ずお仕置きをせざるとえない場合などには、その行為を行った自分自身をひどく責めている (68)。なれない子育てに一喜一憂しながら、その様子を語る様子には文学的資質に溢れ、小説家ギャスケルとしての萌芽が見いだせる。

　さらに、ギャスケルが育児書や専門医の意見を積極的に取り入れて育児に向かう様子も明らかにされている (52, 55)。1830 年代まで、イギリスでは、児童心理学は未開の分野であり、とりわけミドルクラスの女性たち向けの乳

児、児童向けの良き指南書は少なかった。しかし30年代以降、子供たちの知的、肉体的成長に懸念を抱く母親向けに、アボット、バーウェル、スマイルズたちによる指南書が急速に登場し始めた (Wilson 12)。中でもギャスケルが参考にしたのはサシュールやコウムで、その名前が日記に登場している (*PV* 52, 55)。そして「本それぞれはとても違う。……だから自分でルールを作らなければならなかった。……きちんとできているかどうかわからないが、よいルールを作ったと思う」と述べ (52)、指南書通りに育児をするのではなく、自分なりに試行錯誤をしながら育児にあたる様子が伺える。このように子供の成長ぶり、病、教育、それに対する親の心情が率直に語られる本日記は当時の中流階級の育児の様子を知ることができる貴重な資料といえよう。

6 本文から

To my dear little Marianne I shall 'dedicate' this book, which, if I should not live to give it her myself, will I trust be reserve for her as a token of her mother's love, and extreme anxiety in the formation of her little daughter's character. (50)

（私の愛おしく幼いマリアンヌにこの日記を「捧げ」ましょう。もし、私が直接これを彼女に渡すまで生きていられなかったら、この日記は母親の愛情の印として、また幼い娘の人格を作るのにこよなく気を使っていた印として彼女のためにとっておいてもらえると信じています。）

（多比羅　眞理子）

注／引用文献

1. Mary Barton: A Tale of Manchester Life
使用テキスト

Gaskell, Elizabeth. *Mary Barton*. 1848. Oxford UP, 2006.

引用文献

Briggs, Asa. *Victorian Cities*. 1963. Penguin, 1980.

Craik, W. A. *Elizabeth Gaskell and the English Provincial Novel*. Methuen, 1975.

d'Albertis, Deirdre. *Dissembling Fictions: Elizabeth Gaskell and the Victorian Social Text*. St. Martin's Press, 1997.

Easson, Angus, editor. *Elizabeth Gaskell: The Critical Heritage*. Routledge and Kegan Paul, 1991.

Flint, Kate. *Elizabeth Gaskell*. Northcote House, 1995.

Foster, Shirley. Introduction. *Mary Barton*. Oxford UP, 2006, pp. viii–xxviii.

Gallagher, Catherine. *The Industrial Reformation of English Fiction 1832–1867*. U of Chicago P, 1985.

Gaskell, Elizabeth. *The Letters of Mrs. Gaskell*. Edited by A. V. Chapple and Arthur Pollard, Manchester UP, 1997.

Schor, Hilary M. *Scheherezade in the Marketplace: Elizabeth Gaskell & the Victorian Novel*. Oxford UP, 1992.

Sharps, John Geoffrey. *Mrs. Gaskell's Observation and Invention: A Study of Her Non-Biographic Works*. Linden Press, 1970.

Tillotson, Kathleen. *Novels of the Eighteen-Forties*. Clarendon Press, 1954.

Uglow, Jenny. *Elizabeth Gaskell: A Habit of Stories*. Faber and Faber, 1993.

Williams, Raymond. *Culture and Society 1780–1950*. 1958. Penguin, 1979.

Wright, Terence. *Elizabeth Gaskell: "We are not angels": Realism, Gender, Values*. Macmillan, 1995.

2. Ruth
使用テキスト

Gaskell, Elizabeth. *Ruth*. 1853. Oxford UP, 2011.

引用文献

Cross, J. W., editor. *George Eliot's Life as Related in Her Letters and Journals*. Vol. 1, William Blackwood and Sons, 1885.

Diniejko, Andrzej. "*Ruth* and the Fallen Woman Question in Victorian England." *Evil and Its Variations in the Works of Elizabeth Gaskell: Sesquicentennial*

Essays, edited by Mitsuharu Matsuoka. Osaka Kyoiku Tosho, 2015.

Dolin, Tim. Introduction. *Ruth*, by Elizabeth Gaskell, Oxford UP, 2011, pp. vii–xxviii.

Easson, Angus. Introduction. *Ruth*, by Elizabeth Gaskell, Penguin Press, 1997.

Foster, Shirley. *Elizabeth Gaskell: A Literary Life*. Palgrave Macmillan, 2002.

Gaskell, Elizabeth. *The Letters of Mrs Gaskell*. Edited by A. V. Chapple and Arthur Pollard, Mandolin-Manchester UP, 1997.

Hatano, Yoko. "Evangelicalism in *Ruth*." *The Modern Language Review*, vol. 95, no. 3, July 2000, pp. 634–41.

Healy, Meghan. "Weak-Willed Lovers and Deformed Manliness: Masculinities in *The Scarlet Letter* and *Ruth*." *The Gaskell Journal*, vol. 28, 2014, pp. 17–34.

Higgs, Michelle. *Life in the Victorian Hospital*. The History Press, 2009.

Hopkins, A. B. *Elizabeth Gaskell: Her Life and Work*. John Lehmann, 1952.

Jaffe, Audrey. "*Cranford* and *Ruth*." *The Cambridge Companion to Elizabeth Gaskell*, edited by Jill L. Matus, Cambridge UP, 2007, pp. 46–58.

Lambert, Carolyn. *The Meanings of Home in Elizabeth Gaskell's Fiction*. Victorian Secrets, 2013.

Michie, Elsie B. "'My Story as My Own Property': Gaskell, Dickens, and the Rhetoric of Prostitution." *Outside the Pale: Cultural Exclusion, Gender Difference, and the Victorian Woman Writer*. Cornell UP, 1993, pp. 79–112.

Mitton, Lavinia. *The Victorian Hospital*. Shire Publications, 2008.

Moore, Judith. *A Zeal for Responsibility: The Struggle for Professional Nursing in Victorian England, 1868–1883*. U of Georgia P, 1988.

Pollard, Arthur. *Mrs. Gaskell: Novelist and Biographer*. Harvard UP, 1967.

Sheets-Nguyen, Jessica A. *Victorian Women, Unwed Mothers and the London Foundling Hospital*. Continuum International, 2012.

Shelston, A. J. "*Ruth*: Mrs Gaskell's Neglected Novel." *Bulletin of the John Rylands University Library*, vol. 58, 1975, pp. 173–92.

Shumaker, Jeanette. "Gaskell's Ruth and Hardy's Tess as Novels of Free Union." *Dickens Studies Annual*, vol. 28, 1999, pp. 151–72.

Silkü, Rezzan Kocaöner. "Deviant Femininity as a Metaphor for Female Libera-tion in Elizabeth Gaskell's *Ruth*." *Elizabeth Gaskell, Victorian Culture, and the Art of Fiction: Essays for the Bicentenary*, edited by Sundro Jung, Academia Press, 2010, pp. 99–111.

Sloan, A. W. English *Medicine in the Seventeenth Century*. Durham Academic Press, 1996.

Swisher, Clarice. *Women of Victorian England*. Thomson, 2005.

Uglow, Jenny. *Elizabeth Gaskell: A Habit of Stories*. 1993. Faber and Faber, 1999.

Watt, George. *The Fallen Women in the Nineteenth-Century English Novel*. Croom

Helm, 1984.

Wildt, Katherine Ann. *Elizabeth Gaskell's Use of Color in Her Industrial Novels and Short Stories*. UP of America, 1999.

Wise, T. J., and J. A. Symington, editors. *The Brontës: Their Lives, Friendships and Correspondence*. Vol. 2, Porcupine Press, 1980.

Wright, Terence. *Elizabeth Gaskell: "We are not angels": Realism, Gender, Values*. Palgrave, 1995.

朝日千尺「ルースの愛＝エロスとアガペー」『ギャスケル文学にみる愛の諸相』山脇百合子監修，北星堂書店，2002 年，56–72 頁．

足立万寿子『エリザベス・ギャスケルの小説研究』音羽書房鶴見書店，2012 年．

鮎澤乗光「『ルース』の表層と深層——「更生」から「救い」へ」『ギャスケル論集』28 号，2018 年，23–34 頁．

木村晶子「二つの「転落した女」の物語——『ルース』と D. H. ロレンス『ロスト・ガール』」『ギャスケル小説の旅』朝日千尺編，鳳書房，2002 年，205–26 頁．

木村正子「Elizabeth Gaskell の Ruth 再考：なぜ Ruth は死ななくてはならないのか」『関西英文学研究』5 号，2012 年，11–17 頁．

鈴江璋子「『ルース』における恋愛と偽装——ハーディの『ダーバヴィル家のテス』を補助線として——」『ギャスケル論集』21 号，2011 年，1–16 頁．

巽豊彦「解説」『ルース』大阪教育図書，2001 年，459–68 頁．

多比羅眞理子『ギャスケルのまなざし』鳳書房，2004 年．

角田米子「『ルース』——ルースにみる誠実さ」『エリザベス・ギャスケル——孤独と共感』阿部美恵・多比羅眞理子編，開文社出版，2009 年，38–59 頁．

中村祥子「Elizabeth Gaskell の *Ruth*：ヴィクトリア朝社会の現実（その 2）」『桃山学院大学人文科学研究』17 巻，2 号，1981 年，1–38 頁．

波多野葉子『ルース』『ギャスケルの文学——ヴィクトリア朝社会を多面的に照射する——』松岡光治編，英宝社，2001 年，87–111 頁．

3. Cranford
注

1 *Cranford*, Chapman & Hall, 1853. 作者として BY THE AUTHOR OF 'MARY BARTON,' 'RUTH,' &c. の記述がある。

2 単行本にした際には、『ハウスホールド・ワーズ』誌に掲載された 1 篇をだいたい 2 章分に分けて、章ごとにタイトルを付けて収録している。但し、1853 年の 1 月 8 日号と 15 日号は変則的で、2 篇で 3 章分に分けられている。

3 サミュエル・ジョンソン (1709–84) 英国の詩人、辞書編纂者そして批評家。18 世紀後半のイギリス文壇の中心人物。

4 1851 年当時、クランフォードのモデルとされるナッツフォードには鉄道はなく、実際に敷かれたのは 1862 年である（山脇 322）。

5 Aga は、特にオスマン帝国支配下での市民や軍のリーダーに付される尊称。

6 ストーンマンはこの一節について「このようにして女性たちは、自分が誰であ
るかではなく誰に所属しているかで判断される」(58) と指摘している。

7 ポラードは冒頭の一節の in possession of を in the possession of と誤記している
(70, 75)。

使用テキスト

Gaskell, Elizabeth. *Cranford*. Edited by Elizabeth Porges Watson, Oxford UP, 1980.

引用文献

Bonaparte, Felicia. *The Gypsy-Bachelor of Manchester: The Life of Mrs. Gaskell's Demon*. U of Virginia P, 1992.

Gaskell, Elizabeth. *The Letters of Mrs Gaskell*. Edited by J. A. V. Chapple and Arthur Pollard, Mandolin-Manchester UP, 1997.

———. *The Works of Elizabeth Gaskell*. Edited by Alan Shelston, Joanne Shattock and Angus Easson, vol. 2, Pickering and Chatto, 2005.

Ffrench, Yvonne. *Mrs. Gaskell*. Home & Van Thal, 1949.

Hopkins, A. B. *Elizabeth Gaskell: Her Life and Work*. Octagon Books, 1971.

Sharps, John Geoffrey. *Cranford* (1851–1853). *Mrs. Gaskell's Observation and Invention: A Study of Her Non-Biographic Works*. Linden Press, 1970, pp. 125–35.

Shelston, Alan. Introduction. *The Works of Elizabeth Gaskell*, by Elizabeth Gaskell, edited by Alan Shelston, vol. 2, Pickering and Chatto, 2005, pp. vii–ix.

Stoneman, Patsy. *Elizabeth Gaskell*. Manchester UP, 2006.

Pollard, Arthur. *Mrs Gaskell: Novelist & Biographer*. Manchester UP, 1965.

Uglow, Jenny. *Elizabeth Gaskell: A Habit of Stories*. Faber and Faber, 1993.

Whitfield, A. Stanton. *Mrs Gaskell: Her Life and Work*. George Routledge & Sons, 1929.

野上豊一郎「はしがき」エリザベス・ギャスケル「クランファド」世界名作大
観．第一部第 9 巻下巻『高慢と偏見附クランファド』國民文庫刊行會，1928
年，1–12 頁．

山脇百合子『エリザベス・ギャスケル研究』北星堂書店，1976 年．

4. North and South

注

1 1854 年 12 月に作者がディケンズに宛てた手紙に "Death & Variations" と書かれ
ている (*Letters* 324)。

2 オックスフォード運動 (Oxford movement) は、19 世紀前半にオックスフォード
を中心に起こった英国国教会の改革運動で、トラクト運動 (Tractarianism) とも
呼ばれる。

使用テキスト

Gaskell, Elizabeth. *North and South*. 1906, Knutsford ed. *The Works of Mrs. Gaskell*, edited by A. W. Ward, vol. 4, AMS Press, 1972.

引用文献

Bonaparte, Felicia. *The Gypsy—Bachelor of Manchester: The Life of Mrs. Gaskell's Demon*. UP of Virginia, 1992.

Colby, Robin B. *"Some Appointed Work to Do": Women and Vocation in the Fiction of Elizabeth Gaskell*. Greenwood Press, 1995.

Foster, Shirley. *Victorian Women's Fiction: Marriage, Freedom, and the Individual*. Croom Helm, 1985.

Gaskell, Elizabeth. *The Letters of Mrs Gaskell*. Edited by J. A. V. Chapple and Arthur Pollard, Mandolin-Manchester UP, 1997.

Hughes, Linda K., and Michael Lund. *Victorian Publishing and Mrs. Gaskell's Work*. UP of Virginia, 1999.

Ingham, Patricia. Introduction. *North and South*. 1995. By Elizabeth Gaskell, edited by Patricia Ingham, Penguin Press, 2003, pp. xii–xxviii.

Jay, Elisabeth. Introduction. *North and South*. 2005. By Elizabeth Gaskell, edited by Jay Elisabeth. *The Works of Elizabeth Gaskell*, vol. 7, Routledge, 2016, pp. ix–xxiii.

Sharps, John Geoffrey. *Mrs. Gaskell's Observation and Invention: A Study of Her Non-Biographic Works*. Linden Press, 1970.

Stoneman, Patsy. *Elizabeth Gaskell*. 1987. 2nd ed., Manchester UP, 2006.

Uglow, Jenny. *Elizabeth Gaskell: A Habit of Stories*. 1993. Faber and Faber, 1999.

木村正子「Gaskell と Nightingale 姉妹——それぞれのヒロイズムと *North and South*」『創立 30 周年記念　比較で照らすギャスケル文学』日本ギャスケル協会編，大阪教育図書，2018 年，151–64 頁.

5. Sylvia's Lovers

注

1. ショーの調査によると、「イノック・アーデン」の元になったのは、テニソンが 1850 年代に友人トマス・ウールナーから紹介されたスケッチ「漁夫の物語」である (48)。

2. バーナードはオリジナルのバラッドが面白くないので、5 つの改良点を加えたと述べている (Scott 3)。

3. 1863 年 3 月 28 日号のイグザミナー紙は、『シルヴィアの恋人たち』は流行のセンセーション小説と比較して、語り方に優位性があると評している (Easson 441)。同時期の数多くの出版物の中で、『シルヴィアの恋人たち』が比較対象として取り上げられたのは、この作品がセンセーション小説と共通点を持つとみ

なされたからであろう。

4. ウォードによる『シルヴィアの恋人たち』の序文に、ギャスケルが作品完成の時期の書簡にこのように記述していると指摘しているが、ウォードはその書簡の出典を明記していない。また現在出版されている 2 冊の書簡集（*The Letters of Mrs Gaskell* および *Further Letters of Mrs Gaskell*）のいずれにも該当の書簡は収録されていない。

5. ハリエット・テイラー、バーバラ・ボディションらを中心とした社会活動グループで、既婚女性の財産権獲得などを目指した。

使用テキスト

Gaskell, Elizabeth. *Sylvia's Lovers*. Edited by Andrew Sanders, Oxford UP, 1999.

引用文献

Barnard, Anne. *Auld Robin Gray; A Ballad*. Edited by Walter Scott. AMS Press, 1971.

d'Albertis, Deirdre. *Dissembling Fictions: Elizabeth Gaskell and the Victorian Social Text*. Macmillan, 1997.

Eagleton, Terry. "*Sylvia's Lovers* and Legality." *Essays in Criticism*, vol. 26, 1976, pp. 17–27.

Easson, Angus, editor. *Elizabeth Gaskell: The Critical Heritage*, Routledge, 1991.

Gaskell, Elizabeth. *The Letters of Mrs Gaskell*. Edited by J. A. V. Chapple and Arthur Pollard, Mandolin-Manchester UP, 1997.

Helsinger, Elizabeth K., Robin Lauterbach Sheets, and William Veeder. *The Woman Question: Literary Issues. The Woman Question: Society and Literature in Britain and America, 1837–1883*, vol. 3, U of Chicago P, 1989.

Sanders, Andrew. Introduction. *Sylvia's Lovers*, by Elizabeth Gaskell, edited by Andrew Sanders, pp. vii–xvi.

Scott, Walter. *The Heart of Midlothian*. Edited by Tony Inglis, Penguin Press, 1994.

——. Introduction. *Auld Robin Gray; A Ballad*, by Anne Barnard, edited by Walter Scott, AMS Press, 1971, pp. 1–7.

Shaw, Marion. "Elizabeth Gaskell, Tennyson and the Fatal Return: *Sylvia's Lovers* and *Enoch Arden*." *Gaskell Society Journal*, vol. 9, 1995, pp. 43–54.

Tennyson, Alfred. *Enoch Arden*. Edited by W. T. Webb, Macmillan, 1952.

Thanden, Barbara Z. *The Maternal Voice in Victorian Fiction: Rewriting the Patriarchal Family*, Garland, 1997.

Ward, A. W. Introduction. *Sylvia's Lovers* by Elizabeth Gaskell. *The Works of Mrs. Gaskell*, edited by A. W. Ward, vols. 5–6 (two volumes in one), Georg Olms Verlag, 1974, pp. xi–xxxi.

6. Wives and Daughters: An Every-Day Story

注

1. ギャスケルと同時代には、ジョージ・エリオットが評論『女性作家による愚かな小説』(1856) で、家庭小説は日常の些細なことを饒舌に語るだけのくだらないものだと評し、このジャンルの作品および作家たちを揶揄し、痛烈に批判している。

2. オックスフォード版のテキストは『コーンヒル』誌掲載のテキストをもとにして編集されており、冒頭の記述では、カムナー家は「トーリ党」(*WD* 2) と表記されている。しかし第31章で、トーリ党の旧家ハムリー家と新興貴族でホイッグ党のカムナー家が対比的に語られている (*WD* 358) ことから、冒頭部分はギャスケルの誤記とみなされ、ナッツフォード版やピカリング版のテキストでは修正されている。

使用テキスト

Gaskell, Elizabeth. *Wives and Daughters*. Edited by Angus Easson, Oxford UP, 1987.

引用文献

Austen, Jane. *Mansfield Park*. Edited by James Kinsley and John Lucas. Oxford UP, 1988.

――. *Persuasion*. Edited by John Davie, Oxford UP, 1988.

Chavez, Julia M. "Reading 'An Every-Day Story" through Bifocals: Seriality and the Limits of Realism in Elizabeth Gaskell's *Wives and Daughters*." *Place and Progress in the Works of Elizabeth Gaskell*, edited by Lesa Scholl, Emily Morris and Sarina Gruver Moore, Ashgate, 2015.

Dever, Carolyn. *Death and the Mother from Dickens to Freud: Victorian Fiction and the Anxiety of Origins*. Cambridge UP, 1998.

Easson, Angus, editor. *Elizabeth Gaskell: The Critical Heritage*. Routledge, 1991.

Eliot, George. *Romola*. Edited by Dorothea Barrett, Penguin Press, 2005.

――. *Silly Novels by Lady Novelists*. Penguin Press, 2010.

Gaskell, Elizabeth. *The Letters of Mrs Gaskell*, edited by J. A. V. Chapple and Arthur Pollard, Mandolin-Manchester UP, 1997.

Hirsch, Marianne. *The Mother/Daughter Plot: Narrative, Psychoanalysis, Feminism*. Indiana UP, 1989.

Thompson, Nicola Diane. "Responding to the Woman Questions: Rereading Noncanonical Victorian Women Novelists." *Victorian Women Writers and the Woman Question*, edited by Nicola Diane Thompson, Cambridge UP, 1999, pp. 1–23.

Warmbold, Marie E. "Elizabeth Gaskell in Cornhill Country." *Victorian Periodicals*

Review, vol. 33, no. 2, Summer 2000, pp. 138–49.

Woolf, Virginia. *To the Lighthouse*. Edited by Margaret Drabble, Oxford UP, 1992.

———. *Women and Writing*. Edited by Michèle Barrett, Harvest, 1979.

7. Cousin Phillis

注

1　タイトル中の主人公、従妹フィリス (Cousin Phillis) は語り手ポールの母の又従妹 (second cousin) フィリスの娘であるためポールの三従妹(みいとこ) (third cousin) であるが、母フィリスも作品中たびたび "second" を省略して "cousin" と称されているため、本稿でもタイトルの *"Cousin"* を "third cousin" の省略とみなし『従妹』とした。

　　なお、"cousin" には "A collateral relative more distant than a brother or sister; a kinsman or kinswoman, a relative" (*OED*, def. 1) の意もあり、『エリザベス・ギャスケルの小説』（足立）において当作品の邦題は『親戚のフィリス』と訳されている。

2　チェシャー州ナッツフォードを舞台としたとも言われる (Glen 260–61)。

使用テキスト

Gaskell, Elizabeth. *Cousin Phillis*. Cousin Phillis *and Other Tales. The Works of Mrs. Gaskell*, by Elizabeth Gaskell. 1906. Edited by A. W. Ward, vol. 7, AMS Press, 1972, pp. 1–109.

引用文献

Allott, Miriam Farris. *Elizabeth Gaskell*. 1899. Rev. ed., Longman, 1996.

Bonaparte, Felicia. *The Gypsy-Bachelor of Manchester: The Life of Mrs. Gaskell's Demon*. UP of Virginia, 1992.

"Cousin." Def. 1. *The Oxford English Dictionary*. 2nd ed. 1989.

Easson, Angus, editor. *Elizabeth Gaskell: The Critical Heritage*. Routledge, 1991.

Foster, Shirley. "Gaskell, Elizabeth Cleghorn, 1810–1865." *Literature Online Biography.*
Literature Online, www.//gateway.proquest.com/openurl?ctx_ver=Z39. 882003& xri:pqil:res_ver=0.2&res_id=xri:lion&rft_id=xri:lion:rec:ref: BIO002691.

Gaskell, Elizabeth. *Further Letters of Mrs Gaskell*. Edited by John Chapple and Alan Shelston. Manchester UP, 2000.

Gérin, Winifred. *Gaskell: A Biography*. Clarendon Press, 1976.

Glen, Heather. Introduction. *Elizabeth Gaskell: Cousin Phillis and Other Stories*, by Elizabeth Gaskell, Oxford UP, 2010, pp. vii–xxxv.

Greenwood, Frederick. *The Cornhill Magazine*, vol. 13, Jan.–Dec. 1866.

Hatano, Yoko. "*Cousin Phillis*: The Erosion of Faith at Hope Farm." *Evil and Its*

Variations in the Works of Elizabeth Gaskell, edited by Mitsuharu Matsuoka, Osaka Kyoiku Tosho, 2015. pp. 361–76.

Hopkins, Annette Brown. *Elizabeth Gaskell: Her Life and Works*. Octagon, 1952.

Jenkins, Elizabeth. Introduction. *Cranford, Cousin Phillis*, by Elizabeth Gaskell, John Lehmann, 1947, pp. v–xii.

Pinch, Adela. "Reality Sensing in Elizabeth Gaskell; or, Half-Mended Stockings." *ELH*, vol. 83, no. 3, 2016, pp. 821–37.

Pollard, Arthur. *Mrs. Gaskell: Novelist and Biographer*. 1965. Harvard UP, 1967.

Recchio, Thomas Edward. "A Victorian Version of the Fall: Mrs Gaskell's *Cousin Phillis* and the Domestication of Myth." *The Gaskell Journal*, vol. 5, 1991, pp. 37–50.

Sharps, John Geoffrey. *Mrs. Gaskell's Observation and Invention: A Study of Her Non-Biographic Works*. Linden, 1970.

Shattock, Joanne. "Elizabeth Gaskell and Her Readers: From Howitt's Journal to the Cornhill." *The Gaskell Journal*, vol. 25, 2011, pp. 77–87.

Spencer, Jane. *Elizabeth Gaskell*. Palgrave Macmillan, 1993.

Thwaite, Mary. "Elizabeth Gaskell and Italy." *The Gaskell Journal*, vol. 4, 1990, pp. 57–63.

Uglow, Jenny. *Elizabeth Gaskell: A Habit of Stories*. Faber, 1993.

Ward, A. W. Introduction. Cousin Phillis *and Other Tales*. 1906, Knutsford ed. By Elizabeth Gaskell. *The Works of Mrs. Gaskell*, edited by A. W. Ward, vol. 7, AMS Press, 1972, pp. xii–xliii.

足立万寿子『エリザベス・ギャスケル：その生涯と作品』音羽書房鶴見書店，2001 年.

――『エリザベス・ギャスケルの小説研究――小説のテーマと手法を基に』音羽書房鶴見書店，2012 年.

金子史江「『従妹フィリス』――登場人物を通して」『エリザベス・ギャスケル――孤独と共感』阿部美恵・多比羅眞理子編著，開文社，2009 年，113–30 頁.

木村晶子「パストラルを超える物語としての『従妹フィリス』」『多元文化』第 11 号，2011 年，55–65 頁．hdl.handle.net/2237/14644.

木村正子「*Cousin Phillis* におけるヒロインの解放」『英米文学』第 49 号，2005 年，55–70 頁.

8. The Life of Charlotte Brontë

使用テキスト

Gaskell, Elizabeth. *The Life of Charlotte Brontë*. Edited by Joy Elizabeth, Penguin Press, 1977.

引用文献

Barker, Juliet. *The Brontës*. Pegasus Books, 2010.

Cox, Jessica. *The Brief Lives: Charlotte Brontë*. Hesperus, 2011.

Easson, Angus, editor. *Elizabeth Gaskell: The Critical Heritage*. Routledge, 1991.

Gaskell, Elizabeth. *The Life of Charlotte Brontë*. Edited by Winifred Gérin, Everyman's Library, Dent, 1970.

——. *The Life of Charlotte Brontë*. Edited by Alan Shelston, Penguin Press, 1975.

——. *The Life of Charlotte Brontë*. Edited by Joy Elizabeth, Penguin Press, 1977.

——. *The Life of Charlotte Brontë*. Edited by Angus Easson, Oxford UP, 1996.

——. *The Letters of Mrs. Gaskell*. Edited by J. A. V. Chapple and Arthur Pollard, U of Manchester P, 1966.

——. *Further Letters of Mrs. Gaskell*. Edited by John Chapple and Alan Shelston, U of Manchester P, 2000.

Miller, Lucasta. *The Brontë Myth*, Anchor Books, 2001.

Uglow, Jenny. *Elizabeth Gaskell: A Habit of Stories*. Faber and Faber, 1993.

中岡洋訳『シャーロット・ブロンテの生涯』ブロンテ全集 12. みすず書房. 1995 年.

長瀬久子『エリザベス・ギャスケルとシャーロット・ブロンテ』英宝社. 2011 年.

9. Disappearances

注

1 原語では 'CHIPS'。

2 原題は 'A Disappearance' で、作品としては通常 'Disappearances' 内に組み込まれている。

3 原題は 'A Disappearance Cleared Up' で、投稿者は John Gaunt。弟 William による付記もある。

4 原題は 'Character-Murder'。作者は匿名とされているが、英国の英文学者 Henry Morley (1822–94) ではないかと推測されている (Sharps 122)。

5 Godwin, William. *Things as They Are, or the Adventures of Caleb Williams* (1794). 罪を犯した権力を持つ側が持たない側に対して、自分の罪を隠すために暴虐と不正を働いた場合の恐怖を、「追う者と追われる者」が逆転したスタイルで描く。政治思想の組み込まれた犯罪小説であり、また追われる側となった被害者の恐怖を描いた最初期のゴシック小説でもある。尚、作者の娘は『フランケンシュタイン』(1818) を著したメアリー・シェリー (Mary Shelley 1797–1851) である。

使用テキスト

Gaskell, Elizabeth. "Disappearances." *Cranford and Other Tales, Novels and Tales by Mrs. Gsakell*, vol. 4. Smith and Elder, 1897, pp. 347–53. (abbr. Dis)

引用文献

Bonaparte, Felicia. *The Gypsy-Bachelor of Manchester: The Life of Mrs. Gaskell's Demon*. U of Virginia P, 1992.

Foster, Shirley. "Elizabeth Gaskell's shorter pieces." *The Cambridge Companion to Elizabeth Gaskell*, edited by Jill L. Matus, Cambridge UP, 2007, pp. 108–30.

Gaskell, Elizabeth. *The Letters of Mrs Gaskell*. Edited by J. A. V. Chapple and Arthur Pollard, Mandolin-Manchester UP, 1997.

Gérin, Winifred. *Elizabeth Gaskell: A Biography*. Oxford UP, 1980.

Miller, D. A. *The Novel and the Police*. U of California P, 1988.

Sharps, John Geoffrey. "'Dissappearances' (1851)." *Mrs. Gaskell's Observation and Invention: A Study of Her Non-Biographic Works*. Linden Press, 1970, pp. 119–23.

Uglow, Jenny. *Elizabeth Gaskell: A Habit of Stories*. Faber and Faber, 1993.

Wright, Edgar. *Mrs. Gaskell: The Basis for Reassessment*. Oxford UP, 1965.

益子政史『ロンドン悪の系譜——スコットランド・ヤード』北星堂書店, 1988 年.

10. The Shah's English Gardener

使用テキスト

Gaskell, Elizabeth. "The Shah's English Gardener." *Household Words*, vol. 5, 16 Jun. 1852, pp. 317–21.

引用文献

Bonaparte, Felicia. *The Gypsy-Bachelor of Manchester: The Life of Mrs. Gaskell's Demon*. Virginia UP, 1992.

Richard, D, Altic. *Victoria People and Ideas: A Companion for the Modern Reader to Victorian Literature*. W. W. Norton, 1973.

Uglow, Jenny. *Elizabeth Gaskell: A Habit of Stories*. Faber and Faber, 1993.

11. Sketches among the Poor. No. I

注

1　『ブラックウッズ・エディンバラ・マガジン』誌は 1817 年 10 月にジョン・ブラックウッドによって創刊された保守派の雑誌で、1820 年代にはそれまでの二大批評誌『エディンバラ・レヴュー』誌や『クォータリー・レヴュー』誌よりもはるかに多くの読者を獲得していた（出口 106–11）。無署名で掲載されたのは、当時多くの詩が作者名を記すことなく掲載されていた慣例に従ったものとみられる。

2　ウィリアム・ギャスケルはマンチェスターのクロス・ストリート教会の牧師であり、のちにマンチェスター・ニュー・カレッジの歴史・英文学・論理学の教授もつとめた。妻と「貧しい人びとのいる風景」を共同詩作した他、『ランカシャー方言に関する講義 2 題』(1854)、詩集『禁酒歌』(1839)、『綿の街』(1882)、礼

拝説教集等を出版。ブルターニュ地方の伝承詩 2 篇の翻訳詩「騎士ブラン」
(1853)、「学者の話」(1853) を『ハウスホールド・ワーズ』誌に寄稿、讃美歌の詩
作・翻訳なども行った。(Ward xxi; Uglow 129–30; Lohrli)。なお、「詩人と恵ま
れない生活の詩」と題する講義はマンチェスター職工学校（現在のマンチェス
ター工科大学）で行われた (*Letters* 20)。ウィリアムはマンチェスターの労働者
階級に教育の機会を与えることに熱心な教育者でもあった。

3 クラブはロマン派といわれる時代の詩人だが、一世代前のポープやサミュエ
ル・ジョンソンが用いたことで有名な対韻句で多くの物語詩を書いた。彼の詩
の主題はロマン的幻想を持たずに見た田園生活の冷酷な現実であった (Evans
69)。代表作に『村』(1783)、『教区の記録』(1807) などがある。

4 しかし、クラブの道徳的基準は、彼がラトランド公爵家の礼拝堂付き牧師に
なり、詩人としての自立性を欠いた時点から二面性を持つようになったとウィ
リアムズは指摘している (130–31)。

使用テキスト

Gaskell, Elizabeth. "Sketches among the Poor. No. I." Biographical Introduction.
The Works of Mrs. Gaskell. 1906, Knutsford ed. Edited by A. W. Ward, vol. 1,
AMS Press, 1972, pp. xxiii–xxvi.

引用文献

Evans, Ifor. *A Short History of English Literature*. 1940. Penguin Press, 1986.

Gaskell, Elizabeth. *The Letter of Mrs. Gaskell*. Edited by J. A. V. Chapple and
Arthur Pollard, 1966. Mandolin-Manchester UP, 1997.

——. "Sketches among the Poor. No. I." *The Works of Elizabeth Gaskell*, edited by
Joanne Shattock, vol. 1, Pickering and Chatto, 2005, pp. 31–36.

Gill, Stephen. *Wordsworth and the Victorians*. 2001. Clarendon Press, 2004.

Lohrli, Anne. "William Gaskell." U of Toronto P, 1971. *Dickens Journals Online*.
www.djo.org.uk/indexes/authors/william-gaskell.html.

Uglow, Jenny. *Elizabeth Gaskell: A Habit of Stories*. 1993. Faber and Faber, 1999.

Ward, A. W. Biographical Introduction. 1906, Knutsford ed. *The Works of Mrs.
Gaskell*, by Elizabeth Gaskell, edited by A. W. Ward, vol. 1, AMS Press, 1972, pp.
xv–l.

Wordsworth, William, and S. T. Coleridge. *Lyrical Ballads*. 1991. Edited by B. L.
Brett and A. R. Jones, Routledge, 2002.

ウィリアムズ，レイモンド『田舎と都会』山本和平・増田秀男・小川雅魚訳，晶
文社，1990 年.

出口保夫『イギリス文芸出版史』研究社，1976 年.

直野裕子「『メアリ・バートン』に見られる母性の強調――そしてアリス・ウィ
ルスンのこと」『甲南女子大学英文学研究』39 号，2003 年，79–102 頁.

12. On Visiting the Grave of My Stillborn Little Girl
注
1 この家はサンドルブリッジ・ファームと呼ばれており、当時は親戚の医師ヘン
リー・ホランドの家であったが、ギャスケルの母と伯母の実家でもあった。

使用テキスト

Gaskell, Elizabeth. "On Visiting the Grave of My Stillborn Little Girl: Sunday, July
4th, 1836." Biographical Introduction. 1906, Knutsford ed. *The Works of Mrs.
Gaskell*, edited by A. W. Ward, vol. 1, AMS Press, 1972, pp. xxvii–xxviii.

引用文献

Bonaparte, Felicia. *The Gypsy-Bachelor of Manchester: The Life of Mrs. Gaskell's
Demon*. UP of Virginia, 1992.

Shattock, Joanne. "On Visiting the Grave of My Stillborn Little Girl: Sunday, July 4th,
1836." *The Works of Elizabeth Gaskell*, vol. 1, Pickering & Chatto, 2005, p. 27.

Uglow, Jenny. *Elizabeth Gaskell: A Habit of Stories*. 1993. Faber and Faber, 1999.

Ward, A. W. Biographical Introduction. 1906, Knutsford ed. *The Works of Mrs. Gaskell*,
by Elizabeth Gaskell, edited by A. W. Ward, vol. 1, AMS Press, 1972, pp. xv–l.

——. Editor's Preface. 1906, Knutsford ed. *The Works of Mrs. Gaskell*, by Elizabeth
Gaskell, edited by A. W. Ward, vol. 1, AMS Press, 1972, pp. xi–xiii.

13. Night Fancies
注
1 ギャスケルの曾孫。
2 この不可思議な「花」の隠喩は、「貧しい人びとのいる風景」の主人公メアリの
臨終の場面に通じている。「夜の嘆き」で作者が語ろうとして不明瞭に終わった
詩想は、幼少時代の故郷の家に戻りたいと願うメアリの望みが果たされる最期
の場面で、語り手が語る洞察のなかにも示されている (see "Sketches among the
Poor. No. I", ll. 128–43)。

使用テキスト

Gaskell, Elizabeth. "Night Fancies." Appendix F. *The Letters of Mrs Gaskell*, edited
by J. A. V. Chapple and Arthur Pollard, 1966. Mandolin-Manchester UP, 1997,
pp. 967–68.

引用文献

Allott, Miriam Farris. *Elizabeth Gaskell*. Longmans, Green, 1960.

Gaskell, Elizabeth. "Night Fancies." Appendix F. *The Letters of Mrs Gaskell*, edited by
J. A. V. Chapple and Arthur Pollard, Mandolin-Manchester UP, 1997, pp. 967–68.

——. "Sketches among the Poor. No. I." Biographical Introduction. *The Works of Mrs. Gaskell*, edited by A. W. Ward, vol. 1, AMS Press, 1972, pp. xxiii–xxvi.

Sharps, John Geoffrey. Appendix VI. *Mrs. Gaskell's Observation and Invention: A Study of Her Non-Biographic Works*. Linden, 1970, p. 593.

Uglow, Jonney. *Elizabeth Gaskell: A Habit of Stories*. 1993. Faber and Faber, 1999.

Ward, A. W. Biographical Introduction. 1906, Knutsford ed. *The Works of Mrs. Gaskell*, by Elizabeth Gaskell, edited by A. W. Ward, vol. 1, AMS Press, 1972, pp. xv–l.

山脇百合子『英国女流作家論』北星堂，1991 年.

——「ギャスケルの孤独——'Night Fancies' に歌われる夜風の嘆き」『日本ギャスケル協会 Newsletter』第 17 号，2005 年，1 頁.

14. Clopton Hall

注

1 1605 年、ガイ・フォークスを首領とする一味が、国会議事堂の地下室に火薬をしかけて、国王ジェイムズ一世の暗殺をはかった。国王を首長とする国教会に対立するカトリック教徒たちの陰謀であったが、事前に発覚し、一味は逮捕され処刑された。これが有名な火薬陰謀事件である。それ以来、一味が逮捕された 11 月 5 日に、国王の無事を喜び盛大に花火をあげて祝う行事が毎年開催されている（山内 320）。

2 クロプトン一族の屋敷のなかでも有名なものは、1492 年にロンドン市長になったヒュー・クロプトン卿が、晩年、ストラトフォード・オン・エイヴォンに建てた屋敷である。ストラトフォード・オン・エイヴォンは、その近郊にクロプトン一族が三百年にわたって住み続けてきた土地であった。1597 年にシェイクスピアがその屋敷を購入したことでも知られている (502–03)。

使用テキスト

Gaskell, Elizabeth. "Clopton House." *The Works of Mrs. Gaskell*. 1906, Knutsford ed. Edited by A. W. Ward, vol. 1. AMS Press, 1972, pp. 502–08.

引用文献

Ganz, Margaret. *Elizabeth Gaskell: The Artist in Conflict*. Twayne Publishers, 1969.

Sharps, John Geoffrey. *Mrs. Gaskell's Observation and Invention: A Study of Her Non-Biographic Works*. Linden Press, 1970.

足立万寿子『エリザベス・ギャスケル——その生涯と作品』音羽書房鶴見書店，2001 年.

山内玲子「冬の訪れを告げる花火——ガイ・フォークス・デイ」『世界の歴史と文化——イギリス』小池滋監修，新潮社，1992 年，320–21 頁.

15. Emerson's Lectures

使用テキスト

Gaskell, Elizabeth. "Emerson's Lecture." *The Works of Elizabeth Gaskell*, edited by Joanne Shattock, vol. 1, Pickering and Chatto, 2005, pp. 81–84.

引用文献

Chapple, John. *Elizabeth Gaskell: The Early Years*. Manchester UP, 1997.

Shattock, Joanne. "Emerson's Lecture." Preface. *The Works of Elizabeth Gaskell*, by Elizabeth Gaskell, edited by Joanne Shattock, vol. 1, Pickering and Chatto, 2005, p. 81.

Waller, Ross, D. "Letters Addressed to Mrs Gaskell by Celebrated Contemporaries." *Bulletin of the John Rylands Library*, vol. 19, no. 1, 1935, pp. 102–69.

稲垣伸一「独立期から南北戦争まで——ロマンティシズムとアメリカン・ルネサンス」『アメリカ文学入門』諏訪部浩一編，三修社，2013 年，24–33 頁.

齋藤光『Emerson』研究社，1957 年.

鈴江璋子「エマソンの連続講義」『ギャスケル全集 別巻 I』大阪教育図書，2008 年，90 頁.

16. The Last Generation in England

使用テキスト

Gaskell, Elizabeth. "The Last Generation in England." *Sartain's Union Magazine*, vol. 5, no. 1, July 1849, pp. 45–48. *HaithiTrust Digital Library*, babel.haithitrust. org/cgi/pt?id=mdp.39015010531021;view=1up;seq=535.

引用文献

Sanders, Gerald de Witt. *Elizabeth Gaskell*. Russel and Russel. 1929.

Uglow, Jenny. *Elizabeth Gaskell: A Habit of Stories*. Faber and Faber, 1993.

足立万寿子『エリザベスギャスケルの小説研究 小説のテーマと手法を基に』音羽書房鶴見書店，2012 年.

大前義幸「『クランフォード』と『吾輩は猫である』に描かれる喜劇」『創立 30 周年記念 比較で照らすギャスケル文学』日本ギャスケル協会編，大阪教育図書，2018 年，237–48 頁.

17. Company Manners

使用テキスト

Gaskell, Elizabeth. "Company Manners." 1906, Knutsford ed. *The Works of Mrs. Gaskell*, edited by A. W. Ward, vol. 3, AMS Press, 1972, pp. 491–513.

引用文献

Bonaparte, Felicia. *The Gypsy-Bachelor of Manchester: The Life of Mrs. Gaskell's Demon*. U of Virginia P. 1992.

Handley, Graham. *An Elizabeth Gaskell Chronology*. Palgrave, 2005.

Sharps, John Geoffrey. *Mrs. Gaskell's Observation and Invention: A Study of Her Non-Biographic Works*. Linden Press, 1970.

Uglow, Jenny. *Elizabeth Gaskell: A Habit of Stories*. Faber and Faber, 1993.

Dickens, Charles. *The Letters of Charles Dickens*. Edited by Graham Storey, Kathleen Tillotson, and Angus Easson, vol. 7, Oxford UP, 1993.

18. Shams

使用テキスト

Gaskell, Elizabeth. "Shams." *The Works of Elizabeth Gaskell*, edited by Joanne Shattock, vol. 1, Pickering and Chatto, 2005, pp. 335–38.

引用文献

Aikin, John, and Anna Barbauld. "Eyes and No Eyes; or, the Art of Seeing." *Eyes and No Eyes and Other Stories*, edited by M. V. O'Shea. D. C. Heath, 1900, pp. 1–20.

Brandy, Ciaran. *James Anthony Froude: An Intellectual Biography of a Victorian Prophet*. Oxford UP, 2013.

Foster, Shirley. *Elizabeth Gaskell: A Literary Life*. Palgrave, 2002.

Schippers, Margriet. "Elizabeth Gaskell, Citizen of the World: Civic Lessons." Diss. U of Leicester, 2016.

Shattock, Joanne. "Shams." Preface. *The Works of Elizabeth Gaskell*, by Elizabeth Gaskell, edited by Joanne Shattock, vol. 1, Pickering and Chatto, 2005, pp. 327–28.

Uglow, Jenny. *Elizabeth Gaskell: A Habit of Stories*. Faber and Faber, 1993.

宮丸裕二「まがいもの」『ギャスケル全集　別巻Ⅱ』大阪教育図書，2009 年，600 頁．

19. French Life

使用テキスト

Gaskell, Elizabeth. "French Life." 1906. Knutsford ed. *The Works of Mrs. Gaskell*, edited by A. W. Ward, vol. 7, AMS Press, 1972, pp. 604–80.

引用文献

Ganz, Margaret. *Elizabeth Gaskell: The Artist in Conflict*. Twayne Publishers, 1969.

Sharps, John Geoffrey. *Mrs. Gaskell's Observation and Invention: A Study of Her Non-Biographic Works*. Linden Press, 1970.

20. My Diary [The Diary]

注

1 1923 年、ショーターがこの日記を出版した際、書名は *My Diary: The early years of my daughter Mairanne* だったので、1950 年代から 70 年代までの研究書はその名を継承して *My Diary* と記されている。*Private Voice* が出版された後、ピカリング版が *The Diary* を選択したので、今後はこちらに統一されるであろう。

使用テキスト

Gaskell, Elizabeth. *Private Voices: The Diaries of Elizabeth Gaskell and Sophia Holland*. Edited by J. A. V. Chapple and Anita Wilson, St. Martin's, 1996.

引用文献

Gaskell, Elizabeth. "The Diary" *The Works of Elizabeth Gaskell*, edited by Joanne Shattock, vol. 1, Pickering and Chatto, 2005.

Gérin, Winifred. *Elizabeth Gaskell*. Oxford UP, 1976.

Hopkins, A. B. *Elizabeth Gaskell: Her Life and Work*. John Lehmann, 1952.

Sharps, John Geoffrey. *Mrs Gaskell's Observation and Invention*. Linden Press, 1970.

Stoneman, Patsy. *Elizabeth Gaskell*. The Harvester Press, 1987.

Wilson, Anita. Critical Introduction. *Private Voices: The Diaries of Elizabeth Gaskell and Sophia Holland*, edited by J. A. V. Chapple and Anita Wilson, St. Martin's, 1996, pp. 11–41.

エリザベス・ギャスケルの生涯（年譜）

年号	年齢	身辺の出来事	主な発表作品
1810 年 9 月 29 日	0 歳	ユニテリアン派の両親のもと、エリザベス・クレッグホーン・スティーヴンソンとしてロンドンに誕生	
1811 年	1 歳	母、死亡 チェシャー州のナッツフォード在住の伯母ハナ・ラムに預けられる （父は 1814 年に再婚）	
1821 年	11 歳	ウォリックシャー州にあるバイアリー女子寄宿学校に入学（26 年に卒業）	
1828 年頃	17 歳	兄ジョン、インドで行方不明	
1829 年	19 歳	父、死亡	
1832 年	22 歳	ユニテリアン派の副牧師ウィリアム・ギャスケルと結婚 マンチェスターに住む	
1833 年	23 歳	女児死産	
1834 年	24 歳	長女メアリアン誕生	
1835 年	25 歳		育児日誌 (*My Diary*) をつけ始める。出版は 1923 年
1837 年	27 歳	次女マーガレット・エミリ（通称ミータ）誕生 伯母ハナ・ラム死亡	「貧しい人びとのいる風景」("Sketches among the Poor. No. I")を『ブラックウッズ・エディンバラ・マガジン』誌に発表
1842 年	32 歳	三女フロレンス誕生	
1844 年	34 歳	長男ウィリアム誕生	
1845 年	35 歳	メアリアン、ウィリアムを連れてウェールズに夫と旅行。	

年号	年齢	身辺の出来事	主な発表作品
		メアリアン猩紅熱になる。彼女は回復するが長男ウィリアムは生後9カ月で猩紅熱のため死亡。	
1846年	36歳	四女ジュリア・ブラッドフォード誕生	
1848年	38歳		長編小説『メアリ・バートン』(*Mary Barton: A Tale of Manchester Life*) 出版、2巻本
1849年	39歳	ロンドンでチャールズ・ディケンズ、トマス・カーライルと出会い、文壇デビュー	
1850年	40歳	1月　ディケンズから『ハウスホールド・ワーズ』誌創刊号への寄稿を要請される 6月　マンチェスター市内のプリマス・グローヴに転居 8月　シャーロット・ブロンテと湖水地方のウィンダミアのケイ＝シャトルワース邸で会い、以後、親交を深める	短編小説「リジー・リー」("Lizzie Leigh") を『ハウスホールド・ワーズ』誌に発表。以後短編の多くを同紙に発表する
1851年	41歳		中編小説『クランフォード』*Cranford* を『ハウスホールド・ワーズ』誌に連載
1853年	43歳		長編小説『ルース』(*Ruth*)『クランフォード』(*Cranford*) 出版
1854年	44歳		長編小説『北と南』(*North and South*)『ハウスホールド・ワーズ』誌に連載 短編小説集『リジー・リー』(*Lizzie Leigh and Other Tales*) 出版
1855年	45歳	シャーロット・ブロンテ病死 ブロンテの父からシャーロットの伝記の執筆依頼を受ける	

年号	年齢	身辺の出来事	主な発表作品
1857 年	47 歳	2 月ローマのストーリィ夫妻を訪問し、チャールズ・エリオット・ノートンとの交友が始まる	3 月　伝記『シャーロット・ブロンテの生涯』(*The Life of Charlotte Brontë*) 2 巻本で発売
1863 年	53 歳		長編小説『シルヴィアの恋人たち』(*Sylvia's Lovers*) 3 巻本 『暗い夜の事件』(*A Dark Night's Work*)
1864 年	54 歳	ハンプシャー州のホリボーンに引退後の夫のために、内密で別荘を購入。	長編小説『妻たちと娘たち』(*Wives and Daughters: An Every-Day Story*) を『コーンヒル・マガジン』誌に連載開始 『従妹フィリス』(*Cousin Phillis*) 発表
1865 年 11 月 12 日	55 歳	心臓発作のためホリボーンで急死	『灰色の女』(*The Grey Woman and Other Tales*) 出版
1866 年 2 月			『妻たちと娘たち』(*Wives and Daughters: An Every-Day Story*) 出版。2 巻本

（多比羅　眞理子）

エリザベス・ギャスケル作品一覧

冒頭の「年」は初出及び初掲載の年を、出版社は括弧内に表し、作品の出版年順に記しています。（一覧の作成にあたり、Sharps, John Geoffrey. *Mrs. Gaskell's Observation and Invention: A Study of Her Non-Biographic Works*. Linden Press, 1970. と Uglow, Jenny. *Elizabeth Gaskell: A Habit of Stories*. 1993. Faber and Faber, 1999. を参考文献として使用しています。）

　本書に収録の作品は # 記号と数字で目次番号を記しています。

《長編》

1848	*Mary Barton: A Tale of Manchester Life*. 2 vols. (London: Chapman and Hall) #1
1853. 1.	*Ruth*. 3 vols. (London: Chapman and Hall) #2
1853. 6.	*Cranford*. (London: Chapman and Hall)（*Cranford* シリーズは 1851 年 12 月より *Household Words* に連載開始）#3
1854	*North and South*. (*Household Words*) #4
1863	*Sylvia's Lovers*. 3 vols. (London: Smith, Elder and Co.) #5
1864	*Wives and Daughters: An Every-Day Story*. (*The Cornhill Magazine*) #7

《伝記》

1857	*The Life of Charlotte Brontë*. 2 vols. (London: Smith, Elder and Co.) #8

《中編》

1850	*The Moorland Cottage*. (London: Chapman and Hall)
1851	*Mr. Harrison's Confessions*. (*The Ladies' Companion and Monthly Magazine*)
1858	*My Lady Ludlow*. (*Household Words*)
1859	*Lois the Witch*. (*All the Year Round*)
1863	*A Dark Night's Work*. (*All the Year Round*)
1864	*Cousin Phillis*. (*The Cornhill Magazine*) #6

《短編》

1847. 6.	"Life in Manchester: Libbie Marsh's Three Eras." (*Howitt's Journal*)
1847. 9.	"The Sexton's Hero." (*Howitt's Journal*)
1848	"Christmas Storms and Sunshine." (*Howitt's Journal*)

1849 "Hand and Heart." (*The Sunday School Penny Magazine*)

1850. 2. "Martha Preston." (*Sartain's Union Magazine*)

1850. 3. "Lizzie Leigh." (*Household Words*)

1850. 11. "The Well of Pen-Morfa." (*Household Words*)

1850. 12. "The Heart of John Middleton." (*Household Words*)

1851 "Disappearances." (*Household Words*) #9

1852. 1. "Bessy's Troubles at Home." (*The Sunday School Penny Magazine*)

1852. 6. "The Shah's English Gardener." (*Household Words*) #10

1852. 12. "The Old Nurse's Story." (*Extra Christmas Number*. Spec. issue of *Household Words*)

1853. 1. "Cumberland Sheep-Shearers." (*Household Words*)

1853. 11. "Morton Hall." (*Household Words*)

1853. 12. "My French Master." (*Household Words*)

1853. 12. "The Squire's Story." (*Extra Christmas Number*. Spec. issue of *Household Words*)

1855. 8. "An Accursed Race." (*Household Words*)

1855. 10. "Half a Lifetime Ago." (*Household Words*)

1856. 12. "The Poor Clare." (*Household Words*)

1856 "The Half-Brothers." (*Fulcher's Ladies' Memorandum Book and Poetical Miscellany*)（出版月は不明）

1858. 1. "The Doom of the Griffiths." (*Harper's Monthly Magazine*)

1858. 11. "The Sin of a Father." ("Right at Last") (*Household Words*)

1858. 12. "The Manchester Marriage." (*Extra Christmas Number*. Spec. issue of *Household Words*)

1859 "The Ghost in the Garden Room." ("The Crooked Branch") (*Extra Christmas Number*. Spec. issue of *All the Year Round*)

1860 "Curious if True." (*The Cornhill Magazine*)

1861 "The Grey Woman." (*All the Year Round*)

1862 "Six Weeks at Heppenheim." (*The Cornhill Magazine*)

1863. 11. "The Cage at Cranford." (*All the Year Round*)

1863. 12. "How the First Floor Went to Crowley Castle." ("Crowley Castle") (*Extra Christmas Number*. Spec. issue of *All the Year Round*)

《その他》

1837 "Sketches among the Poor. No. I." (*Blackwood's Edinburgh Magazine*)（詩）#11

1840 "Clopton Hall." *Visits to Remarkable Places*, by William Howitt. (London:

Longman, Orme, Brown, Green, and Longmans)（エッセイ風物語）#14

1847. 12. "Emerson's Lectures." (*Howitt's Journal*)（批評）#15

1847. 12. Letter in *Howitt's Journal*. (*Howitt's Journal*)（手紙・署名からギャスケルのものと推定）

1849 "The Last Generation in England." (*Sartain's Union Magazine*)（エッセイ）#16

1853. 10. "Bran." (*Household Words*)（詩・署名が判読しにくく、ギャスケルではなく夫ウィリアムの翻訳作品という説もある）

1853. 12. "Traits and Stories of the Huguenots." (*Household Words*)（エッセイ風物語）

1853. 12. "The Scholar's Story." (*Extra Christmas Number*. Spec. issue of *Household Words*)（序文）

1854. 2. "Modern Greek Songs." (*Household Words*)（書評）

1854. 5. "Company Manners." (*Household Words*)（随筆）#17

1856 "A Christmas Carol." (*Household Words*)（詩）

1857 Preface to *Mabel Vaugham*. *Mabel Vaugham*, by Maria Susanna Commins, edited by Elizabeth Gaskell. (London: Sampson Low, Son, and Co.)（序文、編集）

1858 "An Incident at Niagara Falls." (*Harper's Monthly Magazine*)（ギャスケルの作品と推定）

1862 Preface to Colonel Vecchj, *Garobalde at Caprera*. Translated by Lucy and Mary Ellis. (Cambridge: Macmillan and Co.)（序文）

1863. 2. "Shams." (*Fraser's Magazine for Town and Country*)（評論）#18

1863. 3. "An Italian Institution." (*All the Year Round*)（記事）

1863. 12. "Robert Gould Shaw." (*Macmillan's Magazine*)（追悼文）

1864 "French Life." (*Fraser's Magazine for Town and Country*)（日記の形態をとる紀行文、エッセイ）#19

1865. 3. Review of W. T. M. Torrents, "Lancashire's Lesson." (*The Reader*)（書評）

1865. 3. "Columns of Gossip from Paris." (*The Pall Mall Gazette*)（記事）

1865. 8. "A Parson's Holiday." (*The Pall Mall Gazette*)（記事）

1906 "Two Fragments of Ghost Stories." *The Works of Mrs. Gaskell*. Edited by A. W. Ward, vol. 7. (London: Smith, Elder and Co.)（執筆日不詳、1906 年に発見、書簡体風の怪談）

1906 "On Visiting the Grave of My Stillborn Little Girl." *The Works of Mrs. Gaskell*, edited by A. W. Ward, vol. 1. (London: Smith, Elder and Co.)（詩・1836 年）#12

1923 *My Diary* [*The Diary*]. Edited by Clement Shorter. (London [privately printed by Shorter])（1835 年〜38 年に書かれた娘メアリアンの育児日誌。

1923 年に出版される）#20

1966 "Night Fancies." *The Letters of Mrs Gaskell*, edited by J. A. V. Chapple and Arthur Pollard. (Manchester: Manchester UP)（詩）#13

《作品集》

ギャスケルが存命中に出版された作品集。

1854 *Lizzie Leigh and Other Tales*. (London: Chapman and Hall)
【contents: "Lizzie Leigh," "The Well of Pen-Morfa," "The Heart of John Middleton," "The Old Nurse's Story," "Traits and Stories of the Huguenots," "Morton Hall," "My French Master," The Squire's Story," "Libbie Marsh's Three Eras," "Christmas Storms and Sunshine," "Hand and Heart," "Bessy's Troubles at Home," "Disappearances"】

1859. 3. *Round the Sofa*. 2 vols. (London: Sampson Low, Son and Co.)
【contents: "My Lady Ludlow," "An Accursed Race," "The Doom of the Griffiths," "Half a Lifetime Ago," "The Poor Clare," "The Half-Brothers"】

1860 *Right at Last, and Other Tales*. (London: Sampson Low, Son and Co.)
【contents: "Right at Last" ("The Sin of a Father"), "The Manchester Marriage," "Lois the Witch," "The Crooked Branch" ("The Ghost in the Garden Room")】

1861 *My Lady Ludlow and Other Tales*. 2 vols. (London: Sampson Low, Son and Co.)（収録作品は *Round the Sofa* と同じ）

1865. 10. *The Grey Woman. And Other Tales*. Illus. (London: Smith, Elder and Co.)
【contents: "The Gray Woman," "Curious if True," "Six Weeks at Heppenheim," "Libbie Marsh's Three Eras," "Christmas Storms and Sunshine," "Hand and Heart," "Bessy's Troubles at Home," "Disappearances"】

1865. 12. *Cousin Phillis. And Other Tales*. Illus. (London: Smith, Elder and Co.)
【contents: "Cousin Phillis," "Company Manners," "Mr. Harrison's Confessions," "The Sexton's Hero"】（本書はギャスケルが同年 11 月に亡くなった直後の 12 月に出版された。なお、前年の 1864 年に、挿絵なしのアメリカ版が Harper & Brothers から出版されている。）

（矢嶋　瑠莉）

エリザベス・ギャスケル研究書一覧

【英語文献】

Alavi, Majid. *Elizabeth Gaskell: Historical Consciousness and Politics of Gender in Selected Novels*. Lambert Academic Publishing, 2012.

Allott, Miriam Farris. *Elizabeth Gaskell*. 1899. Longman, 1996. Writers and Their Work 124.

Axon, William E. A., and Ernest Axon. *Gaskell Bibliography: A List of the Writings of Mrs. E. C. Gaskell, Author of* Mary Barton, *and of Her Husband, the Rev. William Gaskell, M. A*. John Heywood, 1895.

Balkaya, Mehmet Akif. *The Industrial Novels: Charlotte Brontë's* Shirley, *Charles Dickens'* Hard Times *and Elizabeth Gaskell's* North and South. Cambridge Scholars, 2015.

Beer, Patricia. *Reader, I Married Him: A Study of the Women Characters of Jane Austen, Charlotte Brontë, Elizabeth Gaskell and George Eliot*. Macmillan, 1974.

Bigelow, Gordon. *Fiction, Famine, and the Rise of Economics in Victorian Britain and Ireland. 2003*. Cambridge UP, 2007. Cambridge Studies in Nineteenth-Century Culture 40.

Billington, Josie. *Faithful Realism: Elizabeth Gaskell and Leo Tolstoy: A Comparative Study*. Bucknell UP, 2002.

Birtwistle, Sue, and Susie Conklin, editors. *The Cranford Companion*. Bloomsbury, 2010.

Bonaparte, Felicia. *The Gypsy-Bachelor of Manchester: The Life of Mrs. Gaskell's Demon*. 1992. U of Virginia P, 2015.

Brill, Barbara. *At Home with Elizabeth Gaskell: The "Ideal Partnership" of Elizabeth and William Gaskell: A Reading*. 1980. Teamband, 2000.

——. *Elizabeth Gaskell*. Random House, 1977. Ladybird History Series 45.

——. *William Gaskell 1805–84: A Portrait*. Manchester Literary and Philosophical Publications, 1984.

Brodetsky, Tessa. Elizabeth Gaskell. Berg Publishers, 1986. Berg Women's Series.

Broek, Brigitte Van Den. *Elizabeth Gaskell's Ambivalent Treatment of the Social Conflict in* Mary Barton: *Shifting Plot-Structures and Authorial Intrusions*. Universiteit Van Amsterdam, 1992.

Camus, Marianne. *Women's Voices in the Fiction of Elizabeth Gaskell (1810–1865)*. 2002. Edwin Mellen Press, 2003.

Cazamian, Louis François. *The Social Novel in England 1830-1850: Dickens, Disraeli,*

Mrs. Gaskell, Kingsley. Translated by Martin Fido, 1973, Routledge, 2009. Routledge Library Editions 2.

Cecil, David. *Early Victorian Novelists: Essays in Revaluation.* Constable, 1980.

Chadwick, Esther Alice [Ellis H]. *Mrs. Gaskell: Haunts, Homes, and Stories.* 1913, new and rev. ed. Cambridge UP, 2013.

Chapman, Alison, editor. *Elizabeth Gaskell:* Mary Barton *and* North and South. Palgrave Macmillan, 1999. Readers' Guides to Essential Criticism.

Chapple, J. A. V. *Elizabeth Gaskell: The Early Years.* 1997. Manchester UP, 2009.

Chapple, J. A. V., and Arthur Pollard, editors. *The Letters of Mrs. Gaskell.* Mandolin-Manchester UP, 1997.

Chapple, J. A. V., and Alan Shelston, editors. *Further Letters of Mrs Gaskell.* 2000. Manchester UP, 2003.

Chapple, J. A. V., and Anita Wilson, editors. *Private Voices: The Diaries of Elizabeth Cleghorn Gaskell and Sophia Isaac Holland.* Keele UP, 1996.

Chapple, J. A. V., and John Geoffery Shaprps, editors. *Elizabeth Gaskell: A Portrait in Letters.* 1980. Manchester UP, 2008.

Colby, Robin B. "Some Appointed Work to Do" : Women and Vocation in the Fiction of Elizabeth Gaskell. Greenwood Press, 1995.

Colón, Susan E. *The Professional Ideal in the Victorian Novel: The Works of Disraeli, Trollope, Gaskell, and Eliot.* Palgrave Macmillan, 2007.

Craik, W[endy] A[nn]. *Elizabeth Gaskell and the English Provincial Novel.* 1975. Routledge, 2014.

D'Albertis, Deirdre. *Dissembling Fictions: Elizabeth Gaskell and the Victorian Social Text.* Macmillan / St. Martin's Press, 1997.

David, Deirdre. *Fictions of Resolution in Three Victorian Novels:* North and South, Our Mutual Friend, Daniel Deronda. Columbia UP, 1981.

Davoudzadeh, Morteza. *The Novels of Mrs. Elizabeth Gaskell in Perspective.* Juris, 1979.

Dreßler, Jan. *Elizabeth Gaskell's Mary Barton and the Social Question.* Grin Verlag, 2013.

Duthie, Enid L. *The Themes of Elizabeth Gaskell.* Macmillan Press, 1980.

Easson, Angus. *Elizabeth Gaskell and the Novel of Local Pride.* John Rylands University Library of Manchester, 1985.

——. *Elizabeth Gaskell.* Routledge and Kegan Paul, 1979.

——. *Elizabeth Gaskell: The Critical Heritage.* Routledge, 1991.

——. *Elizabeth Gaskell:* Sylvia's Lovers. Oxford UP, 1982.

Ffrench, Yvonne. *Mrs. Gaskell.* Home and Van Thal, 1949.

Flint, Kate. *Elizabeth Gaskell.* Northcote House in Association with the British Council, 1995.

Foster, Shirley. *Elizabeth Gaskell: A Literary Life*. Palgrave Macmillan, 2002.

Franz, Andrea Breemer. *Redemption and Madness: Three nineteenth-Century Feminist Views on Motherhood and Childbearing*. Ide House, 1993.

Ganz, Margaret. *Elizabeth Gaskell: The Artist in Conflict*. Twayne Publishers, 1969.

Garcha, Amanpal. *From Sketch to Novel: The Development of Victorian Fiction*. Cambridge UP, 2009.

Gérin, Winifred. *Elizabeth Gaskell: A Biography*. 1976. Oxford UP, 1980.

Gilbert, Sandra M, and Susan Gubar, editors. *The Norton Anthology of Literature by Women*. W. W. Norton, 2007.

Golgotha Press. *The Life and Times of Elizabeth Gaskell*. CreateSpace Independent Publishing Platform, 2012.

Gravil, Richard. *Elizabeth Gaskell:* Mary Barton. Humanities-Ebooks, 2007. Kindle AZW file.

Green, John Albert. *A Bibliographical Guide to the Gaskell Collection in the Moss Side Library*. Manchester Public Libraries, 1911.

Haldane, Elizabeth. *Mrs. Gaskell and Her Friends*. Hodder and Stoughton, 1930.

Handley, Graham. *An Elizabeth Gaskell Chronology*. Palgrave Macmillan, 2004. Author Chronologies Series.

——. *Brodie's Notes on Gaskell:* North and South. 1988. Palgrave Macmillan, 1992. Brodie's Notes.

——. *Gaskell's* Sylvia's Lovers. Blackwell Publishers, 1968. Notes on English Literature 24.

Head, Geoffrey. *Cross Street Chapel in the Time of the Gaskells*. Cross Street Chapel, 1999.

Hopkins, Annette Brown. *Elizabeth Gaskell: Her Life and Work*. 1952. Octagon Books, 1971.

Hughes, Linda K., and Michael Lund. *Victorian Publishing and Mrs. Gaskell's Work*. 1999. U of Virginia P, 2015. The Victorian Literature and Culture Series.

Jung, Sandro, editor. *Elizabeth Gaskell, Victorian Culture, and the Art of Fiction: Original Essays for the Bicentenary*. Academia Press, 2010.

Kennard, Jean E. *Victims of Convention*. Archon, 1978.

Kenyon, Olga. *Women's Voices: Their Lives and Loves through Two Thousand Years of Letters*. Constable, 1995.

Koustinoudi, Anna. *The Split Subject of Narration in Elizabeth Gaskell's First-Person Fiction*. Lexington Books, 2012.

Lambert, Carolyn. *The Meanings of Home in Elizabeth Gaskell's Fiction*. Victorian Secrets, 2013.

Lane, Margaret. *The Brontë Story: A Reconsideration of Mrs. Gaskell's* "Life of

Charlotte Brontë." Fontana Books, 1978.

Lansbury, Coral. *Elizabeth Gaskell: The Novel of Social Crisis*. 1975. Twayne Publishers, 1984. Twayne's English Author Series 371.

Lenard, Mary. *Preaching Pity: Dickens, Gaskell, and Sentimentalism in Victorian Culture*. Peter Lang, 1999. Studies in Nineteenth-Century British Literature 11.

Lucas, John. *The Literature of Change: Studies in the Nineteenth-century Provincial Novel*. 2nd ed. Harvester Press, 1980.

Lynch, Patricia A. *Elizabeth Gaskell: Illuminated by the Message*. Acta Publications, 2015. Literary Portals to Prayer.

Marroni, Francesco, Renzo D'Agnillo, and Massimo Verzella. *Elizabeth Gaskell and the Art of the Short Story*. Peter Lang, 2011.

Marroni, Francesco, and Alan Shelston. *Elizabeth Gaskell: Text and Context*. Tracce, 1999.

Martin, Hazel T. *Petticoat Rebels: A Study of the Novels of Social Protest of George Eliot, Elizabeth Gaskell and Charlotte Brontë*. Helios Books, 1968.

Matsuoka, Mitsuharu, editor. *Evil and Its Variations in the Works of Elizabeth Gaskell: Sesquicentennial Essays*. Osaka Kyoiku Tosho, 2015.

Matus, Jill L., editor. *The Cambridge Companion to Elizabeth Gaskell*. 2007. Cambridge UP, 2009.

McVeagh, John. *Elizabeth Gaskell*. Routledge and Kegan Paul / Humanities Press, 1970.

Melikian, Anahid. *Elizabeth Gaskell: North and South*. Longman, 1980. York Notes 60.

Moers, Elton. *Literary Women*. Doubleday, 1976.

Nash, Julie. *Servants and Paternalism in the Works of Maria Edgeworth and Elizabeth Gaskell*. Ashgate, 2007. The Nineteenth Century.

Nestor, Pauline. *Female Friendships and Communities: Charlotte Brontë, George Eliot, Elizabeth Gaskell*. Clarendon Press, 1985.

Ohno, Tatsuhiro. *The Life of Elizabeth Gaskell in Photographs*. Ohsaka Kyoiku Tosho, 2012.

Parsons, E. M. *Notes on Elizabeth Gaskell's* Mary Barton *and* North and South. Methuen, 1981. Study-Aids Series.

Parrish, Morris Longstreth. *Victorian Lady Novelists: George Eliot, Mrs. Gaskell, the Brontë Sisters*. 1933. Maurizio Martino, 1990.

Payne, G. A. Mrs. *Gaskell: A Brief Biography*. Sherratt and Hughes, 1929.

——. *Mrs. Gaskell and Knutsford*. Clarkson and Griffiths, 1905.

Pike, E. Holly. *Family and Society in the Works of Elizabeth Gaskell*. Peter Lang, 1995. American University Studies 174.

Pirjo, Koivuvaara. *Hunger, Consumption and Identity in Elizabeth Gaskell's Novels*.

Tampere University Press, 2012. Acta Universitalis Tamperensis 1721.

Pollard, Arthur. *Mrs. Gaskell: Novelist and Biographer*. 1965. Harvard UP, 1967.

Prasad, Nityanand. *Fission and Fusion: A Thematic Study of Mrs. Gaskell's Novels*. Wisdom Publications, 1989.

Quinn, Mary A., editor. *Elizabeth Gaskell and Nineteenth Century Literature: Manuscripts from the John Rylands University Library, Manchester: A Listing and Guide to the Research Publications Microfilm Collection*. Research Publications, 1989.

Recchio, Thomas. *Elizabeth Gaskell's Cranford: A Publishing History*. Ashgate, 2009.

Rubenius, Aina. *The Woman Question in Mrs. Gaskell's Life and Works*. 1950. Russell and Russell, 1973. Essays and Studies on English Language and Literature 5.

Salis, Loredana, editor. *Adapting Gaskell: Screen and Stage Versions of Elizabeth Gaskell's Fiction*. Cambridge Scholars Publishing, 2013.

Sanders, Gerald DeWitt. *Elizabeth Gaskell*. 1929. Russell and Russell, 1971.

Sanders, Valerie, editor. *Lives of Victorian Literary Figures III: Elizabeth Gaskell*. Vol. 1. Pickering and Chatto, 2005.

Santiago, Evelyn. *Elizabeth Gaskell 148 Success Facts: Everything You Need to Know about Elizabeth Gaskell*. Emereo Publishing, 2014.

Scholl, Lesa, Emily Morris, and Sarina Gruver Moore, editors. *Place and Progress in the Works of Elizabeth Gaskell*. Ashgate, 2015.

Schor, Hilary M. *Scheherezade in the Marketplace: Elizabeth Gaskell and the Victorian Novel*. Oxford UP, 1992.

Schülting, Sabine. *Dirt in Victorian Literature and Culture: Writing Materiality*. Routledge, 2019. Routledge Studies in Nineteenth Century Literature.

Selig, Robert L. *Elizabeth Gaskell: A Reference Guide*. G. K. Hall, 1977.

Sharps, John Geoffrey. *Mrs. Gaskell's Observation and Invention: A Study of Her Non-Biographic Works*. Linden Press, 1970. New Studies 2.

Shelston, Alan. *Brief Lives: Elizabeth Gaskell*. Hesperus Press, 2010.

Shrivastava, K. C. *Mrs. Gaskell as a Novelist*. Institut für Englische Sprache und Literatur, 1977. Romantic Reassessment 70.

Smith, Sheila M. *The Other Nation: The Poor in English Novels of the 1840s and 1850s*. Clarendon Press, 1980.

Smith, Walter E. *Elizabeth C. Gaskell: A Bibliographical Catalogue of First and Early Editions, 1848–1866, with Photographic Reproductions of Bindings and Titlepages*. Heritage Book Shop, 1997.

Spencer, Jane. *Elizabeth Gaskell*. Macmillan, 1993.

Stevens, Nell. *Mrs Gaskell and Me: Two Women, Two Love Stories, Two Centuries Apart*. Picador, 2018.

Stitt, Megan Perigoe. *Metaphors of Change in the Language of Nineteenth-century*

Fiction: Scott, Gaskell, and Kingsley. Clarendon Press, 1998.

Stoneman, Patsy. *Elizabeth Gaskell.* 2nd ed. Manchester UP, 2006.

Thaden, Barbara Z. *The Maternal Voice in Victorian Fiction: Rewriting the Patriarchal Family.* Routledge, 1997. Literature and Society in Victorian Britain.

Uglow, Jenny S. *Elizabeth Gaskell: A Habit of Stories.* 1993. Faber and Faber, 1999.

Unsworth, Anna. *Elizabeth Gaskell: An Independent Woman.* Minerva Press, 1996.

Venegas Laguens, Maria Louisa. *Elizabeth C. Gaskell: Characterization through Language.* Secretariado de Publicaciones de la Universidad de Sevilla, 1991.

Warren, Emilie M. Mary Barton*: A Progressive Heroine.* Mount Mercy U, 2011.

Weiss, Barbara. *The Hell of the English: Bankruptcy and the Victorian Novel.* Bucknell UP, 1986.

Welch, Jeffrey Egan. *Elizabeth Gaskell: An Annotated Bibliography, 1929–1975.* Garland Publishing, 1977. Garland Reference Library of the Humanities 50.

Werlin, Robert J. *The English Novel and the Industrial Revolution: A Study in the Sociology of Literature.* Garland Publishing, 1990.

Weyant, Nancy S. *Elizabeth Gaskell: An Annotated Bibliography of English-Language Sources 1976–1991.* Scarecrow Press, 1994.

——. *Elizabeth Gaskell: An Annotated Guide to English Language Sources, 1992–2001.* Scarecrow Press, 2004. Scarecrow Author Bibliographies 91.

Whitfield, A. Stanton. *Mrs. Gaskell: Her Life and Work.* 1929. Norwood Editions, 1978.

Wildt, Katherine Ann. *Elizabeth Gaskell's Use of Color in Her Industrial Novels and Short Stories.* UP of America, 1999.

Wiltshire, Irene, editor. *Letters of Mrs Gaskell's Daughters.* Humanities-Ebooks, 2012.

Wootton, Sarah. *Byronic Heroes in Nineteenth-Century Women's Writing and Screen Adaptation.* Palgrave Macmillan, 2016.

Wright, Edgar. Mrs. Gaskell: The Basis for Reassessment. Oxford UP, 1965.

Wright, Reg. *British Women Novelists: Charlotte Brontë, Emily Brontë, Elizabeth Gaskell, George Eliot.* Marshall Cavendish, 1989. Great Writers of the English Language.

Wright, Terence. *Elizabeth Gaskell: "We are not angels": Realism, Gender, Values.* Palgrave Macmillan, 1995.

【日本語文献】

朝日千尺編『ギャスケル小説の旅』（鳳書房、2002）

足立万寿子『エリザベス・ギャスケル：その生涯と作品』（音羽書房鶴見書店、2001）

足立万寿子『エリザベス・ギャスケルの小説研究——小説のテーマと手法を基に』（音羽書房鶴見書店、2012）

阿部美恵・多比羅眞理子編著『エリザベス・ギャスケル：孤独と共感』（開文社、2009）

飯島朋子編『ギャスケル文学の文献目録』第3版（近代文芸社 2006）

多比羅眞理子『ギャスケルのまなざし』（鳳書房 2003）

長瀬久子『エリザベス・ギャスケルとシャーロット・ブロンテ——その交友の軌跡と成果』（英宝社、2011）

中村祥子『E・ギャスケルの長編小説』英米文学研究叢書（三友社出版 1991）

日本ギャスケル協会『エリザベス・ギャスケル中・短編小説研究——没後150年記念』（大阪教育図書、2015）

日本ギャスケル協会『エリザベス・ギャスケルとイギリス文学の伝統——生誕二〇〇年記念』（大阪教育図書、2010）

フェリシア・ボナパルト『引き裂かれた自我——ギャスケルの内なる世界』宮崎孝一訳（鳳書房、2006）

松岡光治編『ギャスケルで読むヴィクトリア朝前半の社会と文化——生誕二百年記念』（溪水社、2010）

松岡光治編『ギャスケルの文学：ヴィクトリア朝社会を多面的に照射する』改訂版（英宝社、2010）

山脇百合子監修『ギャスケル文学にみる愛の諸相』（北星堂書店、2002）

山脇百合子『エリザベス・ギャスケル研究』増補版（北星堂書店、1982）

ジェニー・ユーグロー『エリザベス・ギャスケル——その創作の秘密』宮崎孝一訳（鳳書房、2007）

（遠藤　花子）

執筆者一覧

遠藤　花子　　日本赤十字看護大学専任講師
太田　裕子　　慶應義塾大学非常勤講師
大前　義幸　　岩手県立大学宮古短期大学部専任講師
木村　正子　　岐阜県立看護大学専任講師
関口　章子　　北里大学非常勤講師
長浜　麻里子　東京農業大学非常勤講師
多比羅眞理子　日本ギャスケル協会会員
中村　美絵　　元津田塾大学専任職員
波多野葉子　　筑波学院大学名誉教授
矢嶋　瑠莉　　北里大学非常勤講師

あとがき

　長い間ギャスケルの中編、短編は未開の領域でしたが、2015年12月に日本ギャスケル協会編の『エリザベス・ギャスケル中・短編小説研究』が出版され、ギャスケルの短編の世界にも光が当てられ始めました。時をそう置かずして、私たち日本ギャスケル協会の研究会で短編を読んでいたメンバーが、それまでの5年間の研究会活動の成果をまとめて『ギャスケル中・短編小事典』を2016年3月に世にお送りしました。出版当初、「このような事典があると便利」「読みやすい」という感想が寄せられ、研究会のメンバーはほっと胸をなでおろし、喜びに浸りました。

　そのあとで、『ギャスケル中・短編小説事典』には所収しなかった長編やエッセイなども含めた『事典』を出したらどうでしょう、というお勧めもあり、再び、事典作成に向けて活動を開始しました。先に出した『小事典』の続編となります。メンバーは前回と同じ研究会の参加者10名です。

　ギャスケルは長編6編、中編8編、伝記1編そして短編、エッセイ、書評など50編近く発表しています。作品の選択に当たって、書評、序文に関しては資料の収集が困難なため、今回も外しました。他はできるだけ所収したつもりです。ただ長編、中編はすでに内外でも研究が進んでおり、『事典』という性格から今までの様々な研究を紹介することを主眼としました。短編や、エッセイ、詩はこれまでに紹介されることが少ない作品でしたので、先の『小事典』と同様に作品紹介を中心にいたしました。書名も所収する作品が様々なジャンルにわたっていますので、『ギャスケル作品小事典』としました。

　前回、そして今回の編集にあたって、ギャスケルの作品をほぼ全域にわたって紹介できたかと思います。ディケンズがギャスケルを「千夜一夜のシェヘラザード」と称したように（注）、実に多岐にわたってギャスケルは作品を表しているのです。長編では『メアリ・バートン』や『ルース』の社会小説、『シルヴィアの恋人』のような歴史小説、さらには『従妹フィリス』や『妻たちと娘たち』に代表される家族関係を中心にした家庭物語、また、短編で

あとがき　181

はゴシック的な要素のある『魔女ロイス』「グリフィス家の一族」の作品など、そのテーマの広さを実感しました。

　二冊の事典を読まれ、その中から興味をもたれた作品を紐解いて頂いたり、本事典の執筆者が提示した「作品のテーマ」以外の視点を見つけ出していただくのもよいでしょう。これらの小事典が皆様のギャスケル研究の一助となれば幸いです。

　今回の小事典が前回の事典と大きく異なった点は、各作品の注や引用文献を巻末に移動したことです。これによって本文にさくペースが広げることができました。そして引用文献、研究書一覧の書き方については、本事典は論文集ではありませんが、MLA 第 8 版に準拠しました。しかし細心の注意を払ったつもりでも、思いがけない見落としや間違えがあることでしょう。その折はご教示くださいますようよろしくお願い申し上げます。

　出版にあたっては、前回同様開文社出版社社長の安居洋一氏、編集作業でははほんのしろ社の本城正一氏に一方ならないご厚情を賜りました、厚く御礼申し上げます。

　最後になりましたが、本書の企画、原稿作成から校正まで参加くださいました 9 名の執筆者の先生方に感謝申し上げます。とりわけ本文の全体校正をしてくださった波多野葉子先生、長浜麻里子先生、作品一覧を作成下さった矢嶋瑠莉先生、そして引用文献の校正を担って下さった遠藤花子先生、太田裕子先生のご尽力に深謝申し上げます。遠藤先生には研究書一覧の修正、更新も行っていただきました。非力な編者をあらゆる面で支えてくださったおかげで本書の出版の実現に至りました。重ねて皆様に感謝申し上げます。

2019 年 6 月 1 日

多比羅　眞理子

注：Dickens, Charles. *The Letters of Charles Dickens*, edited by Graham Storney, Katherleen Tillotson and Nina Burgis, vol. 6. Clarendon Press, 1988, p. 545.

索　引

人名・地名

ア

アウエルバッハ、エーリヒ (Erich Auerbach)　72

アディソン、ジョーゼフ (Josephe Addison)　135

アバマス (Abermouth)　15, 19, 21

アボット (J. S. C. Abbott)　145

アロット、ミリアム (Miriam Allott)　73, 110

イーグルトン、テリー (Terry Eagleton)　54

イーソン、アンガス (Angus Easson)　73

ヴァージル（プーブリウス・ウェルギリウス・マーロー）(Publius Vergilius Maro)　70, 73

ウィットビー (Whitby)　48

ウィリアムズ、レイモンド (Raymond Williams)　10, 103, 158

ウィルズ、ウィリアム・ヘンリー (William Henry Wills)　91

ウィンクワース、キャサリン (Catherine Winkworth, 1827–1878)　122

ウィンダミア (Windermere)　78, 82, 86

ウェールズ (Wales)　16–18, 131

ウォード、A. W. (Adolphus William Ward)　103, 106, 108, 116, 152

ウォームボールド、マリー・E (Marie E. Warmbold)　57

ウラー、マーガレット (Margaret Wooler)　79, 81, 86

ウルフ、ヴァージニア (Virginia Woolf, 1882–1941)　65

エイキン (John Aikin)　135

エクルストン (Eccleston)　17–18, 21

エッジワース、マライア (Maria Edgeworth, 1767–1849)　3

エマソン、ラルフ・ウォルドー (Ralph Waldo Emerson, 1803–82)　120–23

エリオット、ジョージ (George Eliot, 1819–80)　22, 25, 57, 128, 153

エルサム (Eltham)　69, 71

エンゲルス、フリードリッヒ (Friedrich Engels, 1820–95)　3, 13

オースティン、ジェイン (Jane Austen, 1775–1817)　41, 64

オーストラリア (Australia)　14

カ

カーライル、トマス (Thomas Carlyle, 1795–1881)　2–3, 12, 123

ガンジュ侯爵夫人 (de Gange, Madame la Marquise)　137, 139–40

ギャスケル、ウィリアム (William Gaskell, 1805–84)　100, 106, 110–11, 122, 144, 158

ギャスケル、エリザベス (Elizabeth Gaskell, 1810–65)

ギャスケル、ジュリア (Julia Gaskell, 1837–1913)　106

ギャスケル、メアリアン (Marianne Gaskell, 1834–1920)　106–07, 128, 142–44

ギル、ステファン (Stephen Gill)　103

クザン、ヴィクトール (Victor Cousin, 1792–1867)　129–30

グラスゴー (Glasgow)　7, 21

グラッドグラインド (Gradgrind)『ハード・タイムズ』　25

クラッブ、ジョージ (George Crabbe, 1754–1832)　100, 103, 106, 158

グリーンウッド、ジョン (John Greenwood)　78

グリーンウッド、フレデリック (Frederick Greenwood)　57

グレッグ、ウィリアム・ラスボーン (William Rathbone Greg)　3, 40

グレン、ヘザー (Heather Glen)　72

クロプトン、シャーロット (Charlotte Clopton)　117

クロプトン、マーガレット (Margaret Clopton)　118

コールリッジ、サミュエル・テーラー (Samuel Taylor Coleridge, 1772–1834)　106

湖水地方 (the Lake District)　100

コルビー、ロビン・B (Robin B. Colby)　47

サ

サーテイン、ジョン (John Sartain)　124

サウジー、ロバート (Robert Southey, 1774–1843)　81, 125

サッカレイ・ウィリアム (William Thackeray, 1811–63) 84, 128

サブレ夫人 (Madame de Sablé, 1599–1678) 129–30

サンダース、アンドリュー (Andrew Sanders) 54

サンダース、ジェラルド・デウィット (Sanders Gerald de Witt, 1895–1983) 126

サンデン、バーバラ (Barbara Z. Thanden) 55

サンドルブリッジ (Sandlebridge) 68, 106

サンドルブリッジ・ファーム (Sandlebridge Farm) 159

シェイクスピア、ウィリアム (William Shakespeare, 1564–1616) 120, 122, 160

ジェイムズ、ヘンリー (Henry James, 1843–1916) 65

ジェームズソン、アンナ (Anna Jameson) 40

シャープス、ジョン・ジェフリー (John Geoffrey Sharps) 110, 131, 137, 144

シャトック、ジョアン (Joanne Shattock) 68, 101, 122, 135?

シャベ、ジュリア・M (Julia M. Chavez) 66

ショーター、クレメンテ (Clement Shorter) 142, 163

ショーン、アニー (Annie Shaen) 122

ジョンソン、サミュエル (Samuel Johnson, 1709–84) 31, 135, 149, 158

シルバーデイル (Silverdale) 15

スウェーデンボリ、エマーヌエル (Emanuel Swedenborg, 1688–1772) 120–22

スコット、ウォルター (Walter Scott, 1771–1832) 48

スコット、リディア (Lydia Scott) 79

スタッフォードシャー (Staffordshire) 96

スティーヴンソン、ウィリアム (William Stevenson) 110

スティーヴンソン、エリザベス（母）(Elizabeth Stevenson) 110

スティール (Richard Steele) 135

ストーンマン、パツィ (Patsy Stoneman) 38, 150

ストックホルム (Stockholm) 120

スペイン (Spain) 42, 45

スペンサー、ジェーン (Jane Spencer) 73–74

スマイルズ、サミュエル (Samuel Smiles, 1812–1904) 13, 135, 145

スミス、ジョージ (George Smith) 57–58, 74, 79, 82

セイント・ジョンズ・ハウス (St. John's House) 15

セヴィニェ夫人 (de Sévigné, Madame) 139

タ

ダルヴァーティス、ディアドラ (Deirdre d'Albertis) 54–55

ダンテ (Dante Alighieri, 1265–1321) 74

チャップマン・アンド・ホール社 (Chapman & Hall) 2–3, 40

チャプル、J. A. V. (John A. V. Chapple) 142

ディヴァー、カロリン (Carolyn Dever) 64

ディケンズ、チャールズ (Charles Dickens, 1812–70) 14, 25, 27, 40, 90–91, 94–95, 131, 150

ディズレイリ、ベンジャミン (Benjamin Disraeli, 1804–81) 3

テイラー、メアリ (Mary Taylor) 78–79, 81

テニソン、アルフレッド (Alfred Tennyson, 1809–92) 49, 151

テヘラン (Teheran) 95–98

ドライデン、ジョン (John Dryden, 1631–1700) 106, 118

トロロープ、フランシス (Frances Trollope, 1780–1863) 3

トンプソン、ニコラ・ダイアン (Nicola Diane Thompson) 65

ナ

ナイチンゲール、パーセノープ (Parthenope Nightingale, 1819–90) 40

ナイチンゲール、フローレンス (Florence Nightingale, 1820–1910) 15, 22, 40, 128

直野裕子 4

中岡洋 80

ナッシー、エレン (Ellen Nussy) 78–79, 81, 83, 88

ナッツフォード (Knutsford) 27–28, 68, 106, 110–12, 116, 126, 132, 149, 154

ニコルズ、アーサー (Arthur Nicolls, 1818–1906) 78, 80, 82, 84

ニュー・ベイリー刑務所 (New Bailey Prison) 14

ニューイングランド (New England) 123

ニューマン、ジョン・ヘンリー (John Henry
　Newman) 74
ネイスミス、ジェームズ (James Nasmyth) 40
野上豊一郎 28

ハ

バーカー、ジュリエット (Juliet Barker) 80, 84–87
ハーシュ、マリアンヌ (Marianne Hirsch) 64
ハーディ、トマス (Thomas Hardy, 1840–1928)
　25
バーナード、アン (Anne Barnard) 49, 151
バーボルド、アナ (Anna Laetitia Barbauld,
　1743–1825) 135
バーミンガム (Birmingham) 69, 71–73
バイアリー姉妹女子寄宿学校 (The Byerleys'
　Boarding School) 116, 119
バイロン、ジョージ (Lord George Byron,
　1788–1824) 106
ハウイット、ウィリアム (William Howitt, 1792–
　1879) 116, 118
ハウイット、メアリ (Mary Howitt) 100, 124
パスリ (Pasley) 14
ハリファックス (Halifax) 71
ハワース (Howarth) 78–79, 81–83, 85–87
バンフォート、サミュエル (Samuel Bamford,
　1788–1872) 103
ピール (卿)、ロバート (Sir Robert Peel) 90
ピンチ、アデラ (Adela Pinchi) 72
フォスター、シャーリー (Shirley Foster) 41
ブラックウッド、ジョン (John Blackwood, 1818–
　79) 101, 157
プラトン (Plato, 427–347BC) 120
ブランウェル、エリザベス (Elizabeth Branwell,
　1776–1825) 81, 83
フルード、ジェームズ・アンソニー (James
　Anthony Froude, 1818–94) 40, 132
ブロンテ、アン (Anne Brontë, 1820–49) 78,
　81–82, 84, 87
ブロンテ、エミリ (Emily Brontë, 1819–48) 78,
　81, 84, 112
ブロンテ、シャーロット (Charlotte Brontë,
　1816–55) 22–23, 25, 40–41, 78–88, 112
ブロンテ、パトリック (Patrick Brontë, 1777–1861)
　78–83, 85–87
ブロンテ、ブランウェル (Branwell Brontë, 1817–

48) 78–79, 86
ホイットフィールド、A. スタントン (A. Stanton
　Whitfield) 37
ホーソーン、ナサニエル (Nathaniel Hawthorne,
　1804–64) 25
ポープ、アレキサンダー (Alexander Pope, 1688–
　1744) 106
ボズ (Boz) 27, 31
ボストン (Boston) 120, 123
ボナパルト、ナポレオン (Napoléon Bonaparte,
　1769–1821) 51–52, 83, 120
ボナパルト、フェリシア (Felicia Bonaparte) 87,
　93, 109, 130
ホプキンズ、アネット・ブラウン (Annette Brown
　Hopkins) 73, 144
ポラード、アーサー (Arthur Pollard) 23, 38, 150
ホランド、ヘンリー (Henry Holland) 159
ホリングフォード (Hollingford) 61, 65–66

マ

マーティノウ、ハリエット (Harriet Martineau)
　78, 82, 128
マギー (Maggie)『フロス河の水車場』25
マザー、インクリース (Increase Mather, 1639–
　1723) 123
マザー、コットン (Cotton Mather, 1663–1728)
　123
マザー、リチャード (Richard Mather, 1595–1669)
　123
マシーセン、F・O (Francis Otto Matthiessen,
　1902–1950) 123
マダム・エジェ (Heger, Claire, Madame) 81
マダム・モール (Mohl, Mary, Madame) 128–
　29, 138
マンチェスター (Manchester) 4–5, 9, 14, 28,
　68, 82, 84, 100, 120–21, 123, 142, 157–58
ミータ [愛称] (Meta, Margaret Emily Gaskell,
　1837–1913) 106, 137–38, 143–44
宮崎孝一 107
ムシュウ・エジェ (Constantin G. R. Heger,
　Monsieur) 86–87
モンクスヘイヴン (Monkshaven) 48, 51, 53–54
モンテーニュ、ミシェル・ド (Michel Eyquem de
　Montaigne, 1533–1592) 120, 122

ヤ・ラ・ワ

山脇百合子 80

ユーグロウ、ジェニー (Jenny Uglow) 12, 26, 40, 46, 72, 80, 100, 103, 106, 108–09

ラトランド公爵 (Duke of Rutland) 158

ラム、ハナ［ラム夫人］(Hannah Lumb, Mrs.) 106, 110, 112, 143

ランカシャー (Lancashire) 3, 15

リー・ハースト (Lea Hurst) 40

リヴァプール (Liverpool) 33

リジー（義妹）(Lizzy (sister-in-law)) 106

リリー［愛称］(Lily) [Elizabeth Gaskell] 111

リンデス・タワー (Lindeth Tower) 15

ルーイス、ジョージ (George Lewis) 82, 84

レティシア、ウィールライト (Wheelwright Laetitia) 79

レンショウ・ストリート (Renshaw Street) 123

ロンドン (London) 5–6, 17, 22, 27, 42, 45, 60, 63, 82, 84, 90, 92–93, 110, 126, 160

ワーズワス、ウィリアム (William Wordsworth, 1770–1850) 25, 73, 103, 106, 123

和知誠之助 80

登場人物

ア

アイリーン (Irene)『妻たちと娘たち』138

イーディス (Edith)『北と南』42–43, 46

ウィルスン、アリス (Alice Wilson)『メアリ・バートン』5, 101

ウィルスン、ウィル (Will Wilson)『メアリ・バートン』5–6

ウィルスン、ジェム (Jem Wilson)『メアリ・バートン』4, 6

ウィルスン夫妻 (George & Jane Wilson)『メアリ・バートン』5

ウォルター・ファーカー (Walter Farquhar)『ルース』16

エスタ (Esther)『メアリ・バートン』2, 4–7, 9, 12

カ

カークパトリック、シンシア (Cynthia Kirkpatrick)『妻たちと娘たち』58, 60–62

カースン、ジョン (John Carson)『メアリ・バートン』5–6, 8–9, 11, 13

カースン、ハリー (Harry Carson)『メアリ・バートン』4–7, 9, 11

カムナー伯爵 (Lord Cumnor)『妻たちと娘たち』60–61

ギブソン、ハイアシンス［クレア／ハイアシンス・カークパトリック／ミセス・ギブソン］(Clare/Hyacinth Kirkpatrick/Mrs. Gibson)『妻たちと娘たち』58, 60, 62–65

ギブソン、ミスター (Mr. Gibson)『妻たちと娘たち』60–63

ギブソン、モリー (Molly Gibson)『妻たちと娘たち』58, 60–66

キンレイド、チャーリー (Charley Kinraid)『シルヴィアの恋人たち』49–52, 54

クーラ、ミールザ・オーサン (Mirza Oosan Koola)「ペルシャ王に仕えた英国庭師」96

グレイ (Mr. Grey)『ルース』17, 21

グレンマイアの奥方様 (Lady Glenmire)『クランフォード』30, 35

ゴードン少佐 (Major Gordon)『クランフォード』32

サ

シール、ジャスティン (Justin Sheil)「ペルシャ王に仕えた英国庭師」95, 97

ジェイミソンの奥様 (The Honourable Mrs. Jamieson)『クランフォード』30, 33–34, 36, 38

ジェニー (Jenny)『ルース』16–17

ジェニングズ、マーガレット (Margaret Jennings)『メアリ・バートン』5

ジェンキンズ、デボラ／ミス・ジェンキンズ (Deborah Jenkyns/Miss Jenkyns)『クランフォード』29, 31–32, 38

ジェンキンズ、ピーター (Peter Jenkyns/Aga Jenkyns)『クランフォード』30

ジェンキンズ、マチルダ／ミス・マティ (Matilda Jenkyns/Miss Matty)『クランフォード』30

ショー、ミセス (Mrs. Shaw)『北と南』42, 45

シルクール夫人 (de Circourt, Madame)『フランス日記』138

スタージス、ベン (Ben Sturgis)『妻たちと娘たち』7–8

スミス、メアリ (Mary Smith)『クランフォード』29, 37, 39

セニョーラ・ブルノーニ (Signora Brunoni)『クランフォード』31

ソーントン、ジョン (John Thornton)『北と南』40–47

ソーントン、ミセス (Mrs. Thornton)『北と南』43–45, 47

タ

ダヴェンポート (Davenport)『メアリ・バートン』6

デイヴィス (Mr. Davis)『ルース』17, 21

ディクソン (Dickson)『北と南』42–43

デンビー (Mrs. Denbigh)『ルース』16, 18

ドナルドソン医師 (Dr. Donaldson)『北と南』43–44

ハ

バーカー、ベティ (Betty Barker)『クランフォード』31, 33

バートン、ジョン (John Barton)『メアリ・バートン』4–12

バートン、トム (Tom Barton)『メアリ・バートン』6, 8–9

バートン、メアリ (Mary Barton)『メアリ・バートン』4–13, 53

ハムリー、オズボーン (Osborne Hamley)『妻たちと娘たち』60–63

ハムリー、スクワイア (Squire Roger Hamley)『妻たちと娘たち』60–63

ハムリー、ミセス (Mrs. Hamley)『妻たちと娘たち』60–62, 64

ハムリー、ロジャー (Roger Hamley)『妻たちと娘たち』60–64, 66

ハリエット、レディ (Lady Harriet)『妻たちと娘たち』60, 63, 65–66

ピアソン (Mrs. Pearson)『ルース』16

ヒギンズ、ニコラス (Nicholas Higgins)『北と南』43–46

ヒギンズ、ベッシー (Bessy Higgins)『北と南』43–44

ヒクソン (Mr. Hickson)『ルース』16

ヒルトン、ルース (Ruth Hilton)『ルース』14–26

フィッツ＝アダム／メアリ・ホギンズ (Mrs. Fitz-Adam/Mary Hoggins)『クランフォード』30

フォレスター (Mrs. Forrester)『クランフォード』30, 34–35, 127

ブラウン、ジェシー／ミス・ジェシー／ミセス・ゴードン (Jessie Brown/Miss Jessie/Mrs. Gordon)『クランフォード』30–32, 35–36

ブラウン、メアリ／ミス・ブラウン (Mary Brown/Miss Brown)『クランフォード』30–31

ブラウン大尉 (Captain Brown)『クランフォード』27, 30–31, 38

ブラドショー (Mr. Bradshaw)『ルース』16, 19–20, 25

ブラドショー、エリザベス (Elizabeth Bradshaw)『ルース』16, 19–20

ブラドショー、ジェマイマ (Jemima Bradshaw)『ルース』16, 19–22, 25–26

ブラドショー、メアリ (Mary Bradshaw)『ルース』16, 19–20

プレストン、ロバート (Robert Preston)『妻たちと娘たち』60, 62

フローラ (Flora)『クランフォード』32

ヘイル、フレデリック (Frederick Hale)『北と南』42, 44–45, 54

ヘイル、マーガレット (Margaret Hale)『北と南』40–47

ヘイル、マリア (Maria Hale)『北と南』

ヘイル、リチャード (Richard Hale)『北と南』40, 42–45, 54

ヘップバーン、フィリップ (Philip Hepburn)『シルヴィアの恋人たち』49–50, 52–56

ヘップバーン、ベラ (Bella Hepburn)『シルヴィアの恋人たち』52–53, 56

ベティ (Betty)『従妹フィリス』69, 71–73, 75

ベリンガム、ヘンリー／ミスター・ダン (Henry Bellingham/Mr. Donne)『ルース』16–19, 21–25

ベル (Mr. Bell)『北と南』42–43, 45–46

ベンソン、サースタン (Thurstan Benson)『ルース』16–18, 20–22

ベンソン、フェイス (Faith Benson)『ルース』16, 18, 20

ポール (Miss Pole)『クランフォード』30, 34–36, 39

ホールズワース、エドワード (Edward Holdsworth)『従妹フィリス』69–71, 73–74

ホールマン、エベニーザー (Ebenezer Holman)『従妹フィリス』69–70

ホールマン、フィリス (Phillis Green Holman)『従妹フィリス』69–75

ホギンズ医師 (Mr. Hoggins)『クランフォード』30, 35–36

ホリングフォード、ロード (Lord Hollingford)『妻たちと娘たち』60

ホルブルック (Mr. Holbrook)『クランフォード』30, 32, 38

マ

マーサ (Martha)『クランフォード』31–32, 36–37

マニング、ジョン (John Manning)『従妹フィリス』69

マニング、ポール (Paul Manning)『従妹フィリス』69–72

メアリ (Mary)「貧しい人びとのいる風景」100–04

メイスン (Mrs. Mason)『ルース』16–17

ラ

リー、ジョウブ (Job Legh)『メアリ・バートン』5, 7–12, 25

リチャード (Richard)『ルース』16, 20–21

レカミエ夫人 (Récamier, Madame)「フランス日記」138

レッドビター、サリー (Sally Leadbitter)『メアリ・バートン』5

レナード (Leonard)『ルース』16, 18–22, 24–25

レノックス、ヘンリー (Henry Lennox)『北と南』42–46

ローズ、ヘスタ (Hester Rose)『シルヴィアの恋人たち』51

ロビンソン師 (Brother Robinson)『従妹フィリス』69, 72

ロブソン、ダニエル (Daniel Robson)『シルヴィアの恋人たち』50, 54

ロブソン／ヘップバーン、シルヴィア (Sylvia Robson/Hepburn)『シルヴィアの恋人たち』48, 50–56, 109

ロブソン、ベル (Bell Robson)『シルヴィアの恋人たち』50

事項

ア

『アグネス・グレイ』(*Agnes Grey* 1847) 81–82, 84

『アシニーアム』誌 (*Athenaeum, The*) 79

余った女 (surplus woman) 46

アメリカン・ルネサンス (American Renaissance) 123

『嵐が丘』(*Wuthering Heights* 1847) 81–82, 84, 112

「ある失踪の真実が明らかに」("A Disappearance Cleared Up") 90

憐れみ (pity) 113

イエス・キリスト (Jesus Christ) 11, 26, 47

イスラム教 (Islam) 98

「イノック・アーデン」("Enoch Arden" 1864) 49, 151

イングランドの現状問題 (the Condition of England Question) 3, 11, 13

『ヴィレット』(*Villette* 1853) 82

英国国教会 (the Church of England) 40, 42, 78, 80, 150

『英国人名事典』(*Dictionary of National Biography*) 106

英雄対韻句 (heroic couplet) 101

『エディンバラ・レヴュー』誌 (*Edinburgh Review, The*) 3, 125, 157

「オウルド・ロビン・グレイ」("Auld Robin Gray; A Ballad" 1825) 49

堕ちた女性 (the fallen woman) 14–15, 22–23, 25

オックスフォード運動 (the Oxford Movement) 40, 150

男勝りの女 (strong-minded woman) 46

お針子 (needlewoman) 14, 16–17

カ

懐疑主義 (skepticism) 120, 122

階級闘争 11

「学者の話」("The Scholar's Story" 1853) 158

家庭小説 13, 64–65, 153

カトリック 42, 74, 118, 139, 160

火薬陰謀事件 (the Gunpowder Plot) 116, 160

『カラー、エリス、アクトン・ベル詩集』(*Poems by Currer, Ellis, and Acton Bell* 1846) 81, 83

「騎士ブラン」("Bran" 1853) 158

偽膜性喉頭炎 142

「義務に与うる頌」("Ode to Duty" 1804) 25

共感 (sympathy) 54, 103, 113, 139

『教区の記録』(*The Parish Register*, 1807) 158

教養小説 (Bildungsroman) 46

キリスト磔刑 11

『禁酒歌』(*Temperance Rhymes* 1839) 157

『クォータリー・レヴュー』誌 (*Quarterly Review, The*) 157

クラージー・ドーターズ・スクール (Clergy Daughters' School) 79, 81

クランフォーディズム (Cranfordism) 28

『クリスマス・キャロル』(*A Christmas Carol*, 1843) 27

クロス・ストリート教会 (Cross Street Chapel) 157

『ケイレブ・ウィリアムズ』(*Caleb Williams/ Things as They Are, or the Adventures of Caleb Williams* 1794) 93

『高慢と偏見』(*Pride and Prejudice* 1813) 28, 41

コーラン (Quran) 98

『コーンヒル・マガジン』誌 (*Cornhill Magazine, The*) 57, 68, 74, 153

ゴシック小説 (Gothic novel) 156

ゴドウィン、ウィリアム (William Godwin, 1756–1836) 156

コレラ (cholera) 90, 142

サ

『サーティンズ・ユニオン・マガジン』誌 (*Sartain's Union Magazine*) 124

産業革命 2, 37, 68, 73

産業小説 (industrial novels) 3, 10, 46

『ジェイン・エア』(*Jane Eyre* 1847) 79–84, 86

『地獄篇』(*Inferno* 1309?–1320?) 74

『自助論』(*Self-Help* 1859) 135

「詩人と恵まれない生活の詩」(Lecture on "The Poets and Poetry of the Humble Life") 100, 158

詩的正義 (poetic justice) 24

索引 | **189**

私的領域 (the private sphere) 12, 53
『シャープス・ロンドン・マガジン』誌 (*Sharpe's London Magazine, The*) 78
『シャーリー』(*Shirley* 1849) 82, 84, 86
社会派小説 (Social novel) 26
ジャンセニズム (Jansenism) 139
宗教小説 (Christian novel) 26
宗教理想主義 (religious idealism) 122
「小品」("Chips") 90–91
『抒情民謡集』序文 ("The Preface" to *Lyrical Ballads* 1800, 1802, 1805) 103
『女性作家による愚かな小説』(*Silly Novels by Lady Novelists* 1856) 153
神秘主義 (mysticism) 120–21
人文主義 (humanism) 120
スコットランド・ヤード（ロンドン警視庁）(Scotland Yard) 90
スミス・エルダー社 (Smith Elder) 50, 79, 84
聖なるヒロイン 87
『説得』(*Persuasion* 1818) 64
選挙法改正 (the Reform Bill, 1832) 61, 65
センセーション小説 (sensation novel) 49, 151
ソネット（十四行詩）(sonnet) 106, 108

タ
『ダーバヴィル家のテス』(*Tess of the d'Urber-villes* 1891) 25
大社会悪 (the Great Social Evil) 11, 13
『代表的人間像』(*Representative Men* 1850) 120
『タイムズ』紙 (*Times, The*) 79, 134
チャーチスト運動 (Chartism) 3, 10
忠誠心 (fidelity) 109
超絶主義 (transcendentalism) 123
『デイリー・ニューズ』紙 (*Daily News, The*) 79
「ティンタン寺院の賦」("Lines written a few miles above Tintern Abbey, on revisiting the banks of the Wye during a tour, July 13, 1798," 1815) 103
『テンペランス・スター』誌 (*Temperance Star, The*) 101
「登場人物殺し」("Character-Murder") 91
『灯台へ』(*To the Lighthouse* 1927) 65

ナ
ナポレオン戦争 (The Napoleonic Wars, 1805–15) 51
二焦点 (bifocals) 66
『農耕詩』(*The Georgics*) 73

ハ
『ハード・タイムズ』(*Hard Times* 1854) 25
『ハウイッツ・ジャーナル』誌 (*Howitt's Journal, The*) 122
『ハウスホールド・ワーズ』誌 (*Household Words*) 27, 40, 58, 90, 94–95, 124, 128, 149, 158
万国博覧会 (Great Exhibition of the Works of Industry of all Nations) 27
東インド会社 (British East India Company) 36, 90
『ピクウィック・ペーパーズ』(*The Pickwick Papers/The Posthumous Papers of the Pickwick Club* 1836–37) 27
非国教徒 (Nonconformist) 16
『緋文字』(*The Scarlet Letter* 1850) 25
病棟の責任者 (matron) 21, 26
フェミニズム (feminism) 10, 73
二つの国民 (the Two Nations) 2
プライベートチューター（個人家庭教師）(private tutor) 42–43
『ブラックウッズ・エディンバラ・マガジン』誌 (*Blackwood's Edinburgh Magazine*) 100, 157
『フレイザーズ・マガジン』誌 (*Fraser's Magazine for Town and Country*) 3, 132, 137, 139
プレスギャング／水平強制徴募隊 (the press-gang) 48–55
『フロス河の水車場』(*The Mill on the Floss* 1860) 25
暴力への怖れ 3

マ
『マンスフィールド・パーク』(*Mansfield Park,* 1814) 64
マンチェスター・アシニアム (the Manchester Athenaeum) 120–21
マンチェスター・ニュー・カレッジ (Manchester

New College) 157

マンチェスター職工学校（現在：マンチェスター工科大学）(Manchester Mechanics Institute; Manchester University of Science and Technology) 121, 158

『ミドルマーチ』(*Middlemarch* 1871–72) 25

『ミドロジアンの心臓』(*The Heart of Midlothian*, 1818) 48

『ミメーシス』(*Mimesis* 1946) 72

「見る目と見ない目」("Eyes and No Eyes") 135

『村』(*The Village* 1783) 158

『名所探訪』(*Visits to Remarkable Places*) 116

モラリスト (moralist) 120

ヤ・ラ

ユニテリアン (Unitarian) 3, 10, 12, 24, 78, 123, 139

四行連詩 (quatrain) 111

『ランカシャー方言に関する講話 2 題』(*Two Lectures on the Lancashire Dialect* 1854) 3, 157

ランガム・プレイス・グループ (Langham Place Group, the) 55

『両世界評論』(*Revue des Deux Mondes* 1854) 129

「ルース熱」(a 'Ruth' fever) 22

「霊魂不滅の頌（オード）」("Immortality Ode, Ode: Intimations of Immortality from Recollections of Early Childhood" 1807) 103

ロウ・ヘッド・スクール 79, 81, 86

労使問題 46

ローマン・カトリック教徒 (Roman Catholic) 42

ロマンス (romance novel) 26

『ロモラ』(*Romola* 1863) 57

『私の希望』(*Private Voice* 1996) 142

『綿の街』(*Cottonopolice* 1882) 157

ギャスケル作品小事典 ［検印廃止］

2019 年 6 月 25 日　初版発行

編 著 者	多 比 羅　眞 理 子
発 行 者	安　居　洋　一
組　版	ほ ん の し ろ
印刷・製本	モ リ モ ト 印 刷

〒162–0065　東京都新宿区住吉町 8–9

発行所　**開文社出版株式会社**

TEL 03–3358–6288　FAX 03–3358–6287
http://www.kaibunsha.co.jp

ISBN978–4–87571–810–9 C3597